〔新版〕

歷史不忍細看

文歡 主編

序　言

　　歷史不忍細看。歷史如何能夠細看？一細看，便好比用高倍放大鏡看美人，光潔圓潤全然不見，入目但是鱗紋交錯、毛孔僨張、瑕疵畢露。於是，歷史在很大程度上只是大處著墨，更何況，還須為尊者諱、為名人遮、為君上避、為時政忌……

　　因此，讀史時，常常會讀出幾分含混、幾分閃爍。那當然是史家的難言之隱。但其實那幾分含混和幾分閃爍中，往往藏著許多細節的真實。

　　近些年來，一些史家和歷史事件的知情者、親歷者，孜孜以求，以史實為依據，按跡尋蹤，見微知著，絕不妄加穿鑿，挖掘史料中的深層內涵，探尋歷史的本相、本質和發展規律，實事求是地評價人物的是非功過和歷史作用，體現了歷史學家的史膽、史識和史德。筆者有感於此，把近年來發表的有新意且有價值的文章，略作分類，編就此書。

　　這些文章，有些是歷史事件知情者、親歷者的回憶，把僵硬的歷史還原為一個活生生的生命，變得有血有肉，呼之欲出；有些是把被有意迴避或語焉不詳的歷史，經過作者的調查和探索，使其重見天日並予以合適的評價；有些是根據逐漸解密的檔案或史料，把塵封多年因而被長期誤讀的歷史賦予嶄新的生命和意

義；有些是對歷史上某些事件、人物的說法、評價甚至是「定論」，根據作者的研究和發現，建構起迥異以往的命題和意蘊；有些則是將被歪曲、篡改，甚至顛倒的歷史，還其本來面目或重新顛倒過來。

本書所收錄的文章思想開放，無論是觀點還是材料，都有很多新鮮感，那種陳陳相因的陳詞濫調，在這裡無處安身。閱讀本書猶如走進一個陌生的國度，新穎的景觀層出不窮，身心會陶醉在一種受到新知刺激才會產生的精神愉悅。

本書主要還是以大眾為閱讀對象。對那些「純學術」的鴻篇巨作，敬謝不敏。眼睛向下，拒絕枯燥，注重文采，把平民化、生動、可讀和趣味作為遴選文章的取向。學術只是一種精神，一種風骨，而鮮活豐滿的血肉和生命，才是我們的追求。

應該說明的是，本書的分類完全是為了閱讀的方便，多數文章因意蘊的多元，都是難以強做劃分的。人物和事件的順序基本上按時代先後編排，個別長文做了一些刪節。書中所收文章大都是「一家之言」，並不能完全代表編者和出版者的觀點，敬請讀者明鑒。不過，最重要的是歷史不再枯燥，歷史也可以有滋有味地閱讀！

人物新考

Contents

還原真相

祕密檔案

Contents

Contents

人物新考

司馬遷之惑

向 熹

2000多年前，當中國最偉大的史學家司馬遷，開始撰寫列傳第一篇《伯夷列傳》時，他陷入了一個矛盾——孔子說，伯夷、叔齊「求仁得仁，其何怨乎」，但司馬遷在一篇以伯夷、叔齊口吻寫的詩中看到怨憤之氣，於是他只能懷疑——是不是自己對這首詩理解錯了？

接著司馬遷又借他人之口進一步闡述自己的困惑——如果說「天道無親，常與善人」，為何像伯夷、叔齊這樣一生「積仁」的人卻終於餓死？為何像孔子最推崇的弟子顏淵也常常食不果腹？而盜跖無惡不作卻壽終正寢？司馬遷比照當時的現實，這並不是個別，而是普遍的現象！他終於忍不住將疑惑說了出來：「倘所謂天道，是邪非邪？」

司馬遷面對的困惑是循環的：如果天道酬善，那伯夷、叔齊的死就證明他們不是善人；如果他們是善人，那他們的死又證明了天道不是鼓勵從善的。

解決不了這樣的困惑，司馬遷只好到他最尊崇的孔子那裡找答案，找來找去，只找到三條不無勉強的根據：一條是「道不同不相為謀」，各人按自己的志向做人，不必考慮結局；一條是「富貴如可求，雖執鞭之士，吾亦為之，如不可求，從吾所好」，從商風險太大，太不確定，於是孔子也被迫選擇跟著志趣走；一條是「歲寒然後知松柏之後凋」，正是因為大多數人都做

不到,所以行善的人才顯得偉大,這也就是他們的價值。

很顯然,寫史重在史觀,「個體選擇」、「被迫為之」、「難能可貴」三個理由用於道德說理可以,但如果用來建構史觀、指導歷史敘述卻極其困難。

「司馬遷之惑」所針對的價值與得失的衝突、理想與現實的衝突,其背後是人類進程的一種必然規律。對這個規律的認識,有助於理解中國目前轉型進程的關鍵任務。

人的管理,實質就是欲望的管理,通過管理實現欲望的釋放與管束。釋放欲望,可以激發人無窮的創造力;欲望的滿足可以帶來幸福感,欲望的不滿會帶來痛苦。於個體而言,欲望滿足往往是暫時的,而痛苦卻是經常的;於群體而言,欲望的創造力與破壞力並存。因此,欲望這把雙刃劍需要約束。

事實上人類一直在尋找管束欲望的方法,以保證社會運作的正常,保證人們痛苦的減輕與幸福感的增進。在這個找尋過程中,各民族的智者都貢獻了智慧,其中一些幸運的智者的思想成了宗教,並成為約束欲望最有效的方法。時至今日,凡有生命力的宗教無不在約束人的欲望。

在釋放與約束消長往復的漫漫歷史進程中,每個人心中都有了神龕,不同的是龕中的「神」不同。在中國長期居於統治地位的儒家思想,不算嚴格意義上的宗教,因而中國人心中的神龕中沒有一個具體的神,但神龕卻不是空的,仁、義、禮、智、信居於其中,它們是中國人心中的「理神」。與其他民族的神一樣,起著約束欲望的作用。

當約束欲望的價值觀成為個人與社會的普遍價值時,約束自己的欲望的人可以由此獲得內心的自我犒賞和社會的精神犒賞,於是產生極大的幸福感。久而久之,這種精神需要變成另一種欲

望，宗教或道德也獲得不依存於物質得失的發展動力，對人的征服更加有力，人類也漸漸成了有普遍宗教的動物。但是，當現實得失與精神價值有巨大落差時，就會出現對價值的懷疑，這就是「司馬遷之惑」。

人類總是在釋放欲望與管束欲望之間找到一個平衡，如果完全用精神的標準，想建立一個價值理想國，社會將喪失活力，走向衰亡。如果完全用實用主義的標準，以絕對的利益得失比較，社會即使在短期內獲得發展，也將陷入物欲橫流，「形勢大好，人心大壞」的境地，最終走向破產。

今天讀《史記》，我們可以推斷，面對困惑的司馬遷做了兩個決定：其一，為《伯夷列傳》做總結時，完全不糾纏於天道存否，伯夷、叔齊賢否，而是絕對實用主義地總結出，伯夷、叔齊、顏淵如果不是孔子稱道他們，他們將籍籍無名，所以結論是，凡夫俗子「非附青雲之士」，名不能留於後世；其二，司馬遷在修史中所持的觀念，雖在輪廓上是儒家的，但其價值觀更多實用主義的成分，例如他對人的私欲的認識。

當然，這些年過去了，我們也應看到，「神」被換了幾輪的中國人心中的神龕，目前多是空的，從歷史規律來看，這樣發展是不可持續的，中國人呼喚幸福的聲音越來越強烈，折射出的，正是認識人生目的的渴望、對欲望制衡的渴望。這時，傳統文化的熱潮就顯得那麼地自然了。

女子穿開襠褲的漢朝後宮

言語如劍

漢靈帝（156～189）劉宏，東漢皇帝，西元168年即位。在其統治期間，黨錮之禍興起，宦官把持大權，公開標價賣官，肆意大興土木，百姓難以為生。中平元年（184年），爆發了聲勢浩大的黃巾起義（亦稱：黃巾賊之亂）。

漢靈帝劉宏的「靈」在諡法中解釋為：「亂而不損曰靈」，漢靈帝確實是個極度追求淫欲的皇帝。

靈帝即位之後立宋氏為皇后。宋皇后是扶風平陵人，因為她性情平和，缺乏女人味而得不到靈帝的好感。但是又處在正宮的風口浪尖上，後宮裡受到寵愛的嬪妃都交相詆毀她。中常侍王甫枉殺勃海王劉悝及他的王妃宋氏，宋氏是宋皇后的姑母，王甫這傢伙怕宋皇后遷怒於自己，就與太中大夫程阿誣陷宋皇后在宮廷裡挾巫蠱詛咒皇帝。靈帝正愁沒有廢去皇后的藉口，於是在光和元年收回她的璽綬，宋皇后不久憂憤而死。

接著宋皇后的父親以及兄弟全部被殺，宮中眾常侍及大小黃門在省署的人都暗中可憐宋皇后。有一天靈帝夢見已故的桓帝對他說：「宋皇后有什麼罪過？你聽信任用奸邪的大臣和嬖姬使宋皇后絕命。以前勃海王劉悝，既然已經自貶了，但還是被你殺死。現在宋皇后和劉悝都到天帝那兒去告你。天帝極為氣憤，你的罪過太大，很難赦免！」

靈帝被驚醒了，夢中情景卻依然歷歷在目，他將這件事說給

羽林左監許永，問他這是什麼徵兆。許永就乘機把宋皇后和渤海王無辜之狀說給他聽，並且請求改葬以使冤魂得到安寧，聽是聽了，靈帝終究沒有聽從許永的話。不過夢是心境的外顯，可見在內心的深處他多少也有一些愧疚。

靈帝十分好淫，他在後宮裡隨時隨地看中了哪個女子長得美豔，就拉到床上交歡。漢朝的宮廷女子與後世不同的是都穿著開襠褲，聽起來好像很不可思議。而且開襠褲裡面什麼也不穿，為的就是讓皇帝臨幸起來方便，連衣服都不用脫。

明朝末年的張獻忠讓姬妾不穿下衣在室內晃蕩，更是青出於藍而勝於藍，當然這是後話了。

靈帝與眾多的姬妾在西園裸體遊玩，為了盛夏避暑，他蓋了個「裸遊館」，讓人採來綠色的苔蘚並將它覆蓋在臺階上面，引來渠水繞著各個門檻，環流過整個裸遊館。他選擇玉色肌膚、身體輕盈的歌女執篙划船，搖漾在渠水中。在盛夏酷暑，他命人將船沉沒在水中，觀看落在水中的裸體宮娥們玉一般華美的肌膚，然後再演奏「招商七言」的歌曲用以招來涼氣。渠水中所植的蓮花荷大如蓋，高一丈有餘，荷葉夜舒晝卷，一莖有四蓮叢生，名叫「夜舒荷」。又因為這種蓮荷在月亮出來後葉子才舒展開，又叫它「望舒荷」。

靈帝與美女在裸遊館的涼殿裡裸體飲酒，一喝就是一夜。他感歎說：「假如一萬年都如此，就是天上的神仙了。」靈帝整夜飲酒直到醉得不省人事，天亮了還不知道。宮廷的內侍把一個大蠟燭扔在殿下，才把靈帝從夢中驚醒。靈帝又讓宮內的內監學雞叫，在裸遊館北側修建了一座雞鳴堂，裡面放養許多隻雞。靈帝每當連夜飲宴縱欲醉了以後，往往到天亮時還在醉夢中醒不過來。這時候內監們便爭相學雞叫，以假亂真來喚醒靈帝。

靈帝的「裸遊館」後來被董卓縱火燒了。到曹魏咸熙年間，當年內侍為了喚醒醉酒沉睡的靈帝而扔蠟燭的地方，深夜裡還有閃閃的光亮，人們說那是神光，於是就在那裡蓋了個祠，名叫「餘光祠」。

宮女年紀在14歲以上18歲以下都濃妝豔抹，脫下衣服與他一同裸浴。西域進獻了茵墀香，靈帝命人煮成湯讓宮女沐浴，把沐浴完的漂著脂粉的水倒在河渠裡，人稱「流香渠」。

靈帝在後宮中設列市肆，讓宮中的婢女嬪妃打扮成買東西的客人，而他自己裝成是賣貨物的商人，玩得不亦樂乎。肆中的貨物都是搜刮而來的珍奇異寶，被貪心的宮女嬪妃們陸續偷竊而去，甚至她們為了你偷的多我偷的少而暗地裡爭鬥不休，靈帝卻一點也不知道。他白晝與宮女們貿易，夜裡就抱著她們恣意地淫樂尋歡。據《古今情海》引用《文海披沙》的記載，靈帝甚至在西園裡弄來狼狗與宮女進行交配。

宋皇后被廢之後過了兩年，靈帝耽於淫樂還沒有打算再冊立皇后。朝臣上表請求他趕緊確立中宮，因為這是國家的一個象徵。靈帝便冊立了貴人何氏為皇后。何皇后的出身很微賤，她是一個殺豬屠夫的女兒。但何氏的容貌美豔無比，她身高七尺一寸，肌膚如雪，亭亭玉立。靈帝一見到何氏就喜歡上了她。於是她夜夜獨佔靈帝，後宮又多了許多燈下打發寂寞光陰的女子。幾度春風之後，何皇后懷孕生下了皇子劉辯。

何皇后的兄長何進被封為侍中，她已故的父親何真被追封為車騎將軍。何皇后性情剛刻多忌，正位中宮之後，時刻提防其他的嬪妃奪寵，宮裡的嬪妃都很害怕她。趙國人王氏是前五官中郎將王苞的孫女，她在後宮裡的姿色比何后還略勝一籌，而且能詩擅畫，談吐優雅，舉止端莊。靈帝對她極為寵愛，顛鸞倒鳳後不

久王氏懷了孕，被晉封為美人。在漢朝宮廷妃嬪制度裡美人比貴人要低一等。

何皇后將王氏恨入骨髓，私下裡時刻圖謀加以陷害。王美人生性聰敏，她早知道妒忌心強烈的何后不會容她，所以在進謁何后的時候用帛束住腰部，不讓何后看出她懷了孕。只是腹中的胎兒一天比一天大，王美人朝夕輾轉不安，便買了墮胎藥喝下去。因為一旦生下兒子，可能母子都保不住性命，但是多次服用墮胎藥並不見效，她想也許是天意如此，便不再喝墮胎藥，聽天由命了。十月懷胎後生下一個男嬰，靈帝十分高興，給嬰兒取名為劉協，這就是後來的漢獻帝。

生下了孩子，王美人要服藥調理，何后密遣心腹內侍用鴆毒代替藥物，毒死了王美人。靈帝聽到王美人忽然去世的消息，急忙前去探視。他一看王美人四肢青黑，就知道是中毒而死，不禁流下了淚。不久追查到是何后下的毒，靈帝頓時憤怒難遏，打算將何后廢去。膽大包天的何后這才感到害怕了，她急忙花錢賄賂曹節、張讓等閹宦為她說情，靈帝一生最相信宦官，於是何后大事化小，小事化了。

雖然放過了何后，但靈帝對她從此心生顧忌，他將王美人所生的兒子劉協寄居在永樂宮讓董太后撫養。由於董太后的精心呵護，劉協才沒有遭到何后的暗算。靈帝懷念王美人不已，因而撰寫了《追德賦》與《令儀頌》兩篇辭賦紀念她，辭賦裡的字句纏綿悱惻，如泣如訴。常言說失去的才是最好的，也僅此而已。

漢靈帝時閹宦流毒於天下，各地爆發了黃巾起義，漢朝的江山已經朝不保夕了。靈帝此時也顯得無精打采，熱中的淫欲好像遜色了不少。

傳說鬱林郡中有一個珊瑚市，是海客買賣珊瑚的地方。市中

有數枝珊瑚呈碧綠色，一株有幾十枝丫，枝間滿是葉子。大的高五六尺，最小的也有一尺多。

西漢元封二年（西元前109年）鬱林郡有人進獻了一個「珊瑚婦人」，皇帝命人植於殿前，宮裡戲稱為女珊瑚。這株女珊瑚一直枝葉繁茂，到了靈帝時卻忽然枯死，因此世人都認為，這是漢室將衰的預兆。

中平六年（189年），靈帝去世，14歲的皇子劉辯即位，尊何后為皇太后。何太后臨朝稱制。何太后的兄長大將軍何進想誅殺宦官，反而被宦官所害，并州牧董卓帶兵入洛陽，誅殺了宮廷裡全部的宦官，廢少帝劉辯為弘農王而立王美人生的劉協為皇帝。不久何太后與她的母親舞陽君也被董卓逼迫而死。這時的漢朝實質上已經滅亡，漢獻帝劉協成了一個不能左右自己命運的傀儡。一個群雄並起的「三國時代」於焉拉開了帷幕……

中國歷史上最淫蕩殘暴的帝王

楊 軍

北齊開國君主文宣帝高洋在稱帝前任京畿大都督，掌管外朝大政，但是他假裝愚鈍憨直，連他的妻子被他哥哥齊王高澄多次調戲，他也假裝不知道，無論國事家事，他都睜一隻眼閉一隻眼，只求相安無事。可是，當高澄因為專橫跋扈被殺死之後，他忽然間變得辦事井井有條，一清二楚，推行新法，把一個晉陽城管理得市井繁榮，井然有序。

東魏帝元善見看他辦事認真，不怕苦累，便封他為大丞相，都督全國的軍隊，還承襲了他哥哥的爵位，當上了齊王。可他哪裡知道高洋早有當皇帝的野心，經過密謀策劃，終於逼東魏帝元善見禪位，自立為帝，國號齊，歷史上稱為北齊。

當了皇帝的高洋，開始嗜酒成性，變得昏亂妄為，脾氣暴躁，甚至泯滅人性，大發獸性。有時喝到酣暢時，他自己就起身擂鼓，然後跳舞，直跳得筋疲力盡。有時他脫光了衣服，亂叫亂鬧。有時他披頭散髮，穿上胡服，到街上揮刀舞劍。有時又隨意亂走，到大臣或勛戚家亂鬧一通，攪得人人膽戰心驚。三伏天，他赤身裸體躺在地上曬太陽；三九天，他在風雪中光著身子跑來跑去。他不但自己發狂，還讓隨從們也仿傚他，弄得隨從們個個苦不堪言。

高洋極愛喝酒，常發酒瘋，酒勁上來，往往人性泯滅，獸性大發。有一次，他斥退左右，瘋狂地撕扯他父親的小妾爾朱氏的

衣帶，企圖強姦爾朱氏。爾朱氏不從，雙手緊緊護住身體，哀求他千萬不要亂倫。高洋假意應允，卻用刀捅進爾朱氏的下體，在爾朱氏死前痛苦的掙扎中獲得快感。又有一次，他竟殘暴荒淫得失去人性，將自家宗室的全部女人聚於宮中，要她們脫光衣服，然後叫他的寵臣去跟這些女人群交胡搞亂淫，高洋則瞪著血紅的眼睛狂笑不止。

對待自己的親生母親，高洋同樣喪失人性。有一次，母親勸說他不要荒淫，他卻勃然大怒。他揚言，如果母親敢再管他的事，就把她嫁給胡人，讓胡人去糟害她。當時胡人有個風俗，一個女人嫁給哥哥，哥哥死後，弟弟有權娶嫂子為妻。胡人粗魯殘忍，尤其喜歡中原女人，如果一個胡人得到一個漢人女子，弟兄幾個會日夜姦淫，其後果是可想而知的。

高洋對母后都敢如此，其后妃的遭遇就更加悲慘了。

高洋有個寵妃姓薛，早先與清河王高岳相好，後被高洋看中，強行將她迎入宮中。薛氏的媚惑之術，令高洋感到新鮮、刺激，他那三千宮娥頓時變得索然無味。薛氏極受寵倖，被封為薛嬪。薛嬪有個姊姊，長相也很妖豔，高洋乾脆將她也弄進宮來。高洋與薛氏姊妹，有時一連數日不離床榻。兩姊妹則極盡風流，博取高洋的歡心。她們自以為得計，便懇請皇帝封她們的父親為司德公。高洋知道，薛氏姊妹的父親是個賣唱的人，地位卑賤，不配當官。後來他又探知薛嬪依舊與高岳藕斷絲連，不禁大怒。便令人當著他的面，將薛嬪的姊姊活活鋸成八塊，接著又砍掉薛嬪的頭，將她的屍體亂刀剁碎；又把兩姊妹的血摻進酒裡，讓大臣共飲。他還叫樂師剔去薛嬪大腿的筋肉，用白森森的腿骨做成樂器。在每次殺人後的酒宴上，讓樂師用薛嬪腿骨做成的樂器彈奏「佳人再難得」的曲子，以示對薛嬪的「懷念」。

僕射崔進是三朝重臣，曾經是高洋父親高歡的心腹。他死了之後，高洋前往弔唁。崔進的小姜李氏見皇上駕臨，連忙跪地「接駕」。李氏只有十七八歲，是個既年輕又十分漂亮的婦人，正值喪夫之時，穿著一身縞素，更顯得唇紅齒白，不施脂粉，現出天生的膚如凝脂，增添幾分淒豔的姿色。

高洋見到李氏，又禁不住心旌飄搖，想來個雨打梨花。他不顧身在靈堂之上，當著治喪者的面，一把抱住李氏，盡行挑逗猥褻之事。李氏有重孝在身，對高洋的獸行深惡痛絕，堅決不從。高洋乾脆強行撕開李氏的衣服，面對李氏誘人的軀體，他雙眼通紅，伸出兩手要去撫摸李氏的酥胸。李氏驚呼著逃進人群。

高洋老羞成怒，令人搬來一把椅子，高坐其上，審問李氏道：「這麼說，妳很想念故去的丈夫嘍？」「回陛下，」李氏顫抖著聲音說：「誰不想念自己的丈夫啊！俗話說：『一日夫妻百日恩』……」未等李氏說完，高洋就接過她的話頭說：「那好，妳這樣忠貞，我很佩服。現在我命令妳做我的使者，前往陰曹地府，去探望一下妳的丈夫，看看我的崔愛卿是否平安！」

言畢，還未等李氏回過神來，高洋就叫人殺死李氏，並親手割下她的頭，扔進陰溝，說是——「送她去陰間」。

又有王氏姊妹，姊姊已嫁給崔修，妹妹被高洋封為王嬪。高洋有個醜惡癖好，特別喜歡淫人妻女。他多次藉故去崔修家，一邊挑逗他的妻子，一邊直截了當地對崔修說出自己的要求。崔修竟然毫無怨言，一切照辦，後被高洋提拔為尚書郎。

段昭儀是段昭之妹，地位僅次於皇后。高洋與段昭儀成婚之日，段昭的妻子元氏按風俗鬧洞房，玩笑開得過大了一點。高洋不顧自己大喜的日子，竟在婚宴上對段昭說：「你給我聽著，我非殺了你老婆不可！」段昭儀從中勸解，高洋不予理睬，嚇得元

氏只好逃到高洋生母婁太后家中，直到高洋死後才敢露面。這時，她因過度驚恐，神經已經失常了。

高洋的女人，只有一個沒有受到他的欺侮，那就是皇后李氏。李氏是漢人，才色俱美，高洋為太原公時娶她為妻，當上皇帝後立她為皇后。高洋對眾多妃嬪雖喜怒無常，厭煩了就殺掉，但對李氏卻以禮相待。至於對李氏的母親和姊姊，他就另眼相看了。一次酒後，高洋闖進岳母家中，見岳母一副養尊處優的樣子，發起無名之火。他從隨從手裡拿過弓箭，一箭射中岳母的臉，並對流血如注的岳母說：「我打過母后，還沒有打過妳，這不公平，我還要打妳一頓才好。」於是，他又命令手下抽了岳母一百鞭子才甘休。

李皇后的姊姊是魏安樂王元昂的妻子，長得香豔迷人。高洋早就對她垂涎欲滴，於是故伎重演，藉口到元昂家飲酒，酒後裝瘋，同李皇后之姊調情。他故意把酒灑在自己身上，讓李姊為他擦拭，乘機在李姊身上摸摸捏捏。他甚至將酒吐在襠處，要李姊清理。正當李姊把手伸過去，擦也不是，不擦也不是時，高洋突然一把把李姊抱住。元昂和李姊拒不受辱，面呈不快之色，高洋雖慾火中燒，卻無從下手。

為了得到李姊，高洋想將她納入宮中當三昭儀，但又怕她留戀丈夫，便心生一計，找個藉口，召元昂進宮，用亂箭射死。李姊設置靈堂，祭奠元昂。高洋假裝前往祭祀，慾火攻心的高洋就在元昂靈前把李姊姦污了。朝廷命官嚇得從此再也不敢蓄美納豔，有了美女也只送往宮中。

一天早晨，住在北齊皇宮附近的一戶李姓居民，起床後忽然發現屋簷下有一群蓬頭垢面、赤身露體的男人。他趕忙向官府做了報告。地方官帶著兵役趕來捉拿這幫人時，看見其中一人正在

姦污李氏的女兒。小女呼天搶地地哀號著，施暴者卻哈哈大笑，連地方官到了面前都視若無睹。地方官不禁大怒，心想這畜生竟在光天化日之下強姦幼女，正要喝令拿下。誰知「拿」字還未出口，這地方官已嚇得屁滾尿流，慌忙俯伏在地，口稱「死罪」。原來那個姦淫幼女的人，正是當今皇帝高洋。

到了三十歲，高洋已經不能吃飯了，每天只靠幾碗酒度日，最後終於死在昏醉之中。歷史上，像高洋這樣的淫迷狂皇帝，還是少有的。曾有人說，高洋是因為酒醉才亂性，應該說，他是借酒裝瘋，酒後暴露了他荒淫、殘暴的本性。

張麗華與「玉樹後庭花」

一　眼

　　歌伎出身的張麗華後來做了南朝陳後主的貴妃，她長相上最大的特點是髮長七尺，光可鑒人，眉目如畫。此外，更具有敏捷的才辯及過人的記憶力，所謂「人間有一言一事，輒先知之。」她在做龔貴嬪的侍兒時，陳後主一見鍾情，馬上封為貴妃，視為至寶，以至於陳後主臨朝之際，百官啟奏國事，都常常將張麗華放在膝上，同決天下大事。特別是張麗華為他生下一個兒子之後，當即被立為太子，張麗華在他心目中的地位更加提高、鞏固。

　　陳後主陳叔寶，小字黃奴，他即帝位的時候，北朝的隋文帝楊堅正大舉任賢納諫，減輕賦稅，整飭軍備，消除奢靡之風，隨時準備攻略江南富饒之地。而陳後主竟然奢侈荒淫無度，臣民也流於逸樂，給隋朝以可乘之機。

　　陳後主除寵愛張麗華之外，還有龔貴嬪、孔貴嬪，還有王、李二美人，還有張、薛二淑媛，還有袁昭儀、何婕妤、江修容等。當時陳後主在光照殿前，建造「臨春」、「結綺」、「望仙」三閣，高聳入雲，其窗牖欄檻，都以沉香檀木製成，至於其他方面當然是極盡奢華，宛如人間仙境。

　　陳後主自居臨春閣，張麗華住結綺閣，龔、孔二貴嬪同住望仙閣。三閣都有凌空銜接的通道，陳後主往來於三閣之中，左右逢源，得其所哉！妃嬪們或臨窗靚裝，或倚欄小立，風吹袂起，

飄飄然猶若神仙。

此外陳後主更把中書令江總，以及陳暄、孔範、王瑗等一班文學大臣一齊召進宮來，飲酒賦詩，征歌逐色，自夕達旦。著名的亡國之音《玉樹後庭花》就是這時由陳後主寫的——

麗宇芳林對高閣，新裝豔質本傾城。
映戶凝嬌乍不進，出帷含態笑相迎。
妖姬臉似花含露，玉樹流光照後庭。
花開花落不長久，落紅滿地歸寂中。

當時陳後主還特地選宮女千人習而歌之舞之。這明明形容的是嬪妃們嬌嬈媚麗，堪與鮮花媲美競妍，但卻筆鋒一轉，驀然點出「玉樹後庭花，花開不長久」的哀愁意味，時人都認為是不祥之兆。

當時隋文帝處心積慮地要滅掉陳朝，完成統一，但陳後主認為「王氣在此，役何為者耶？」孔範附和道：「長江天險，阻隔南北，今日虜軍，豈能飛渡耶？」居然自以為是大事化小，無視隋文帝的勃勃雄心。

隋文帝開皇八年（588年）三月，下詔：「天之所覆，無非朕臣，每關聽覽，有懷傷惻。可出師授律，應機誅殄，在期一舉，永清吳越。」於是發兵五十一萬八千人，由晉王楊廣節度，分進合擊，直指陳朝都城建康。

晉王楊廣由六合出發，秦王楊俊由襄陽順流而下，清河公楊素由永安誓師，荊州刺史劉思仁由江陵東進，蘄州刺史王世積由蘄春發兵，盧州總管韓擒虎由盧江疾進，其他還有吳州總管賀若弼及青州總管燕榮，也分別由盧江與東海趕來會師。大軍很快攻

破了建康。其中，韓擒虎親率五百名精銳士卒自橫江夜渡采石磯，緊接著，賀若弼攻拔京口，形成兩路夾擊，最先進入朱雀門的是韓擒虎。

當時陳後主陳叔寶驚惶失措。平日圍繞在他身邊的一班侍臣，還力勸他仿照梁武帝見侯景的故事，擺足架式會見韓擒虎。

當年侯景以千人渡江，攻下臺城，去「拜見」梁武帝，面對八旬老翁，猶覺天威難犯，背上冷汗涔涔而下，惶恐不已。而今時移勢易，韓擒虎不是當年的侯景，而陳後主也不是昔日的梁武帝，陳後主不理會群臣的看法，只說：「非唯朕無德，亦是江南衣冠道盡，吾自有計，卿等不必多言！」大家聽他說「吾自有計」，立即做鳥獸散。

韓擒虎本期望攻入宮中，抓住皇帝，立下頭功，想不到宮殿中空空如也，鬼影也沒有一個，陳後主不知去向，這可大事不妙。陳後主雖然無能，但一個有野心的人卻可利用他起事，給政權帶來不穩定因素，當即下令搜查。

後宮佳麗全都已列在景陽殿前聽候發落，卻不見張麗華與孔貴嬪，韓擒虎差一點把宮苑掀翻過來。最後只剩下後花園中的一口枯井了，一群士兵趴在井口大呼小叫，但井中寂然無聲，士兵中有人建議用大石頭投入井中，這時井中忽然傳來討饒的聲音。

於是士兵用粗繩繫一籮筐墜入井中，眾人合力牽拉，覺得十分沉重，大家先是以為皇帝的龍體確實不同凡體，等到拉上一看，才發現陳後主、張麗華、孔貴嬪三人，緊緊地抱在一起坐在籮筐中。士兵們一見歡聲大笑。

據傳由於井口太小，三人一齊擠上，張麗華的胭脂擦落井口，從此，這口井被叫做「胭脂井」，但也有人不齒於陳後主與張麗華、孔貴嬪的作為，把它叫做「恥辱井」。

倘若陳後主能夠及早防備，隋軍不見得就能輕而易舉地渡過長江天塹；如果守城軍士十萬人能夠齊心協力，隋軍又焉能不戰而屈人之兵。假使城破之時陳後主能夠奮其勇毅，登高一呼，未嘗不可以收拾軍心，重整旗鼓，拼戰韓擒虎的區區五百人馬。無奈陳後主只是一個脂粉堆中出色當行的風雲人物，一旦到了與敵人拼戰的時候，簡直就是一個膽小如鼠的窩囊廢，自以為得計地投匿胭脂井中，不啻是死路一條，徒然給後人留下笑柄。

陳後主享盡了人間的榮華富貴，在國亡城破之際，理當以死殉國，否則有何面目苟且偷生？張麗華、孔貴嬪等人也應殉節兼殉情，為南朝最後留一抹淒美的色彩，然而她們都丟人現眼地硬是要等到敵人來決定她們的命運。

後人有感於此，作詩諷刺──

擒虎戈矛滿六宮，春花無樹不秋風。
倉皇益見多情處，同穴甘心赴井中。

韓擒虎當時並沒有為難陳後主，等到賀若弼入城，聽說韓擒虎已抓到陳後主，趕來相見，對他說：「小國之君，入大國之朝，不失作歸命侯，無勞恐懼！」後主一再拜謝，惶恐戰慄不已。

諸事停當，各路軍馬業已次第攻略陳國各州郡，統帥晉王楊廣派遣高熲先行入城，收圖籍，封府庫，並索張麗華。高熲一一照辦，唯獨認為：「昔太公蒙面以斬妲妃，今豈可留張麗華。」於是在清溪旁將張麗華處斬。從此楊廣恨透了高熲，也埋下了後來殺高熲的種子。

唐代魏徵在《陳後主本紀》中評論說──

「生深宮之中，長婦人之手，不知稼穡艱難，復溺淫侈之

風。賓禮諸公,惟寄情於文酒;眼近小人,皆委之以衡軸。遂無骨鯁之臣,莫非侵漁之吏。政刑日紊,尸素盈庭,臨機不寤,冀以苟生,為天下笑,可不痛乎!」

張麗華已經香消玉殞,楊廣為之惋惜了好長一段時間,因為要爭奪皇位的繼承權,不得不多所矯飾,裝出一副禮賢下士、恭謹仁厚的模樣,故示儉約,不好聲色。及其登位而為隋煬帝,接二連三地糟蹋女子,甚至不惜殺兄姦嫂,但這些都不能滿足他對張麗華的想念。最後不惜開鑿運河,三下江都,勞民傷財,歸根究柢,就是對江南風物人情與佳麗的思慕,特別是為了滿足他未曾得到張麗華,在心理上以獲得一些補償。

唐代大詩人杜牧夜泊秦淮,聞岸上酒家女子還在月下高歌陳後主的《玉樹後庭花》,歌聲淒婉,兼蘊南朝幽怨氣韻,良夜寧靜,益增遐思,於是作《秦淮夜泊》——

　　煙籠寒水月籠沙,夜泊秦淮近酒家。
　　商女不知亡國恨,隔江猶唱後庭花。

南朝雖亡,但張麗華留下的風流韻事,仍惹人懸想不已。
槳聲燈影裡的秦淮河啊,幾許風流隨風而去!

天才詩人白居易的生活祕聞

王青笠

白居易，唐代詩人，字樂天，號香山居士、醉吟先生，祖籍太原。於唐代宗大曆七年（772年）正月二十生於河南新鄭縣東郭宅，武宗會昌六年（846年）八月卒於洛陽，享年75歲。晚年官至太子少傅，諡號「文」，世稱白傅、白文公，是我國文學史上相當重要的詩人。

白居易在他那個時代就是偶像級人物，他的文字的影響力不僅在文化圈子裡流傳，同時也風靡娛樂界。他的《長恨歌》、《琵琶行》等流傳之廣，即使到今天大概都不比李小龍的「雙截棍」差。

同時，也有很多人對白居易的一些作為很不以為然。

少年得名，被人當作偶像追捧

在眾多名家當中，白居易大概屬於天才那一類。

他出生不過六七個月的時候，家裡人指著「之」和「無」兩個字逗他玩。他竟然就此記住，以後每次有人問還不會說話的白居易這兩個字，他都能準確指出來。這樣的天才兒童要是把他放在21世紀的今天，包準就讀上那些著名高校的資優班了。

難得的是，白居易沒有像那些資優班的孩子們那樣只是流星一現，他五六歲就學做詩，九歲就熟悉了聲韻——這個人天生就是吃文字飯的。而且白居易讀書很用功，以至於口舌生瘡、手肘

長繭，這樣，他十六歲的時候已經寫出了「春風吹又生」這樣的佳句了。

白居易初到長安拜見前輩尋求提攜，文名赫赫的顧況素來目下無塵，就跟白居易擺起了老資格，說：「京城米價很貴，想要居住在這裡，大概不太容易。」等看了「春風吹又生」之後，馬上改口說：「以你這樣的才華，在京城肯定能混得很好。」想來當時的首都只是米價高，房價還不怎麼嚇人，否則任春風怎麼吹，也吹不出廣廈華堂。

後來白居易詩名日盛，在全國的學校、旅舍、碼頭、妓館這些公共場所，男女老少都在吟誦白居易的詩歌。

當時有個軍官想招個歌伎，有個歌伎為了自抬身價，就說自己能夠背誦白學士的《長恨歌》。果然這招奏效，這名歌伎的身價真的被抬起來了。白居易對此大約多少有點得意，在給朋友的信上特意炫耀了一下。

唐朝流行紋身，當時的社會也不會把紋身和不良青年劃上等號。一位狂熱的超級「白迷」，從脖子往下渾身三十多處紋上了白居易的詩句，經常洋洋自得地在街頭袒胸露臂，放聲高歌。

政壇失意，與歌伎同病相憐

文學上的成就固然值得自負，但那不是白居易心目中的目標，建功立業才是永恆的主題。白居易生活在唐朝的衰落時期，面對軍閥割據、政局動盪的混亂局勢，白居易十分積極地向皇帝進言，希望能夠得到採用。

這個時期的白居易是坦蕩剛直、勇於任事的，但無論什麼時代，這樣的人總是顯得很不「懂事」，他管閒事甚至管到了皇帝的後宮。時值大旱，白居易居然斗膽請求皇帝遣散一部分宮女，

一則縮減開銷，二則減少社會上的曠男怨女。結果誰都能料到，他這分明是去找罵。

壯年氣盛、直言無忌的白居易並沒有實現他的目標，反倒給自己招惹了不少強大的敵人。事實上，他那過於急切直率的作風，讓親自提拔他的皇帝都受不了，有時皇帝老子話還沒說完，白居易就直愣愣地頂嘴：「陛下錯了。」皇帝當場變了臉色，事後對人說：「這小子是我提拔的，居然敢這樣，我看他多半是不想混了。」

雖然皇帝沒有馬上拿白居易怎麼樣，但禍根已經埋下。後來宰相被刺殺，白居易第一個建議追捕主謀，政敵們乘機指摘他越權，照例再加上些謠言，於是就把他貶為江州司馬。於是白居易的第一個政治高峰結束了。

江州司馬白居易雖然失意，在著名的《琵琶行》中，和偶然相遇的長安歌伎大起同病相憐之歎，但他還在等待機會，他心中仍舊懷著希望。

再次回到京城，一開始，白居易行事的風格依然不改，為了堅持立場，甚至不惜和多年好友元稹翻臉。然而政治集團之間激烈的傾軋鬥爭終於讓他漸漸「懂事了」，白居易從憂慮到失望，再到逃離。他承認自己的失敗，為了躲避政治漩渦，甘心外放，做地方官去了。

個人的意願在龐大的命運車輪前顯得實在太藐小，只有少數人一生都是鬥士，白居易不是那種政治需求特別強烈、個人意志特別堅定的人，詩人早年的理想已經在現實中漸漸消磨殆盡。

老來享樂，幾多荒唐幾多愁

白居易也有老的那一天。

到那個時候，他開始享受生活了。

他人是老了，卻開始蓄養大量家姬美女，還親自指點她們學習樂舞。拜他的詩歌流傳之賜，白居易的家姬美女非常有名，其中最有名的是小蠻和樊素，「素口蠻腰」這個香豔的說法，就來自於白居易。

不僅如此，白居易似乎還很喜新厭舊，他10年內換了3批家姬，只是因為過了幾年就覺得原來的家姬變成熟女了，不中看，而這個時候他自己已經67歲了。

當然，不能用現代的標準去生硬地評判一千多年前的古人，在那個時代，白居易的行為不論在法律上還是道德上，都沒有什麼不妥。不過，以白居易當時的年齡，怎麼說也不夠自重。當青春不再時，人往往會遇到精神上的危機，白居易在這個時刻再一次顯示出了自己意志上薄弱的一面。

一場大病之後，白居易大約也感覺到了自己來日無多，雖然不捨，還是把他最鍾愛的小蠻和樊素都遣散了，算是為她們的前途做了一點打算。當初吟唱出「江州司馬青衫濕」的那個悲天憫人的白居易，此刻多少又有點回魂了。

然而白居易對待女性的態度一直被質疑，後來就有了他逼死朋友侍妾的傳聞。關盼盼是白居易好友的姬室，好友死後，關盼盼獨居10年沒有再嫁。白居易聽說後，寫詩一首送給關盼盼，大意是感慨好友一死，好友當年在關盼盼身上的心思全白費了。

本來人死萬事空，這種感歎可說是很正常。但也可以理解為譴責關盼盼不夠意思，並沒有以死殉夫。關盼盼看了這首詩之後，不久就絕食而死了。

這段「公案」後來就成了白居易的罪狀。不過在漫長的時間流逝中，傳說的可信度不免要打個折扣。白居易雖然晚年沉迷於聲色，但也不至於非把別人的老婆逼死，好歹他沒那麼糊塗吧?!

　　不過，只要是人就沒有人是完人，白居易當然也不是。他會退縮，會消沉，也會迷戀於女色！但他自有掩蓋不了的光彩，我們記住他，最終還是因為他的詩篇。

朱熹的沉浮人生

佚　名

　　一代大儒朱熹毫無疑問是中國的名人，世界的名人，是孔子、孟子以來最傑出的弘揚儒學的大師。人們用這樣的話來讚美他：「為天地立心，為生民立命，為往聖繼絕學，為萬世開太平」，確實是當之無愧的。

　　20世紀70年代初，日本首相田中角榮來華訪問時，毛澤東把朱熹的《四書集注》作為國禮贈送給田中首相，反映了中日雙方對於朱熹這位古人推崇備至的心態。

　　「朱子學」在日本有著深遠的影響，至今仍有不少學者在精心研讀《朱子語類》，完全採用漢代「章句之學」的方法，從文字訓詁入手，句讀、注釋、翻譯，再詮釋它的精義。那種崇拜和嚴謹的態度，絕不遜色於任何一位中國學者。

　　這是完全可以理解的。國際學術界認為，朱熹是把孔孟儒學在新基礎上建立哲學體系的最重要的人物，他的思想在15世紀影響朝鮮，16世紀影響日本，17世紀引起歐洲的注意，1714年在歐洲翻譯出版了《朱子全書》。在西方漢學家看來，他的方法論基本上是經驗主義的唯理論，他對儒教世界的影響，可與湯瑪斯‧阿奎那對基督教世界的影響相比。

　　然而，這樣一位大師，在生前卻遭到了不公正的待遇，被當朝用莫須有的罪名——「偽學逆黨」，打倒在地，弄得狼狽不堪，斯文掃地，含恨去世。這是善良的人們所難以想像的。

何故？一言以蔽之，兩個字：政治！

不妨從頭說起。紹興十八年（1148年）朱熹考取進士，此後擔任過一些地方官，但是主要精力用於研究儒學。他向程顥的再傳弟子李侗學習程學，形成了與漢唐經學不同的儒學體系，後人稱為「理學、道學或新儒學」，完成了儒學的復興。他創辦了白鹿洞書院、嶽麓書院，培養學生，普及儒學。他的道德學問受到人們敬仰，流傳、滲透於社會的每一個角落。

他對後世影響最大的並非關於「理」與「氣」的深奧哲理，而是通俗的儒學教化。他把《大學》中的「格物致知，正心誠意，修身齊家，治國平天下」，加以具體化、通俗化，構建了一套周密的社會秩序。他編著《四書集注》，重新詮釋《論語》、《孟子》、《大學》、《中庸》，使得理學透過「四書」而深入人心。為此，他特別致力於編寫兒童啟蒙讀本，例如《小學集注》、《論語訓蒙口義》、《童蒙須知》，對兒童的日常言行、生活習慣，提出道德規範。比如說──

──穿衣：要頸緊，腰緊，腳緊；

──說話：凡為人子弟，必須低聲下氣，語言詳緩；

──讀書：要端正身體，面對書冊，詳緩看字；

──飲食：在長輩面前，必須輕嚼緩咽，不可聞飲食之聲。

這些規矩在今天的「新新人類」看來，似乎過於迂腐、苛刻，其實不然。如果連日常生活細節的良好習慣都難以養成，那還談什麼「修身齊家」，更遑論「治國平天下」了。

這樣一位令人敬仰的大師，當時朝廷出於政治考慮，對他進行嚴厲的打壓、禁錮，成為南宋文化思想界引人注目的咄咄怪事。在中國歷史上，用行政命令手段禁錮一個學派、一種學說，屢見不鮮，它並非學術之爭，而是排斥異己的政治鬥爭。

對朱熹的禁錮也是如此。因為他主張，南宋王朝以臨安（杭州）為首都是不利於發展的，應該遷都到長江邊上的南京，與上游的武昌遙相呼應，以便伺機光復中原。這就是他時常講的「修政事，攘夷狄」、「復中原，滅仇虜」，這種激進主張得罪了那些習慣於偏安、妥協的當權派。

朱熹嫉惡如仇，看不慣當時官場的腐敗，曾經連上6本奏疏，彈劾貪贓枉法的台州知府唐仲友。唐仲友的姻親、宰相王淮授意吏部尚書鄭丙攻擊朱熹，說什麼「近世士大夫所謂道學者，欺世盜名，不宜信用」。

宋孝宗輕信此言，「道學」從此成為了一個政治的罪狀，貽禍後世。

宋寧宗即位後，朱熹提醒皇帝防止左右大臣竊權，引起專擅朝政的韓侂冑嫉恨，把朱熹的道學誣衊為「偽學」。朝廷大臣忌憚社會輿論，不敢過分譴責朱熹。韓侂冑指使親信、監察御史沈繼祖捏造朱熹的罪狀——霸佔友人的家財、引誘兩個尼姑做自己的小妾，詆毀朱熹的名譽，把一貫清正廉潔的朱熹搞得聲名狼藉。從此以後，政壇上對朱熹的攻擊一天比一天厲害，甚至有人公然叫囂要處死朱熹。

如此沉重的政治高壓之下，心力交瘁的朱老夫子不得不違心地向皇帝提出了自我檢討，無可奈何地承認強加於他的罪狀：「私故人之財」、「納其尼女」。為了顯示認罪態度的誠懇，他被迫說了一句最不該說的話：「深省昨非，細尋今是。」等於是徹底否定了自己的過去。

在政治風潮的席捲之下，他的門生朋友惶惶不可終日，特立獨行者隱居於山間林下；見風使舵者改換門庭，不再踏進朱熹家門；更有甚者，變易衣冠，狎遊市肆，標榜自己並非朱熹一黨。

後來朝廷竟然羅織了一個子虛烏有的「偽學逆黨」，一共59人，朱熹便是這個「偽學逆黨」的首領。

到了慶元六年（1200年），這個朱老夫子終於在孤獨、淒涼的病榻上與世長辭。

對於他的死，朝廷提心吊膽，嚴加防範，唯恐他的門生朋友在開追悼會的時候，「妄談時人短長，謬議時政得失。」

這場冤案，終於在9年之後得到昭雪。朝廷為朱熹平反，恢復名譽，追贈官銜，公開聲明他的學說並非「偽學」，他的門生朋友並非「逆黨」。

後來，宋理宗發布詔書，追贈朱熹為太師、信國公，提倡學習他的《四書集注》。此後，朱熹學說作為官方學說，成為聲勢隆盛的顯學，流傳數百年而不衰。

變化之劇烈令人難以置信！正所謂此一時彼一時也，讓人禁不住唏噓歎息。

餓死蔡京

李國文

宋人羅大經《鶴林玉露》丙編卷之六載——

「有士大夫於京師買一妾，自言是蔡太師府包子廚中人。一日，令其做包子，辭以不能。詰之曰：『既是包子廚中人，何為不能做包子？』對曰：『妾乃包子廚中縷蔥絲者也。』」

這個蔡太師，就是北宋末期的大臣蔡京。

我們在《水滸傳》、在《金瓶梅》、在《大宋宣和遺事》這三部古典白話小說裡，都讀到了他。一般來講，歷史人物都在史籍中存在著，而他卻進入口述文學的話本範疇，被說話人予以演義，說明這個人物值得關注。

這個曾經擁有天大的權力，曾經貪下天大的財產，曾經陪著那個混賬帝王宋徽宗，將北宋王朝玩到亡國的，壞得不能再壞的敗類，最後的下場，卻是誰也無法想像得到，富可敵國的他，竟活活地被餓死了。

這樣的一個離奇情節，著實匪夷所思。與羅大經這則隨筆所述及的，其侈靡豪富，其窮奢極欲，其享盡榮華富貴的一生，反差之強烈，對比之懸殊，令人咋舌。

這真讓人不得不信世間確有「因果報應」這一說了。

如果廚娘所言為實，可想而知，太師府的廚房裡，有縷蔥絲者，那也必有剝蒜頭者，擇韭菜者，切生薑者的各色人等，是毫無疑問的了。連料理佐料這般粗活，都如此專業化分工，以此類

推，紅案白案，酒水小吃，鍋碗瓢勺，油鹽醬醋，更不知該有多少廚師、幫手、採買、雜工，在圍著他的這張嘴轉。即使當下一個五星級大飯店的餐飲部門，也未必細到連縷蔥絲都專人負責。

由此可見，這位中國歷史上數得著的權奸，也是中國歷史上數得著的巨貪。在其當朝柄政，權傾天下，為非作惡，喪心病狂之際，那腐敗墮落、淫奢糜爛的程度，到了何等地步。

一般來講，害蟲的出現，不奇怪，封建社會是一人說了算的官僚政權，是毫無監督的專制統治，從來就是滋生貪官污吏的土壤，而大的害蟲出現，還得要有一個縱容、支持、包庇，給他們撐開保護傘的最高統治者。沒有皇帝撐腰，這些權奸，不可能一手遮天，囂張一世的。因此，只要提起蔡京，就得涉及趙佶。而說到昏君宋徽宗，少不了要牽扯到奸臣蔡太師。他倆像一根線拴的兩隻蚱蜢，難拆難分，誰也離不了誰。

蔡京（1047～1126），福建仙遊人，字元長，為徽宗朝「六賊」之首。「元更化」時，他力挺保守派司馬光廢免役法，獲重用。紹聖初年，又力挺變法派章惇變行免役法，繼續獲重用。首鼠兩端，投機倒把，是個被人不齒的機會主義分子。徽宗即位，因其名聲太臭，被劾削位，居杭州。

適宦官童貫搜尋書畫珍奇南下，蔡京變著法兒籠絡這位內廷供奉，得以重新入相。從此，趙佶像吃了他的迷魂藥一樣，言出必從，計無不售。從此，無論蔡京如何打擊異己，排斥忠良，竊弄權柄，恣為奸利，宋徽宗總是寵信有加，不以為疑。

所以，朝廷中每一次的反蔡風潮掀起，宋徽宗雖然迫於情勢，不得不降黜一下，外放一下，以撫平民意，但總是很快地官復原職。從他登基的崇寧元年（1102年），任蔡京為尚書右僕射兼中書侍郎起，到靖康元年（1126年）罷其官爵止，二十多年

裡，趙佶四次罷免了他，又四次起用了他。最後，蔡京年已八十，耳背目昏，步履蹣跚，趙佶還倚重這個老年癡呆症患者，直到自己退位。

任何一位領導人，輕信失察、用人不當的事，難免發生。看錯了人，看走了眼，被假相蒙蔽，做錯誤決策，把次級瑕疵品當優等貨，把三類苗當好莊稼，把偽君子當正派人，把野心家當接班者，這都是可能的。但通常，可一可二不可三，宋徽宗甚至於四，一錯再錯，錯上加錯，實在是不可救藥了。

一個好皇帝，碰上一個不好的宰相，國家也許不會出問題；一個不好的皇帝，碰上一個好宰相，國家也許同樣不會出問題；但一個不好的皇帝，碰上了一個不好的宰相，那這個國家就必定會出問題不可。北宋之亡，固然亡在不好的皇帝趙佶手裡，也是亡在這個不好的宰相手裡。

北方的金兵，鋪天蓋地而來，趙佶遜位了，當太上皇，讓他兒子趙桓，也就是宋欽宗登基接位。彈劾蔡京的奏章，如雪片飛來。其中以孫覿的上疏，最為深刻全面：「自古書傳所記，巨奸老惡，未有如京之甚者。太上皇屢因人言，灼見奸欺，凡四罷免，而近小人，相為唇齒，惟恐失去憑依，故營護壅蔽，既去復用，京益蹇然。自謂羽翼已成，根深柢固，是以兇焰益張，復出為惡。宣導邊隙，挑撥兵端，連起大獄，報及睚眥。怨氣充塞，上干陰陽，水旱連年，赤地千里，盜賊遍野，白骨如山，人心攜貳，天下解體，敵人乘虛鼓行，如入無人之境。」（據徐自明《宋宰輔編年錄》）

這份參奏的對象，與其說是蔡京，毋寧說是趙佶。

宋徽宗作為文人，詩詞一流，繪畫一流，連他的書法，所創造出來的「瘦金體」，也是一流。但作為皇帝，卻是末流，而且

是末流中的末流。因為中國老百姓，不需要一個會畫畫、會寫詩、會彈琴的藝術家皇帝，而是需要一個不給老百姓製造災難的統治者。所以，民間文學對這位亡國之君，口碑從來不佳。

《水滸傳》第二回，有一段介紹，說趙佶「乃神宗天子第十一子，哲宗皇帝御弟，見掌東駕，排號九大王，是個聰明俊俏人物。這浮浪子弟門風、幫閒之事，無一般不曉，無一般不會，更無一般不愛。琴棋書畫，儒釋道教，無所不通，踢球打彈，品竹調絲，吹彈歌舞，自不必說。」

那時，趙佶還在他的潛邸裡做端王，再混賬，再敗家，再不成器，也只是牽涉到他個人而已。何況他是王子，一個有著太多條件，足可以優哉遊哉的花花公子，他為什麼不享受，不快活？

再說，宮廷中最為忌諱的一件事，就是所有可能成為帝位候選人的成員，千萬不能表現出來那種不安於位、躍躍欲試的情緒，弄不好，會招徠殺身之禍。因此，趙佶潛心於文學藝術領域，多方涉獵，興趣廣泛，探索追求，學有所成，是他聰明的抉擇。因此，他寫詩、作畫、學道、性放縱，浪漫得過頭，風流得過分，我們沒有理由苛責他的荒唐。

然而，趙佶十八歲那年，他的兄長哲宗駕崩，無子嗣。一頂御轎，將他抬進宮裡，即帝位。這雖然是天上掉餡餅的美事，但是好還是壞，是走正路還是入邪道，是兢兢業業還是吊兒郎當，是正經八百還是荒淫無恥，他的一舉一動、一言一行，就全都和大宋江山息息相關了。

事實證明，他只能當端王，不能當皇帝。他一坐在金鑾殿上，凡中國昏庸之君的所有毛病，他都具備，凡中國英明之主的應有優點，他全沒有。而且，昏君中最沒救、最完蛋、最可怕、也是最致命的弊端，就是遠君子，近小人，寵奸邪，用壞人，他

當上皇帝以後，整個開封城，成為貪官污吏比賽著誰比誰更無恥、更墮落的罪惡淵藪。

儘管中國封建社會中有過三百多個皇帝，好的極少，壞的極多。然而，老百姓不怕皇帝他一個人混賬，即使三宮六院七十二嬪妃，頂多增加一百個討不到老婆的光棍而已。即使酒池肉林，作長夜之歡娛，耽安宴樂，極鋪張之能事，對偌大一個國家來說，是絕對可以承受得了的。但是，最害怕的，是這個皇帝重用一群虎狼來管理國家，魚肉百姓，那就比天災還要恐怖。因為天災的週期短，一年兩年，三年五年，也就過去了，而人禍的週期，有時是一輩子，必須等到那個災難製造者去見上帝時，才告終止，這可就太痛苦了。

這其中，最狼狽為奸的、最為虎作倀的、最推波助瀾的、最興風作浪的，就是徽宗一直倚為膀臂的股肱之臣的蔡京。宋人著的《大宋宣和遺事》，雖為民間文本，但把北宋之亡的根本原因，說得一清二楚。

「這位官家，才俊過人，口賡詩韻，目數群羊，善畫墨君竹，能揮薛稷書，能三教之書，曉九流之法。朝歡暮樂，依稀似劍閣孟蜀王；論愛色貪杯，彷彿如金陵陳後主。遇花朝月夜，宣童貫、蔡京；值好景良辰，命高俅、楊戩。向九里十三步皇城，無日不歌歡作樂。蓋寶諸宮，起壽山艮嶽。異花奇獸，怪石珍禽，充滿其間；畫棟雕樑，高樓邃閣，不可勝計。」

「役民夫千萬汴梁直至蘇杭，尾尾相含，人民勞苦，相枕而亡。加以歲歲災蝗，年年饑饉，黃金一斤，易粟一斗，或削樹皮而食者，或易子而殤者。宋江三十六人，哄州劫縣；方臘一十三寇，放火殺人。天子全無憂問，與臣蔡京、童貫、楊戩、高俅、朱勔、王黼、梁師成、李彥等，取樂追歡，朝綱不理。」

民間諺語說：「鯰魚找鯰魚，嘎魚找嘎魚。」透出老百姓看透世相的睿智，一下子就把「物以類聚，人以群分」這個最起碼的真理，形象地烘托出來。孔夫子對於小人的許多經典見解，如《論語》中：「君子周而不比，小人比而不周」、如「君子喻於義，小人喻於利」、如「君子和而不同，小人同而不和」、如「君子泰而不驕，小人驕而不泰」，如「君子矜而不爭，群而不黨」，而小人「群居終日，言不及義，好行小慧，難矣哉」等等，直至今天，也仍是放諸四海而皆準的真理。

從古至今，以今及古，凡正派人，光明磊落，「君子不黨」，公道率真，方正坦蕩。而小人在一起，必然要拉幫結派，「群居不義」，寡廉鮮恥，無惡不作。必然要抱圈子，拜把子，拉關係，搞宗派。《水滸》開頭，高俅為巴結權貴，表演球技，那氣球一似鰾膠黏在身上，在場人物一見傾心，馬上引為知己。凡壞人得志之時，也必是好人遭殃之日。

金聖歎批書至此，擲筆一歎：「小蘇學士，小王太尉，小舅端王。嗟乎！既已群小相聚矣！」小人想不發達也不行了，林沖想不被充軍發配滄州，也是不可能的了。

世道就是這樣，一個小人，獨木不成林，也許作不了大亂；兩個小人，雙木則成林，就有可能作奸犯科。而蔡京，加上童貫，加上高俅，再加上一群無恥宵小，「群小相聚」，那豈不天下大亂乎？

宋徽宗做皇帝，在政治上一塌糊塗，在經濟上一塌糊塗，在軍事上，抵抗外侮上，尤其一塌糊塗，在私生活的荒淫無恥上，最為一塌糊塗。

而所有這些一塌糊塗，無不與蔡京這個位列中樞的決策人物有關。這位混賬帝王，對蔡京四起四落，信，疑，復信，復疑，

到最後深信不疑……終於，金兵渡河，國破家亡，他和他的兒子，徽、欽二帝，成為俘虜，被押北上，關在黑龍江依蘭，也就是那時的五國城，死在冰天雪地之中。

北宋完了的同時，蔡京終於走到頭了，老百姓等到了看他垮臺失敗的這一天。據《宋史》稱：「欽宗即位，徙（蔡京）韶、儋二州，行至潭州死，年八十。」、「雖譴死道路，天下猶以不正典刑為恨。」

人民群眾雖然沒有看到他被明正典刑，深以為憾，但要給他一點顏色看看，以泄心頭之恨，以報家國之仇，以吐多年之積怨，也以此殺一殺小人得志不可一世的威風，卻是全國上下，異口同聲的想法。

既然不能動他一指頭，既然不能打他一巴掌，大家忽然悟到，有一條收拾他的絕妙主意，卻是人人可以不用費力，不須張羅即能做到的，那就是在其允軍發配的一路之上，不賣給蔡京一粒糧、一滴油、一根菜，更甭說，一塊烙餅、一個饅頭、一個包子了。沒有發通知，沒有貼布告，更沒有下命令，發文件，街鄉市井，城鎮村社，驛站旅店，莊戶人家，所有的中國人表現出從來沒有過的齊心，讓他活生生地餓死。

饑腸餓肚的蔡京，回想當年，那山珍海味，那珍餚奇饌，現在連一口家常便飯，也吃不著了。那時候，他愛吃一種醃製食品「黃雀醋」，堆滿三大間廳堂，他轉世投胎一千次，也吃不完，現在想聞聞那撲鼻香味，也不可能了。那時候，他想吃一個包子，得若干人為之忙前忙後，現在，即使那個縷蔥絲的婦女碰上他，也絕不肯將縷下的廢物——一堆爛蔥皮，給這個兩眼翻白的餓鬼。

中國人對於貪官污吏的憎恨，是絕對一致的，再也沒有比這

種餓死蔡京的死法，更讓人民大眾開心的了。

　　王明清《揮麈後錄》說道：「初，元長之竄也，道中市食飲之物，皆不肯售，至於辱罵，無所不至。乃歎曰：『京失人心，一至於此。』」《大宋宣和遺事》載：蔡京最後「至潭州，作詞曰：『八十一年往事，三千里外無家。孤身骨肉各天涯，遙望神州淚下。金殿五曾拜相，玉堂十度宣麻。追思往日謾繁華，到此翻成夢話。』遂窮餓而死。」

　　——這就是餓死蔡京的故事。

　　蔡京雖然餓死了，但不等於所有蔡京式的人物都餓死了，因此，這個陳舊的故事，或許能讓有些人，讀出一點點震懾的新意來吧？

歷史不忍細看

黃文山

　　歷史不忍細看。歷史如何能夠細看？一細看，便好比用高倍放大鏡看美人，光潔圓潤全然不見，入目但是鱗紋交錯、毛孔僨張、瑕疵畢露。於是，歷史在很大程度上只是大處著墨，更何況，還須為尊者諱、為名人遮、為君上避、為時政忌。

　　因此，讀史時，常常會讀出幾分含混、幾分閃爍。那當然是史家的難言之隱。但其實那幾分含混和幾分閃爍中，往往藏著許多細節的真實。

　　何妨仔細看一下，透過發黃的卷宗，觸摸一次歷史曾經跳動的脈搏呢？

袁崇煥的失敗

　　在明代被殺的邊關守將中，袁崇煥的死大約是最冤屈的。他沒有兵敗失地之過，卻生生被誣陷為叛敵，是引清兵破邊牆進犯京都的罪魁禍首。

　　袁崇煥當然不該死，袁崇煥本來也不會死。雖說他是因為中了皇太極的反間計而被崇禎殺害，但細細檢點，這個結果與袁崇煥的為人性格不無關係。

　　寧遠城位於山海關和錦州之間，自古以來為兵家必爭之地。明朝先後調往該地區作戰的有五十多名戰將，其中不乏兵部尚書、大學士、總督等頭銜的高級官員。而戰功最顯赫的當屬袁崇

煥。袁崇煥守寧遠，兩次擊退兵力占絕對優勢的清軍進攻。努爾哈赤本人就是在寧遠城下中炮受了重傷，以致不治身亡。有了這些資本，袁崇煥開始驕傲起來，目空一切，並在崇禎皇帝和朝臣面前發表不切實際的言論，從而種下敗亡的禍根。

崇禎元年（1628年）七月，當清軍大舉進攻錦州時，皇帝召集眾朝臣開會。皇帝憂心忡忡地問袁崇煥東方戰事何時能了，袁崇煥居然十分輕率地回答：「五年為期吧。」沒有一位朝臣相信袁崇煥的大話，但皇帝卻大加讚賞。

袁崇煥接著在朝堂上做出近乎跋扈的舉動，逼著各部大臣在皇帝面前逐一表態，不僅要保障袁崇煥大軍的物資供應，而且在用人調兵上一任所為，不得掣肘。這也就是他提出的要皇帝讓他便宜行事，並且不許朝臣干預乃至議論。朝中許多大臣對袁崇煥借皇帝重用之機，要脅需索，得寸進尺，最後竟想箝制言官的所作所為大為不滿。

袁崇煥上任後，戰事並未像他預言的那樣順利。他便想通過和議暫時中止清軍凌厲的攻勢。還在熹宗時，袁崇煥便曾當過和談代表，但他卻忘了當今天子是一位剛愎自用而又敏感多疑的君主。而這期間，又發生了他擅殺皮島守將毛文龍的事件。崇禎皇帝看袁崇煥如此行事，心裡不免害怕。而朝中大臣則議論紛紛。袁崇煥任性使氣，殊不知已把自己一步步推向敗亡的深淵。

皇太極正是利用這一事件而施展反間計。一方面將袁崇煥議和之事大加渲染，廣為擴散，並把殺毛文龍稱為袁崇煥向後金（清）討好的舉措；另一方面，親率大軍繞道喜峰口，攻破邊牆，直逼北京城下。致使京師上下震動，紛紛傳說袁崇煥通敵。這時，生性多疑的崇禎皇帝再也沉不住氣了，下令將袁崇煥逮捕，並立即綁往西市斬首。可悲的是，此時滿朝文武竟然沒有一

個人站出來為他說句話。因此，一代名將袁崇煥便這樣成了一場特大冤案的受害者。

袁崇煥沒有在強敵面前打過敗仗，但他卻敗在自己狂傲不羈的性格上。

誰殺害了岳飛？

究竟是誰殺害了岳飛？

一千多年來跪在岳飛墳前的四尊鐵人：秦檜夫婦、張俊和万俟卨，似乎已經告訴了人們答案。對於岳飛的死，他們當然難脫干係。但僅僅是他們四人，就能置岳飛於死地嗎？

處死岳飛，當然需要皇帝點頭。那麼殺害岳飛的人之中，宋高宗應該算一個。但高宗皇帝為什麼一定要殺岳飛呢？

岳飛是南宋初年最傑出的抗金將領，在張俊、韓世忠、楊沂中、劉光世、岳飛五支抗金大軍中，岳家軍軍力最強，紀律最嚴明，戰功最顯赫，是南宋王朝一道堅不可摧的長城。岳飛本人因累累戰功加官至太尉、少保，是正一品的官員，在武將中軍階最高，位居三公之列。高宗皇帝更下詔命說：「中興之事，朕一以委卿，除張俊、韓世忠不受節制外，其餘並受卿節制。」兵權之重，天下無雙。對於這樣一位擔負著南宋中興重任的軍事統帥，能說殺就殺嗎？

那麼，是什麼時候，埋下了殺害岳飛的種子？它又是怎樣發芽而後瘋長的？

如果將南宋的朝堂比作一架天平，那麼，主戰派和主和派便是天平的兩邊。無論哪一派占上風，天平就會向一邊傾斜。而宋高宗就是調節天平的那隻手。和耶？戰耶？始終是朝堂上爭議最激烈的話題。當然，主戰派砝碼的分量還來自於在前線作戰的幾

支部隊。軍事上的得失，直接影響著宋高宗調控天平的決心和力度。岳飛顯然已是天平上那顆最大和最重的砝碼，主和派自然處心積慮地想把他去掉。但若僅僅以主戰和主和兩派鬥爭，來反映南宋國內的政治態勢就未免太簡單一些。

實際上，宋立國以來，就一直被一項國策所困擾，那就是如何安排軍人的位置。宋的開國皇帝趙匡胤就是軍人出身，而且是靠兵變奪取政權的。他深知軍隊的厲害，但他不學漢高祖劉邦濫殺功臣，而是設宴款待石守信等大將，宴飲之間，許以高官厚祿，然後要他們交出軍隊指揮權。這就是著名的「杯酒釋兵權」故事。接著，他又制定了以文制武的文官管理制度。整個北宋期間，這個制度牢不可破。

但南宋一開國，情況就不同，高宗趙構剛登基就被金人攆著屁股打，一直跑到溫州，還一度住在海船上以躲避金兵的鋒芒。而手下的一班文臣只會跟著逃命，一點退敵的本事都沒有。是岳飛、韓世忠他們打退了金兵，才使得南宋保有了長江以南的大片國土。但戰爭的狼煙並沒有因此消散，金人的鐵騎還在江北的大地上馳騁。由於南宋一直面對強敵的壓迫，軍人的作用便日顯重要，軍人的聲音也逐漸由弱變強。但這顯然與宋太祖當初的立國制度格格不入。

宋設樞密院，為國家最高軍事機構，知樞密院事一直由文官擔任。其實，北宋的邊關統帥也都由文官擔當。比如，宋仁宗時，鎮守西北防禦西夏的兩位統帥，一位是韓琦，另一位是范仲淹，時稱「韓范」，都是當時著名的文人將領。南宋沿襲舊制，仍然由文官指揮軍隊，並且每支部隊的規模、編制，都有一定的限制。

岳飛獨立成軍時只有正兵萬人，但在鎮壓太湖楊么、鍾相起

義後，吸收了大批原起義軍士兵入伍，軍力大大增強，總兵力增至十萬。這本來是件好事，但卻引起了朝廷的深度不安。宋朝廷詔令岳家軍以「三十將為額」，就是想以軍官數量來限制岳家軍的擴張。但隨著岳家軍不斷打勝仗，隊伍也在不斷擴大，不久即增至八十四將，大大突破了朝廷的編制限額。因為宋高宗不吭氣，樞密院對此也無可奈何。

軍隊作戰，需要徵糧、籌款、派夫等後勤供應，因此，便要佔有固定的防地，享有便宜處置管內行政、財政的權力。岳家軍因為軍隊龐大，所管轄的州縣比起其他部隊自然要多出好幾倍，而且岳飛戰區隨著戰事推進還在擴展。加之幕僚隊伍也在一天天擴大，大批讀書人來到岳家軍，他們為軍隊書寫文書、布告、奏章，甚至參與政治謀劃和軍事行動。

而這正是執政的文官集團最不願看到的。這批讀書人不但在文書布告上激揚文字，藉機宣洩自己的情緒，而且還處處臧否時政。岳家軍的文告奏疏常常引起朝臣們的強烈不滿，但這些都被岳家軍取得的一系列勝利的戰役而掩蓋了。

一開始和岳飛發生衝突的恰恰就是主戰派的重要人物張俊。張俊原為翰林院編修官，因勤王有功，且力主抗金，受到高宗皇帝的信任，遷知樞密院事，相當於今天的軍委祕書長。他指揮全國的抗金軍事行動，直接對皇帝負責。但知樞密院事只是個正二品的文官，而受他指揮的岳飛因軍功赫赫已被皇帝拜為太尉，官居一品。將帥之間的關係便顯得很微妙。

紹興七年（1136年）岳飛計劃乘金人廢劉豫之機，合諸將之兵北伐。皇帝親自接見了他，讚許他的計畫，並下詔將王德、酈瓊兩支部隊交由岳飛統一指揮。但張俊不想岳飛軍力太過擴張，想另外安排這兩位將領，於是找岳飛商量。

　　岳飛認為如果那樣安排，恐怕兩人不服。張俊當即變臉說：「我當然知道，除非太尉（指岳飛），誰都不能勝任。」岳飛與張俊發生衝突，心情也很不愉快，當日便上奏章，要求解除兵權，回去為母親服喪。張俊大怒，上奏說岳飛處心積慮一意想兼併其他部隊，提出回家服喪，是對皇帝進行要脅。而秦檜在一旁也流露出「忿忿之意」。

　　在皇帝的默許下，張俊不但堅持自己的安排，並且還派都督府參謀官張宗元擔任岳飛軍隊的監軍。這引起了岳家軍將領的強烈不滿。岳家軍主將張憲稱病不理軍務，其他將領如法炮製。而且「部曲洶洶，生異語」。這件事更增加了朝廷上層文官集團對武將的疑慮。後來岳飛被殺，秦檜便是從這裡打開了缺口，找到了陷害的理由。

　　不久，酈瓊叛變投敵，張俊引咎辭職，秦檜接任樞密院事，接著又擔任了宰相。秦檜是主和派的領袖，受到高宗的信任，一直與金人周旋，力圖創造和議局面。這樣，一心想依靠作戰收復河山的岳飛與秦檜之間不斷發生摩擦。

　　紹興九年（1138年），當秦檜聲言和議已取得進展，金人將歸還南宋三京及河南之地時，岳飛上奏章反對說：「金人不可相信，和議不可依賴。相國（指秦檜）為國家謀劃不善，恐怕為後世留下笑柄。」皇帝看了岳飛的奏章後，便將和議之事擱下，秦檜因此對岳飛恨得咬牙切齒。

　　紹興十年（1139年）岳飛率大軍北伐，郾城一戰，消滅了金兀朮的騎兵主力，接著又取得朱仙鎮大捷。他打算乘勝前進，一舉收復中原。然而，南宋朝廷上下對岳飛的勝利卻憂心忡忡，高宗急令岳飛班師，並一連下了十二道金牌。岳飛抗爭不過，悲憤地仰天長歎：「十年之功，毀於一旦！」

翌年，金兵入侵江淮，高宗又急忙詔岳飛赴江州救援。岳飛卻遲遲不肯發兵，他提出要乘金人後方空虛，準備直搗中原。高宗為此竟連下十七道文書，岳飛不得已才出兵救援。朝廷上下對岳飛的抗旨行動議論紛紛。而一直被勝利的光環籠罩著的岳飛，哪裡知道，因為自己率性的行為，已經種下了被罪的禍根。

宋高宗一方面對以岳飛為首的抗金將領優撫有加，勉勵他們努力作戰；而另一方面，又默許文官集團想方設法削弱武將兵權恢復傳統體制的措施。此時，在南宋的朝堂上，「文武之途若冰炭之合」。

在文官們的眼裡，軍隊本來只是一部作戰機器，不應該有自己的思想，不應該發出自己的聲音，更不應該有自己的感情。而自說自話、不聽招呼，總是特立獨行的岳家軍顯然已經嚴重偏離了正統軌道，這當然是不可容忍的。宋金紹興和議簽訂後，以秦檜為首的文官集團立即著手解除張俊、韓世忠、岳飛三人的兵權，將三支部隊的指揮權直接收歸樞密院。

這時的岳飛已經預感到禍之將及，日夜不安，心情十分沉重。他在一首《小重山》詞中細訴自己的苦悶心情：「昨夜寒蛩不住鳴，驚回千里夢，已三更。起來獨自繞階行，人悄悄，簾外月朧明。白首為功名，舊山松竹老，阻歸程。欲將心事付瑤琴。知音少，弦斷有誰聽？」

但不等岳飛找到解脫的辦法，在高宗皇帝的默許下，秦檜等一干人已迫不及待地對他下手了。

沒有誰能阻止這一切的發生，因為在秦檜的背後，是整整一個王朝制度。

張居正：中國唯一順風順水的改革家

李國文

　　只一提到張居正，人們馬上就會想到他在明代後期，所推行的一系列改革。

　　張居正（1525～1582），字叔大，號太嶽，湖北江陵人。擔任明神宗朱翊鈞的首輔，達十年之久，是個有作為、具謀略、通權術的大政治家。張居正的改革，了不起，我打心眼裡佩服他；但對他這種太厲害的人，絕無好感。凡強人，都具有一點使人討厭的「侵略性」，他總要求你如何如何，而你不能希望他如何如何。大樹底下不長草，最好敬而遠之。

　　明代不設宰相，是朱元璋定下的規矩。這位獨裁者要求高度集權，只挑選幾名大學士為其輔佐。在這些人中間，指定一個小組長，就是所謂的「首輔」。說到底，首輔其實就是一人之下，萬人之上的宰相、丞相，或首相。而張居正，是明代歷朝中最具強勢的首輔，在任期間，擁有說一不二的權力；因為朱翊鈞十歲登基，相當一個小學三、四年級的學生，對於這位嚴肅的老師，敬畏之餘，言聽計從，是可想而知的。

　　我之所以說他了不起，就因為張居正是中國唯一沒有什麼阻難，順風順水的改革家。

　　他之所以沒吃苦頭，是由於皇帝支持，而皇帝支持，又是皇太后和大內總管聯手的結果。有這樣三位一體的後臺，他有什麼怕的，願意怎麼幹就怎麼幹。當然，不可能沒有政敵，更不可能

沒有政治上的小人，但張居正是縱橫捭闔的九段高手，在政壇上所向披靡，政敵都不堪一擊。小人，他更不在乎，因為他自己也是個相當程度上的小人。

只有一次，他一生也就碰到這麼一次，弄得有點灰溜溜地，有點尷尬。因為其父死後，他若回去奔喪，丁憂三年，不但改革大業要泡湯，連他自己的相位能否保住，都成問題。便諷示皇帝下令「奪情」，遂引發出來一場面摺廷爭的軒然大波，使心虛理虧的他，多少有些招架不住。最後他急了，又借皇帝的手，把這些搗亂分子推出午門外，按在地上打屁股，用「廷杖」強行鎮壓了下去。

張居正穩居權力巔峰時，連萬曆皇帝也得視其臉色行事。這位年輕皇帝，只有加入與太后、首席大太監馮保組成的鐵三角，悉力支持張居正。如此一來，宮廷內外、朝野上下，首輔還用得著在乎任何人嗎？

眾望所歸的海瑞，大家期待委以重任，以挽救日見頹靡的世道人心，張居正置若罔聞，將其冷藏起來。

文壇泰斗王世貞，與張居正同科出身，一齊考中進士，他很巴結這位首輔，極想進入中樞，可被張婉拒了：「吳幹越鉤，輕用必折，匣而韜之，其精乃全。」勸他還是寫他的錦繡文章去了。與李贄齊名的何心隱，只是跟他齟齬了兩句，後來，他發達了，他的黨羽到底找了個藉口，將何心隱收拾掉以討他歡心，他也不覺不妥而心安理得。

所以，張居正毫無顧忌，放開手腳，對從頭爛到腳的大明王朝，進行大刀闊斧的改革。他最為人稱道的大舉措，就是動員了朝野的大批人馬，撤掉了不力的辦事官員，鎮壓了反抗的地主豪強，剝奪了抵制的貴族特權，為推廣「一條鞭法」，在全國範圍

內雷厲風行,一畝地一畝地地進行丈量。

在一個行政效率奇低的封建社會裡,在一個因循守舊的官僚體制中,他鍥而不舍地調查了數年,立竿見影,收到實效,到底將繳賦納稅的大明王朝家底,摸得清清楚楚,實在是亙古未有的壯舉。

幸運的張居正,他是死後才受到清算的,他活著,卻是誰也扳不倒的超級強人。強到萬曆也要望其顏色。有一次,他給這位皇帝上課,萬曆念錯了一個字音,讀「勃」如「背」,他大聲吼責:「當讀『勃』!」嚇得皇帝面如土色,旁邊伺候的臣屬也大吃一驚,心想:張閣老,即使訓斥兒子也不該如此聲嚴色厲呀!

我在想,樹敵太多的張居正,以其智慧,以其識見,以其在嘉靖、隆慶年間供職翰林院,冷眼旁觀朝野傾軋的無情現實,以其勾結大太監馮保將其前任高拱趕出內閣的卑劣行徑,會對眼前身邊的危機全然無知?會不感到實際上被排斥的孤獨?

後來,我讀袁小修的文章,這位張居正的同鄉,有一段說法,使我釋疑解惑了:「江陵少時,留心禪學,見《華嚴經》,不惜頭目腦髓以為世界眾生,乃是大菩薩行。故其立朝,於稱譏毀譽,俱所不計,一切福國利民之事,挺然為之。」

唉!這也是許多強人,在興頭上,不懂得什麼叫留有餘地,什麼叫急流勇退的悲劇。他忘了,你強大,你厲害,你了不起,但你無法改變上帝。

這位活得太跋扈、太吃力,太提心吊膽,太心神不寧的改革家,終於邁不過去萬曆十年(1582年)這個門檻,二月,病發;六月,去世;享年五十七歲。

他活得比同齡人都短命,王世貞六十四歲,耿定向七十二歲,李贄七十五歲。

張居正的死亡，早有預感，掌政十年，心力交瘁，是主因。「靡曼皓齒」，也是促其早死的「伐性之斧」。他渴嗜權力，沉迷於女色，欲望之強烈，後者甚至要超過前者，這情形在歷史上是少見的。

一方面，明代到了嘉靖、萬曆年間，淫風大熾，整個社會洋溢著一種世紀末的氣氛。享受，佚樂，奢侈，腐化，縱情，放誕，糜爛，荒淫，是普遍風氣。一方面，張居正在「食色性也」的需求，高出常人許多倍，永不饜足，到了不能自拔的地步。

057

萬曆十年（1582年）六月，張居正壽終正寢，備極哀榮。十月，追劾者起，反攻倒算。萬曆十一年（1583年）三月，屍骨未寒，奪其官階。萬曆十二年（1584年）四月，墳土未乾，又籍其家。最為慘毒的是，因為抄不出萬曆所想像的那麼多金銀財寶，令兵圍其江陵祖居，挖地三尺，株連勒索，刑訊逼供，家人有餓死的，有上吊的，剩下的也都永戍煙瘴地面，充軍發配。

張居正這個家破人亡的最後結果，並不比商鞅或者是譚嗣同好多少。

張居正是中國歷史上少有的政治強人，因為只有他孤家寡人一個，以君臨天下的態勢，沒有同志，沒有智囊，沒有襄助，沒有可依賴的班子，沒有可使用的人馬，甚至沒有一個得心應手的祕書，只用了短短十年工夫，把整個中國倒騰了個夠，實現了他所釐定的改革宏圖。這種孜孜不息，挺然為之，披荊斬棘，殺出一條生路來的精神，是非常值得後人欽敬的。

但是，封建社會已經到了百足之蟲、死而不僵的沒落晚期，不論什麼樣的改革和改良，都不可能取得成功，腐朽的制度如下墜的物體，只能加速度地滑落，而非人力所能逆轉。這也是舊中國徒勞的改良主義者，最後逃脫不了失敗的根本原因。

不過，就張居正的改革而言，其傑出的歷史地位，是不言而喻的。但肯定的同時，他的驕奢淫逸，恣情聲色，刻薄寡恩，跋扈操切，也是後來人對其持保留看法的地方。

　　對這樣一位複雜的歷史人物，這樣一位生前享盡榮華，死後慘遭清算的改革者，個人的是和非，還可以千古議論下去，張居正在歷史上給我們的啟示，便是這種對於改革的認知，這是也正他永遠的價值所在。

李贄：明朝第一思想犯

彭　勇

　　明朝這一代，有趣得很。皇帝們嗜好奇特，大臣們倒聲名卓著，就連思想界的「異端邪說」也令人瞠目結舌。若是走在明朝晚期的大街上，隨口提到李贄這個名字，別說儒林學士了，就是販夫走卒，都會雙眼放光：「李贄又出暢銷書了？還是上講壇品孔子了？」熱烈之情溢於言表，連另一個學問家顧炎武都有點酸溜溜的，說是「一境如狂」啊！

　　思想家做到這個分上，成大眾偶像了，肯定得受點爭議。

　　不過，李贄惹的爭議實在太大，他一竿子捅到底，把深宮裡的皇帝給驚動了。萬曆皇帝調來他的案子一看，出身沒問題，履歷很簡單：先做官，後做和尚。正準備放他回老家算了，沒料到李贄用一把剃刀在喉嚨上輕輕一割，揭開了他狂放思想中最後的答案：寧願做自由烈士。

做個傲慢清官又何妨

　　不管李贄是多麼「離經叛道」，有何等「異端邪說」，他找到的第一份工作，還是做官。

　　李贄祖上跟朝廷頗有淵源，曾奉命下西洋經商，雖不像鄭和混得有頭有臉，但總算富甲一方。可惜強小子李贄1527年初冬在福建泉州出生時，明王朝已進入了嘉靖皇帝的第六個年頭，「海禁」已起，家道中落。迫於生活壓力，只好另謀出路，希望靠讀

書闖出一片天地。

天才兒童李贄一鳴驚人，12歲就寫出《老農老圃論》，把孔子視種田人為「小人」的言論，大大挖苦了一番，轟動鄉里。這下好了，特長一欄既然填上「寫作」二字，只好錦繡文章賣於帝王家。很快，26歲的李贄考中舉人；4年以後，謀得河南共城（今輝縣）教諭之職，成為養家糊口的主力軍。

後世有歐洲人米盧說：「態度決定一切。」我們明朝高材生李贄的態度，就是對著官場輕蔑地說：「我混飯來了。」這決定了他做官所具有的兩個特點：一是傲慢，二是清貧。

首先，來看看李贄怎麼個傲慢法。

第一，他非但不像范進中舉一樣，給左鄰右舍來點喜劇，反而堅決不再考進士。所以打這以後，舉人李贄，只能在八九品小官的基層公務員崗位上接受鍛鍊，國子監博士、禮部司務、刑部員外郎……統統俸祿微薄，公務不多。

第二，從當官第一天起，他就不齒於官場暗規則，更鄙視自己為五斗米而折腰，於是履行完公務就「閉門自若」，擺明了不與同事打交道。

第三，他閉門是在鑽研學問，一個12歲就敢把矛頭指向孔子的人，那種天才般燃燒的自由思想、個人情懷日益成熟，處理公務自然處處與上級唱反調，典型的「刺頭」型人物。

長期的傲慢讓李贄的薪水袋很難跟上明朝經濟發展的形勢。混自己的飯雖然夠了，但他早不是一人吃飽全家不餓的單身貴族，他把家養得很不妙，未達到溫飽水準。甚至在1564年，好不容易靠著祖父病故收了筆「賻儀」錢（賻儀是指長輩去世時，上司和同僚送的銀兩，是明代官場慣例），扣除自己奔喪的費用，其餘留給妻女買了田地，他滿心以為能過上安穩日子了。誰知從

泉州回來一看：大旱，顆粒無收，兩個女兒活活餓死了⋯⋯

不過，傲慢和清貧絕不影響李贄做個好官。51歲時他得到一個正四品實職，雲南姚安知府。這實在不是個美差，西部待遇不好，姚安又是少數民族聚居區，但這絲毫沒有妨礙他建功立業。他迅速摸清民情，採用無為而治的方式，對民族糾紛，「無人告發，即可裝聾作啞」，從不擴大事態；對民族上層人士，以禮待之，輸以至誠。三年任期下來，民族工作抓得有聲有色，令雲南巡按御史劉維刮目相看，要向朝廷舉薦他。

按說，這該是一輩子顛沛流離的李贄官場生涯的轉捩點。哪知道李贄聽到消息，拔腿就跑，逃進了滇西雞足山裡。天上掉下的餡餅他硬是不要，定要劉維替他交了辭職信，才肯從山裡出來。25年的官場生涯啊，他實在累了，新婚的夫妻都熬成銀婚的老伴，可他李贄，是永遠熬不滅心裡那把自由火、身上那股執拗勁的！

於是，李贄離姚安，士民擁車，遮道相送，車馬不能前也。

「學術和尚」也瘋狂

辭了官的李贄心裡非常難過。首先，他沒有完成養家糊口的最低奮鬥目標；其次，他大半生還為生計丟掉了最高奮鬥目標——學術。

他還記得多年以前，在北京補了禮部司務的缺，有人嘲笑他說，等了幾年撈到一個窮得要命的閒職。他自己是怎麼回答的：「我心目中的窮，同一般人說的窮不一樣。我覺得最窮是聽不到真理，最快樂是過自己感興趣的生活。十幾年來我奔走南北，只是為了生活，把追求真理的念頭遺忘了，如今我到了京師這種地方，能找到博學的人請教，就是快樂。」

言猶在耳，可歲月已蹉跎。你看那女兒墳塋舊，你看那老妻紅顏改，你看我這一把老骨頭還能做學問嗎？

當然能。

李贄想到做到。55歲的他攜妻從雲南直奔湖北黃安的天臺書院，他白天講學論道，夜宿好友耿定理家中，主業是門客，兼職則是家教。

不幸的是，他招收女弟子，以及個性要解放、個人要自由的「異端邪說」，與耿定理的哥哥——刑部左侍郎耿定向的正統觀點激烈衝突，雙方水火不容。耿家門人也分成了兩派，彼此用拳腳來解決真理問題。耿定理一去世，李贄就從耿家搬出來，遷往麻城，投靠另一位知己周思敬，開始了孤寂的學術流浪。

這一回，李贄似乎吸取了教訓，不住朋友家，住寺院。第一站，住維摩庵，算是半僧半俗的「流寓」生活；第二站，住龍湖芝佛院，在周思敬資助下讀書參禪。

李贄一定想不到，他與寺院結下了「孽緣」，頓時讓耿定向得意地笑起來：「小樣！總算逮著你的把柄了。」李贄還以為得來全不費功夫，清淨了，於是把妻子、女兒、女婿送回泉州老家，「既無家累，又斷俗緣」，正式登記為芝佛院的常住客戶和職業作家。書寫到高興處，索性剃髮留鬚，故意擺出一副「異端」面目，儼然是個搞學術的老和尚，如此一搞便是10年。

結果，李贄紅了！舉國上下，滿城淨是李贄的「粉絲」。工部尚書劉東星親自接他去山東寫作；歷史學家焦竑替他主持新書發布會；文壇鉅子袁氏三兄弟跑到龍湖陪他一住三個月；義大利傳教士利馬竇和他進行了三次友好的宗教交流；全國各大城市輪流邀請他去做訪問學者。

李贄一開壇講學，管你是哪座寺廟，在什麼深山老林，和

尚、樵夫、農民，甚至連女子也勇敢地推開羞答答的閨門，幾乎滿城空巷，都跑來聽李贄講課。這下子，李贄成了橫掃儒、釋、民間的學術三棲明星了，明朝竟出了個前所未有的大眾偶像。這還得了！

李贄學說，哪來如此魅力？

答案是不言而喻的。他流浪各地，對社會中下層生活深有體會；他執政多年，和學術精英有過思想的碰撞。兩方面的經歷，最大限度地激發了他自幼的反叛精神和個性思想，在幾千年來「三綱五常」的「無我」教條下，喊出了人人皆聖人、可以有自我的心聲。就衝著這一點，能不得到飽受壓抑的儒學士子、平民百姓的歡迎嗎？

剃刀下的亡魂才自由

表面上看起來，李贄生活形勢大好。當然，這不是說他的物質生活。在物質上，李贄依然一貧如洗，而且脾病嚴重，身體日漸衰老；過分燃燒的思想也像水蛭一樣，吸食了他虛弱的體力。但是，他的學術成就讓他覺得，自己幸福像花兒一樣。

可是，李贄晚年的生活環境迅速惡化。

友人越是傾力相助，民眾越是趨之若鶩，敵人就越是磨刀霍霍，恨他恨得牙癢癢地。

萬曆二十八年（1603年），76歲高齡的李贄回到了龍湖，打算結束多年流浪的生活，終老在此。此時，老對頭耿定向終於發難了。而且，是一個李贄做夢都想不到的罪名：僧尼宣淫。

頑固的正統思想衛道士，指責李贄作為一個僧人，不節慾，倡亂倫，有傷風化，慫恿黃安、麻城一帶的士大夫「逐遊僧、毀淫寺」。頑固的地方官吏，以「維護風化」為名，指使歹徒燒毀

李贄寄寓的龍湖芝佛院，毀壞墓塔，搜捕李贄。

老頭子李贄，只好再次出逃，躲到河南商城縣的黃蘗山中。他終於意識到生活小節上的狂放不羈，也能帶來百口莫辯的後果。其實，李贄剃髮頗有苦衷。頭一條，天熱頭癢，又寫書無暇，乾脆不梳不洗，剃掉省事；再一條，做官20多年，約束受夠了，如今辭職做學術，竟然又被家人約束，不是催他回去，就是前來找他，還是沒有自由，不如剃髮明志：我就是不回家了。又一條，好不容易學問有成了，社會上又冒出許多閒人，指責他是「異端奇人」，還是不自由。說來說去，青絲誠可貴，長髮蓄多年。若為自由故，為何不能剃？李贄剃髮，表明了他對世俗的厭倦勝過了同情，他實在想讓自己快樂一點。

但是，剃髮雖真，出家卻假。李贄從來沒有受過戒、拜過師。佛祖門下，簡直是平白無故多了個榮譽弟子。至於說李贄「宣淫」，已是「欲加之罪，何患無辭」，76歲垂老之人怎麼有那麼大的能耐，在龍湖芝佛院「狎玩妓女」、「勾引士人妻女」？

其實，在中國歷代王朝，畏懼思想者思想的火花，卻又不敢以思想的名義逮捕，這種事情並不少見。皇帝們總是害怕，一旦思想的罪名寫進詔書公告天下，那不是讓老百姓都知道有種叫「星星之火」的東西？那還了得，他們一學會，立即可以燒掉這金燦燦的宮殿。於是，各位大臣、眾位卿家，快快替朕想個可治其罪的罪名來。

萬曆皇帝的大臣們想出來了：桃色八卦新聞。

大臣們聲淚俱下地控訴著和尚與尼姑、妓女、淑女的故事，萬曆皇帝聽得很滿意，他在逮捕令上做出了批示：「李贄敢倡亂道，惑世誣民。令下詔獄治罪。他的著作不論出版與否，一概查

抄燒毀，凡收藏、保留者，嚴罰不貸！」

逮捕過程非常順利。當時李贄就在北京通州的好友馬經倫家裡，他是應邀到此著書講學的。聽說抓他的錦衣衛到了，身體已經很羸弱的李贄，竟然快步地走了出來，大聲說道：「是來逮捕我的吧，快給我抬來門板，讓我躺上去。」錦衣衛目瞪口呆，只好按照吩咐，把他抬進了監獄。

對死，李贄無所謂得很：「今年不死，明年不死，年年等死，等不來死，反等出禍。」然而，萬曆皇帝並不打算讓他死，思想的傳播已經扼殺，桃色案子、八卦新聞又不是什麼死罪，皇恩浩蕩其實也很容易。

於是，李贄既沒受什麼刑，又可以讀書寫字，牢獄條件不可謂不好。最終的判決書下來了，李贄一看：送回老家，由地方看管。他頓時失望了：一個自由的鬥士，怎麼能夠被看管？

萬曆三十年（1602年）三月十六日，李贄靜坐於北京皇城監獄，一名侍者為他剃頭。剃好以後，李贄搶過剃刀，朝自己的脖子割去，頓時鮮血淋漓。侍者大急，問年老的犯人：「和尚痛否？」李贄不能出聲，以指在侍者手心寫：「不痛。」侍者又問：「和尚為何自割？」李贄寫：「七十老翁何所求？」輾轉兩日，終於斷氣⋯⋯

他用一把剃刀，追求到了他的自由。

從此，李贄漂亮地宣告了明末思想界的沉寂，宣告了自由時代的遙遙無期，也宣告了對封建朝廷無聲的蔑視⋯⋯

從康熙與西學談起

吳小龍

最近偶然看到了有這麼一套光碟，題為《清宮密檔》，介紹第一歷史檔案館所藏的清宮檔案。雖然也只是普及層面上的介紹，但憑藉實物和圖像，使人對過去僅僅通過文字而了解的東西有了略微不同的感受。其中的一集叫做《康熙與西學》。以其中所涉及的材料來看，我們這位偉大的君主對西學的了解和掌握程度，不免令人感到意外：從天文地理，到物理化學，甚至於高等數學，他全都學過，而且學得還不錯。真沒有想到，一位稱孤道寡人的皇帝陛下居然能有這等身手！真是令人敬仰之情，油然而生。私下甚至於揣度，從那時到現在的300年間，究竟還有幾個皇上，也能和他老人家一樣搖計算器，玩對數器，開平方根？

這位偉大君主的開明和好學，也有他身邊的「國際友人」的不少記載可為佐證。據傳教士洪若翰的信件所述，康熙「自己選擇了數學、歐幾里得幾何基礎、實用幾何學和哲學」進行學習，老師則是法國傳教士白晉、張誠等人。

「神父們給皇帝講解，皇帝很容易就聽懂他們所上的課，越來越讚賞我們的科學很實用，他的學習熱情愈益高漲。他去離北京兩華里的暢春園時也不中斷課程，神父們只得不管天氣如何每天都去那裡。」他們上完課走後，「皇帝也不空閒，復習剛聽的課。他重看那些圖解，還叫來幾個皇子，自己給他們親自講解。如果對學的東西還有不清楚的地方，他就不肯甘休，直到搞懂了

為止。」

這位皇帝不但注重書本知識，而且注重實踐。傳教士白晉詳細記述了康熙學以致用的熱情：他「有時用四分象限儀觀測太陽子午線的高度，有時用天文環測定時刻，然後從這些觀察中推測出當地極點的高度；有時計算一座寶塔、一個山峰的高度；有時測量兩個地點間的距離。另外，他經常讓人攜帶著日晷，並通過親自計算，在日晷上找出某日正午日晷針影子的長度。皇帝計算的結果和經常跟隨他旅行的張誠神父所觀察的結果，往往非常一致，使滿朝大臣驚歎不已！」

如此好學不倦的皇帝，中國歷史上似乎還不多見。因此他獲得了「老師」白晉極高的評價：「他生來就帶有世界上最好的天性。他的思想敏捷、明智，記憶力強，有驚人的天才。他有經得起各種事變考驗的堅強意志。他還有組織、引導和完成重大事業的才能。所有他的愛好都是高尚的，也是一個皇帝應該具備的。老百姓極為讚賞他對公平和正義的熱心，對臣民如父親般的慈愛，對道德和理智的愛好，以及對欲望的驚人的自制力。更令人驚奇的是，這樣忙碌的皇帝竟對各種科學如此勤奮好學，對藝術如此醉心。」

有這樣的來自直接觀察的第一手材料，來自直接經歷的評價，無怪乎後來的伏爾泰們會把康熙皇帝當作開明君主的楷模，而讚美謳歌了。

這位17世紀的偉大君主怎麼會如此超前地具有這種「面向世界」、接受西方的眼光與胸懷呢？細究起來，原來也出於對一次學術公案的撥亂反正。康熙後來自己這麼回顧：「朕幼時，欽天監漢官與西洋人不睦，互相參劾，幾至大辟。楊光先、湯若望於午門外九卿前當面睹測日影，奈九卿中無一知其法者。朕思己不

能知，焉能斷人之是非，因自憤而學焉。」

康熙這裡所說的引發他「自憤而學」的事件就是楊光先誣告湯若望的那樁學術公案。正是在這一事件中，楊光先喊出了「寧可使中夏無好曆法，不可使中夏有西洋人！」這句極富民族情感和戰鬥性的口號。雖然作為公案，楊光先很快就輸了官司。但是作為一種文化心態，他可是大大地後繼有人。他的這句話，與後來那句「寧要社會主義的草，不要資本主義的苗」在心理和邏輯上都完全同一掛的，堪稱我們的文明史中最具「政治正確」特徵的兩句口號。

楊光先的原話是這樣的：「寧使中夏無好曆法，不可使中夏有西洋人。無好曆法，不過如漢家不知合朔之法，日食改在晦日，而猶享四百年之國祚，而有西洋人，則遲早——揮金收拾我天下人心，如曆火積薪之下，而禍發無日也。」

現在看來，這位挑起事端的欽天監楊光先，雖然因此而被定位於極端保守反動者之列，在說出這句名言之際，除了個人權位功利方面的考慮之外，似乎也不能說他完全沒有對於華夏江山「百年之國祚」深遠的隱憂。利益與忠心、卑鄙與真誠，有時是會攪在一起的。

而在康熙那裡，這場爭論的更重要結果則是使當時年僅15歲的康熙，認識到了解西方科學的必要性，從此他開始了認真刻苦的學習。工夫不負有心人，在張誠、白晉這些洋老師的指導下，皇帝每天夙興夜寐，勤奮學習，從西方數學、哲學、天文學、曆法到炮術實地演習等課，歷時四、五年，終於完成了這些課程。

作為皇帝，康熙這樣如饑似渴地學習西方科學知識，這在中國歷史上恐怕是空前絕後的，他在西學上的造詣，恐怕更是沒有任何一個中國皇帝能夠達到的。洋教師這樣恭維自己的學生：

068

「皇帝在短短的時間內竟然變得那樣通曉，以致他竟寫成了一本幾何書。」

當然，這其實只是皇帝參與編輯、下令抄寫的一部數學著作，但是這並不妨礙他當仁不讓地在歐幾里得《幾何原本》的中譯本，和別的數學書上署上「御纂」二字。而且學習的成效使得康熙對自己的西學水準能夠如此自信，以至於當大數學家梅文鼎進呈《曆學疑問》時，康熙居然毫不謙讓地表示：「朕留心曆算多年，此事朕能決其是非。」

069

不過也正因如此，在康熙當政的時候，西方科技的進口，也就比較順利了。西方的機械、水利、醫學、音樂、繪畫等過去只能被視為「奇技淫巧」而遭國人不屑的東西，現在紛紛傳入中國，成了皇室和貴族間的時髦，一時間出現了西學、西藝盛行的局面。

康熙甚至還讓傳教士率隊進行全國地圖測驗，完成了《皇輿全覽圖》這是我國首次在實測基礎上繪製的全國地圖。此圖歷時近十載，繪製精細，測量準確，是當時我國最精確的全國地圖，康熙特將此圖命名為《皇輿全覽圖》。作為對傳教士工作的嘉獎和酬答，1692年，康熙在國內頒布了對天主教的解禁令，鼓勵更多的傳教士來華。1693年，康熙皇帝又特地派遣傳教士白晉回法國，帶去了給法王路易十四的禮品，並且進一步表示，希望招聘更多的傳教士來華工作。

康熙的這種態度並不是一時的興致所至。其實早在這之前10年，南懷仁就已經看出了這種交流的前景，他於康熙二十二年（1683年）曾經上書羅馬教廷，請求速遣傳教士來華：「凡是擅長於天文、光學、力學等物質科學的耶穌會士，中國無不歡迎，康熙皇帝所給予的優厚待遇，是諸侯們也得不到的，他們常常住

在宮中，經常能和皇帝見面交談。」──皇帝與傳教士們交往的大門似乎一直是敞開的。

白晉在寫給路易十四的報告中也興致勃勃地說：「康熙帝需要招聘您的臣民──熟悉科學和藝術的耶穌會士，其目的是為了讓他們同已在宮廷中的耶穌會士一起，在宮中建立起一個像法國皇家研究院那樣的一種研究院。康熙帝的這一英明設想，是在看了我們用滿文給他編寫的介紹皇家研究院職能的一本小冊子之後就已經產生了。他打算編纂介紹西洋各種科學藝術的中文著作，並傳播到全國，希望能從盡善盡美的源泉──法國皇家研究院中汲取可供此用的資料。因此，他從法國招聘耶穌會士，就是要在宮中建立研究院。」

這一段話曾經引起我很大的興趣。紫禁城裡有過研究院，這是一個多麼值得重視的材料。莫非，康熙皇帝真有過「這一英明設想」，我們也真的有過與西方近代科學接軌的努力？然而，遍查中文史料，我們最後卻只能找到這樣的記載──

> 聖祖天縱神明，多能藝事，貫通中、西曆算之學。一時鴻碩，蔚成專家，國史躋之儒林之列。測繪地圖，鑄造槍炮，始仿西法。凡有一技之能者，往往召直蒙養齋。其文學侍從之臣，每以書畫供奉內監。又設如意館，制仿前代畫院，兼及百工之事。故其時供御器物，雕組陶埴，靡不精美，傳播寰瀛，稱為極盛。（《清史稿·藝術傳》）

再看慕恒義主編的《清代名人傳略》，則是這樣記載的──康熙把「頤和園中的如意館，紫禁城中的啟祥宮撥給那些供奉皇帝的畫家、機藝師、設計師們作集會之用。歐洲來的傳教士們在

如意館作畫，刻板，修理鐘錶和機械器物，這些器物都是傳教士們或其他人從歐洲帶來作為禮物送給皇帝的」。白晉自己，也曾記述了皇帝對如意館工匠們的「各類新奇製品的強烈愛好和深刻了解」，他每天驗看這些「出自新建研究院院士之手的作品」，對其中的傑作給予獎賞，也指出不足之處，要求改進。

現在故宮藏有數台計算器，就是康熙年間製造的改進型的帕斯卡計算器。康熙還為西洋自鳴鐘寫了這樣的讚美詩：「晝夜循環勝刻漏，綢繆宛轉報時全。陰陽不改衷腸性，萬里送來二百年。」看來，蒙養齋、如意館、啟祥宮，這就是白晉報告給路易十四的「清宮科學院」了。

我們可以不必去深究這是傳教士為了邀功而做的誇大，還是文化差異造成的誤讀。但是有一點是肯定的，洋大人可以誤打誤撞把這些「齋」、「館」說成是「研究院」，我們今天想要把這種誇大當作事實來相信，那可就得有很大的勇氣和想像力了。

那麼，這裡的不同到底是什麼呢？今天看來，很明顯，康熙的大清帝國與路易十四的法蘭西、彼得大帝的俄羅斯比起來，缺少的是這樣一種認識：從思想上重視科學的興起及其對歷史將會產生的影響，從制度上為這種科學的發展創造良好的條件。僅此一點，分野判然。

當時，西方世界對這個方向的認定是毫不含糊的，形形色色的「科學院」正是於此數十年間在歐洲紛紛建立：1727年，彼得大帝設立彼得堡科學院；1739年，瑞典皇家科學院成立；而在此之前，1666年，在「太陽王」路易十四的支持下，法國已經成立了「皇家科學院」，以研究語言、文學、藝術、科學為宗旨。先後來華的傳教士洪若翰、白晉、張誠等人都與這個皇家科學院有各種聯繫，也正是白晉將這一機構向康熙做了介紹。

然而，意味深長之處在於，一個像康熙這樣態度開明、思想開放，並且本人對近代科學有著相當了解和興趣的君主，從這種介紹中吸取的不是應當致力發展本國的科技事業的資訊，而是彙集中外能工巧匠設立為自己賞玩之好服務的機構。熱愛西學的康熙正是在更重要的一步面前停住了。近代科學的傳入，哪怕當時曾有過怎樣的輝煌，僅這一點差別，其在中國的命運與前景就已經被確定。啟祥宮和如意館並不就是「研究院」和「科學院」。

白晉在寫回法國的報告中可以有意無意地把這一機構說成是「研究院」，把工匠稱為「院士」，但如意館終究不是科學院，它的存在意義不是從事科學研究，而是滿足皇帝的興趣和喜好，讓聖上一人「如意」。即使是帶有科學研究性質的一些製作，如天文、計算儀器等，也還只是被視為可以容許的「奇技淫巧」，在皇上賞玩之餘，就藏之深宮祕府，不為人知，不為人見，更談不上對科技發展起什麼作用了。現在來回顧那時西學、西技對中國的意義，恐怕除了滿足皇上本人的雅玩之外，留下來的只有那一幅認真測繪的《皇輿全覽圖》了。

這其實是一種必然。對康熙這樣的帝王來說，容納傳教士和西學，純粹是一種恩典，一種優遇，而不是認同於世界潮流大勢的需要。他對西學和西技的根本態度，恐怕只是「節取其技能，而禁傳其學術」：天文曆算，為王朝定鼎製曆之所需；西洋銃炮軍器，為護衛王朝「百年之國祚」之所需；鐘錶器物，則為聖躬賞玩之所需。這些「技能」方面的東西，都是可取的。除此之外，西來的傳教士和思想學術則是有悖聖人「五常百行之大道，君臣父子之大倫」，「與中國道理大相悖謬」的，康熙本人的態度就是：「禁之可也，免得多事」——這才是體現他的真意的非常傳神的一句話。

康熙是與路易十四、彼得大帝同時代的人。這三位偉大的君主都開創了自己輝煌的一代文治武功。然而，法、俄兩國其後都走上了世界強國的發展道路，而我們這個老大帝國卻日漸衰敗。

其他方面不說，就以科學技術而言，如前所述，路易十四於1666年建立法國皇家科學院，彼得一世於1727年建彼得堡科學院，康熙大帝則於1690年左右置如意館。

法、俄兩國的科學院，後來成為這兩個國家集中科學人才，發展科學事業的核心機構。而在中國，雖然如意館在康熙時還有些百工製作的盛事，後來就純粹是一個畫院，而且日趨衰微。近代科學傳入的盛事留下的是這樣的敗筆，中國人該感慨命運，還是該悲歎歷史？

1834年的世界首富

楊紅林

　　1686年春，廣東巡撫李士禎在廣州頒布了一項公告，宣布凡是「身家殷實」之人，只要每年繳納一定的白銀，就可作為「官商」包攬對外貿易。令李士禎想不到的是，這一公告竟會在以後的歲月裡，為中國催生出一位世界首富。

壟斷清朝海上外貿，廣州十三行成為暴富群體

　　17世紀後期，康熙皇帝暫時放寬了海禁政策，來華從事貿易的外國商人日益增多。於是，廣東地方政府於1686年招募了13家較有實力的行商，指定他們與洋船上的外商做生意並代海關徵繳關稅。從此，近代中國歷史上著名的「廣州十三行」誕生了。在以後的發展中，這些行商因辦事效率高、應變能力強和誠實守信而深受外商歡迎。

　　1757年（乾隆二十二年），清朝下令實行閉關鎖國政策，僅保留廣州一地作為對外通商港口。這一重大歷史事件，直接促使廣州十三行成為當時中國唯一合法的「外貿特區」，從而給行商們帶來了巨大的商機。在此後的100年中，廣東十三行竟向清朝政府提供了全國40％的關稅收入。

　　所謂的「十三行」，實際只是一個統稱，並非只有13家，多時達幾十家，少時則只有4家。由於享有壟斷海上對外貿易的特權，凡是外商購買茶葉、絲綢等國貨或銷售洋貨進入內地，都必

須經過這一特殊的組織，廣東十三行逐漸成為與兩淮的鹽商、山西的晉商並立的行商集團。在財富不斷積累的過程中，廣東十三行中湧現出了一批豪商巨富，如潘振承、潘有度、盧文錦、伍秉鑒、葉上林等，以至於當時就流傳有「洋船爭出是官商，十字門開向二洋。五絲八絲廣緞好，銀錢堆滿十三行」的說法。

在後世看來，這些行商無疑是當時世界上最富有的人。有記載稱，當1822年廣東十三行街發生了一場大火災時，竟有價值4000萬兩白銀的財物頓時化為烏有，甚至還出現了「洋銀熔入水溝，長至一、二里」的奇觀。

在廣東十三行中，以同文行、廣利行、怡和行、義成行最為著名。其中的怡和行，更因其主人伍秉鑒而揚名天下。

資產二千六百萬銀元，曾是英國東印度公司最大的債主

2001年，美國《華爾街日報》統計了1000年來世界上最富有的50人，有6名中國人入選，伍秉鑒就是其中之一。

伍秉鑒（1769～1843），又名伍敦元，祖籍福建。其先祖於康熙初年定居廣東，開始經商。到伍秉鑒的父親伍國瑩時，伍家開始參與對外貿易。1783年，伍國瑩邁出了重要的一步，成立了怡和行，並為自己起了一個商名叫「浩官」。該商名一直為其子孫所沿用，成為19世紀前期國際商界一個響亮的名字。1801年，32歲的伍秉鑒接手了怡和行的業務，伍家的事業開始快速崛起。

在經營方面，伍秉鑒依靠超前的經營理念，在對外貿易中迅速發財致富。他同歐美各國的重要客戶都建立了緊密的聯繫。1834年以前，伍家與英商和美商每年的貿易額都達數百萬銀元。伍秉鑒當年還是英國東印度公司最大的債權人，東印度公司有時資金周轉不靈，常向伍家借貸。正因為如此，伍秉鑒在當時西方

商界享有極高的知名度，一些西方學者更稱他是「全世界第一大富翁」。

當時的歐洲對茶葉品質十分挑剔，而伍秉鑒所供應的茶葉曾被英國公司鑒定為最好的茶葉，標以最高價出售。此後，凡是裝箱後蓋有伍家戳記的茶葉，在國際市場上就能賣得出高價。在產業經營方面，伍秉鑒不但在國內擁有地產、房產、茶園、店鋪等，而且大膽地在大洋彼岸的美國進行鐵路投資、證券交易並涉足保險業務等領域，使怡和行成為一個名副其實的跨國財團。

伍秉鑒還因其慷慨而聲名遠播海外。據說，曾有一個美國波士頓商人和伍秉鑒合作經營一項生意，由於經營不善，欠了伍秉鑒7.2萬美元的債務，但他一直沒有能力償還這筆欠款，所以也無法回到美國。伍秉鑒聽說後，馬上叫人把借據拿出來，當著波士頓商人的面把借據撕碎，宣布賬目結清。從此，伍浩官的名字享譽美國，被傳揚了半個世紀之久，以至於當時美國有一艘商船下水時，竟以「伍浩官」命名。

經過伍秉鑒的努力，怡和行後來居上，取代同文行成為廣州十三行的領袖。伍家所積累的財富更令人吃驚，據1834年伍家自己的估計，他們的財產已有2600萬銀元（相當於今天的50億元人民幣），成為洋人眼中的世界首富。建在珠江岸邊的伍家豪宅，據說可與《紅樓夢》中的大觀園相媲美。

接觸英國鴉片商被林則徐懲處，承擔賠款走向沒落

作為封建王朝沒落時期的一名富商，伍秉鑒所積累的財富注定不會長久。就在他的跨國財團達到鼎盛時，一股暗流正悄悄然湧現了。1840年6月，鴉片戰爭爆發。儘管伍秉鑒曾向朝廷捐鉅款換得了三品頂戴，但這絲毫不能拯救他的事業。由於與英國鴉

片商人千絲萬縷的聯繫，他曾遭到林則徐多次訓斥和懲戒，還不得不一次次向清政府獻出巨額財富以求得短暫的安寧。《南京條約》簽訂後，清政府在1843年下令行商償還300萬銀元的外商債務，而伍秉鑒一人就承擔了100萬銀元。也就是在這一年，伍秉鑒病逝於廣州。

伍秉鑒死後，曾經富甲天下的廣東十三行開始逐漸沒落。許多行商在清政府的榨取下紛紛破產。更致命的是，隨著五口通商的實行，廣東喪失了在外貿方面的優勢，廣東十三行所享有的特權也隨之結束。第二次鴉片戰爭爆發後，又一場突如其來的大火降臨到十三行街，終於使這些具有100多年歷史的商館，徹底化為灰燼。

曹雪芹寫吃

李國文

《紅樓夢》第八回，賈寶玉在薛姨媽處便飯。

這位少爺提出來，要求吃鴨舌頭。他「因誇前日在那府裡珍大嫂子的好鵝掌、鴨信，薛姨媽聽了，忙也把自己糟的取了些來與他嘗。寶玉笑道：『這個須得就酒才好。』」

鴨信，即鴨舌，煮熟，用香糟鹵汁浸泡，入味後，便是一道美味冷盤。

吃的時候，喝兩口紹興花雕，而且是加過溫的，那就更是香醇佳餚了。看來，這位富貴公子賈寶玉，不僅僅是一個無事忙，還是一個很懂得欣賞美味且會吃善吃的美食家。其實，不是賈寶玉懂，而是寫《紅樓夢》的曹雪芹懂。

那是一位寫吃的文學大師，我想他寫吃寫得好，因為他確實會吃。當代作家已經不大寫吃，我想很可能太忙於其他了，顧不上吃，因而也就不甚會吃，不善寫吃，真是遺憾。

以動物的舌為菜肴，例如北京小飯館的「滷口條」，例如廣東路邊檔的「燒臘豬」，都屬於大快朵頤、淋漓酣暢的享受。雖然，吃慣大眾食品的那張嘴，吃貴族階層的美味佳餚，應該不會有障礙，但是，讓吃過「酒糟鴨信」，頗講究精緻吃食的賈寶玉，要他在前門外的小胡同口的某家小飯鋪，坐在油脂麻花的桌子板凳上，夾一大筷子「滷口條」塞滿嘴，喝那種又辣又嗆又上頭的二鍋頭，我想他會敬謝不敏的。肯定大搖其腦袋，對他的隨

從小廝茗儎說：你把馬牽過來，咱們還是回府裡去吧！

什麼人吃什麼，不吃什麼，也許沒有絕對的界限，但什麼階層吃什麼，不吃什麼，還是有一定的規矩章法可循。

第十九回，賈寶玉被他的小廝茗儎帶著，偷偷地跑到襲人的家裡去玩。「花自芳母子兩個恐怕寶玉冷，又讓他上炕，又忙另擺果子，又忙倒好茶。襲人笑道：『你們不用白忙，我自然知道，不敢亂給他東西吃的。』」這位貴族公子，和他貼身丫鬟襲人那平民百姓家的飲食好惡的標準，反映了中國飲食文化上，兩個不同消費層次的區別所在。

曹雪芹接著這樣寫：「彼時他母兄已是忙著齊齊整整的擺上了一桌子果品來，襲人見總無可吃之物，因笑道：『既來了，沒有空回去的理，好歹嘗一點兒，也是來我家一趟。』說著，撚了幾個松瓤，吹去細皮，用手帕托著給他。」

把吹去細皮的松瓤，放在手帕上的這個細節，挺傳神，挺雅緻，將貴族和平民在飲食文化上，那種能感覺得出來，卻很難條理化、具體化的差別傳達出來，著墨不多，表現充分，寥寥數筆，印象深刻。老北京有句諺語，說得有點刻薄，然而卻是一種歷史，一種沿革，一種很具滄桑感的總結：「三代做官，才知穿衣吃飯。」或稍雅緻一點的：「三代為宦，方知穿衣吃飯。」

我不禁想起前些年在江南一座古城，一家老字型大小菜館，一次「紅樓宴」的經歷。

說實在的，我非常佩服曹雪芹，特別是他在精神方面的堅強、堅定、堅忍，是令我感到慚愧的。假如我又窮又餓，只有一碗薄粥、一塊鹹菜的情況下，是絕對寫不來，也寫不出，更沒勇氣去寫《紅樓夢》中那形形色色的吃，我沒有那份經受得住自虐的定力。經過三年災荒的我，知道餓極了，真能使一個人的道德

為之淪喪，很難做到曹雪芹的「三堅」。

那天，當我入席，還未舉杯拿筷，光看到那陳設，那杯盤，那酒具，那些已經放置在轉盤上的看盤和冷碟，我就忍不住對一位早已故去的文學前輩講：某某老，我在想，一個饑腸轆轆、餓得前心貼後背的作家，要他在自己的作品中，寫這一桌珍饈佳餚，他的嘴裡，會是什麼滋味？他的肚中，會是什麼動靜？他那大腦下丘部的饑餓反射神經，會是什麼反應？恐怕那準是一件不僅十分痛苦，而且還是相當折磨的事情吧？

前輩對我莞爾一笑說：所以，你成不了曹雪芹。

我承認我沒出息，寧可下輩子也成不了曹雪芹的角色，總得先解決肚子問題為上。

一個作家，窮，而且餓，還要在作品裡一字一句寫這些勾起饞蟲的美味，這種回味中的精神會餐，其實是物質上，更是精神上對生命的雙重磨耗，曹雪芹自然也就只有提前死亡的結局了。

因此，他幾乎沒有寫完這部書，在大年三十晚上，就「淚盡而逝」。

我很羨慕現在那些同行，將「食色性也」的次序顛倒了一下，成了「色食性也」，集中精力寫「色」，而不寫「食」。因之，當代作家的筆下，很少有人像曹雪芹那樣專注地寫吃了。很多同行，下力氣寫性行為，寫性動作，不遺餘力，將中國褲襠文學推向一個新高度。我好像感覺到他們對天盟誓過的，一定要超過寫《金瓶梅》的蘭陵笑笑生，不達目的，死不瞑目。如今，如果在他們的作品裡，到了第8頁，或者到了第10頁，男女主人公居然還沒有上床的話，這位作家，很可能就是性無能或者性冷感的患者了。

所以，我總覺得，當代文人把曹雪芹寫吃的傳統丟了，不能

不說是一件既愧對前人，更抱憾後人的事情。

《三國演義》裡，曹操、劉備、孫權，還有在甘露寺招親的孫夫人，怎麼吃，吃什麼，羅貫中給我們留下的，是空白。身在曹營心在漢的關雲長，三日一小宴，五日一大宴地被款待著，都宴些什麼東西，也就只有鬼知道了。《水滸傳》裡，除了「大碗喝酒，大塊吃肉」這個響亮而且空洞的口號，除了花和尚魯智深懷裡那條狗腿，除了孫二娘黑店裡的人肉饅頭，除了武大郎先生挑上街賣的炊餅，那些打家劫舍的江湖義上，那些替天行道的草莽英雄，一日三餐，都把什麼食物塞進胃裡去，施耐庵自己都說不出來。作為讀者的我們，又能知道些什麼呢？

施先生和羅先生，這兩位文學前輩在這個領域的失語，是我絕不敢恭維的。

從眼前這一桌絕非杜撰的「紅樓宴」，我們充分體會到大師曹雪芹的藝術功力，他在這部不朽之作中，幾乎提供了有關美食的全部細節。包括原料、加工製作過程，以及形狀、顏色、品味等等事項。古往今來，幾乎所有的中國作家，都無法做到他筆下如此詳盡完善的程度。否則，那位穿著古裝的服務小姐，也就無法頭頭是道地給在座的食客講解「胭脂鵝脯」、「姥姥鴿蛋」、「茄鯗」的來歷和特點了。

由此，我也聯想到作家能夠寫出什麼，寫成什麼，和他成長的環境，有著莫大的關係。不是我們寫不出，不是我們不會寫。說出這個結論，是要請讀者原諒的：一個沒有三代為官，從只吃過炸醬麵、麵疙瘩的地間田頭，從只吃過豬頭肉、羊雜碎的市井胡同，走出來的文學先生或文學女士，要他們來寫滿漢全席，寫山珍海味，那著實是很困難的。

出身於貴族之家的曹雪芹，與施耐庵、羅貫中這樣來自士紳

階層的文人，在飲食文化層次上，存在著巨大差異。而且曹雪芹從南京吃到北京，這兩處都是中國精緻美食的發源地。但是，施耐庵的家鄉江蘇興化，除了鹹鴨蛋外，羅貫中的家鄉山西太原，除了刀削麵外，便乏善可陳了。何況，曹雪芹所寫的「吃」，都是他吃過的，而羅、施二位大師，所寫的那些「吃」，不但沒吃過，甚至沒見過，沒聽說過。無米之炊，巧婦難為，道理就全在這裡了。

那次「紅樓宴」上，在座陪同的地方上的頭頭腦腦，一再徵詢那位前輩，對推出這樣的旅遊飲食項目，有些什麼評價？對那位顯然讀過《紅樓夢》的服務員小姐的講解，有些什麼看法時，某某老呵呵一笑，不做正面答覆地支應過去。

不過，對打成右派、經過勞改的我來說，還是很過癮的一次口福享受。

事後，我問他：為什麼不表態？沒想到老人家語出驚人：「如果曹雪芹就吃這種樣子的，色香味毫無特點的所謂美食，他還能成為那個不朽的文學大師嗎？」

這位前輩是見過大世面的，我相信他的評價。

然後，他突發奇想地問我：你覺得一個作家最要緊的自身素質是什麼？我還沒有想好如何回答，他先把答案講了出來：一個是感覺，一個是想像，感覺要細微得不能再細微，想像要豐富得不能再豐富。就這桌「紅樓宴」，能給我什麼感覺，能使我有什麼想像啊！

他這一說，我對曹雪芹更加肅然起敬了。

竊國大盜最後的日子

李宗一

袁世凱做不成皇帝，回過頭來想再當大總統，繼續實行專制獨裁統治。關於這一點，他在撤銷承認帝制的申令中，已公開地說了出來。

在這個精心炮製的申令裡，雖然他不得不輕描淡寫地寫上「萬方有罪，在予一人」這句封建帝王「罪己詔」中常用的話，藉以平息全國各階層對他的憤慨，但是，在談到洪憲帝制這場大變亂的具體責任時，他卻推卸得一乾二淨。

他說：「民國肇建，變故紛乘，薄德如予，躬膺艱巨，憂國之士怵於禍至之無日，多主恢復帝制，以絕爭端，而策久安。癸丑以來，言不絕耳，予屢加呵斥，至為嚴峻。自上年時異勢殊，幾不可遏，僉謂中國國體非實行君主立憲，決不足以圖存……文電紛陳，迫切呼籲。予以原有之地位，應有維持國體之責，一再宣言，人不之諒。嗣經代行立法院議定由國民代表大會解決國體，各省區國民代表一致贊成君主立憲，併合詞推戴……已至無可逶避，始以籌備為詞，藉塞眾望，並未實行。」

袁世凱公然抹煞事實，說什麼帝制「並未實行」，這不過是為了證明他仍有繼續做總統的資格。所以，接著他便以調解者的口吻說：「蓋在主張帝制者，本圖鞏固國基，然愛國非其道，轉足以害國；其反對帝制者，亦為發抒政見，然斷不至矯枉過正，危及國家。務各激發天良，捐除意見，同心協力，共濟時艱，使

我神州華裔，免同室操戈之禍，化乖戾為祥和。」

申令結尾特別強調：「今承認之案業已撤銷，如有擾亂地方，自貽口實，則禍福皆由自召。本大總統本有統治全國之責，亦不能坐視淪胥而不顧也！」

自鬧皇帝以來，袁世凱頒發的命令都自稱予，和清朝皇帝自稱朕是一樣的。「本大總統」字樣已久不見了，現在又重新出現在申令裡。這幾個字是袁氏看到張一起草的原稿後，親自提筆添上去的。這是他由皇帝變總統的點睛傳神之筆。

據張一回憶稱：由袁的幕僚起草的長篇文字，經袁刪改者，「如神龍點睛，起稿者自愧弗如，固由更事之多，抑其天稟有大過人者。」這個由「予」改為「本大總統」的辦法，正是袁在窮途末路時「天稟過人」的表現。

袁世凱深知自為總統，不容易取得獨立各省的承認。因此，他不得不借重黎元洪、徐世昌和段祺瑞的名聲，來推動議和，而自己在幕後又包攬把持一切。1916年3月25日，他用黎、徐、段三人的名義致電獨立各省說：「帝制取消，公等目的已達，務望先戢干戈，共圖善後。」同時，指令陳宧與蔡鍔商議停戰。他又擬定了議和六項條件，於4月1日仍以黎、徐、段三人名義向獨立各省提出：（1）滇黔桂三省取消獨立；（2）三省治安由各該省軍民長官維持；（3）三省添募新兵一律解散；（4）三省戰地所有兵士退回原駐地點；（5）三省兵士自即日始不准與官兵交戰；（6）三省各派代表一人來京，籌商善後。

袁世凱妄想重演辛亥革命時「南北議和」的舊戲法，來結束獨立各省的反抗。然而，這時的政治形勢與4年前大不相同。那時袁氏戴著「贊成共和」的假面具，有極大的欺騙性，而今人們已看清這個滿口仁義道德的「共和國英雄」，原來卻是一個嗜血

成性的專制暴君、寡廉鮮恥的賣國賊。血的教訓使人們認識到要實行民主共和，必須剷除他。

階級的共同利益任何時候都是由作為「私人」的個人利益造成的。但是，共同利益一旦形成，它又區別於個人的利益。袁世凱建立家天下的私欲，和他所代表的那個階級的利益之間發生了尖銳的對立，以致進步黨人和那些對家天下心懷疑忌的北洋軍閥們都覺察到不拋棄袁氏，就無法保住他所代表的社會勢力。因此，原來積極擁護袁世凱的人，也變成了積極或消極的反對者。

當時，全國反袁的輿論中心在上海。孫中山從日本回到上海，聯絡各方面人士，堅決主張把反袁鬥爭進行到底。他發表《討袁宣言》，憤怒地指出袁世凱是帝制的罪魁，無情地揭露了袁所謂「停戰議和」的險惡用心，號召各地的反袁力量「猛向前進」，「絕不使危害民國如袁氏者生息於國內」。

另外，唐紹儀、譚延闓、湯化龍、吳景濂、彭程萬、胡景伊、張繼、孫洪伊、張耀曾、井勿幕及一大批國會議員和社會名流，以各省「旅滬公民」或各界人士名義紛紛通電，或指出袁「盜國奴民」，「久已喪失總統資格」；或揭露袁「帝夢不成，皇冠強卸，又復退攫總統」，「無非忍辱一時，思為捲土重來」；或表示「吾四萬萬國民絕非無血氣者，安能一再受其愚弄」，「戴茲罪魁」；或要求「撲殺此獠，以絕亂種」。全國各階層紛紛聲討，對袁世凱展開了強大的輿論攻勢。

3月底，在川南和湘西，北洋軍和護國軍雖然達成暫時停戰協定，但是，全國的反袁武裝鬥爭方興未艾，日益高漲，而以廣東、浙江、山東、湖南、陝西最為猛烈。廣東人民對帝制和龍濟光的野蠻統治異常不滿，武裝起義遍及全省：廣州及其附近各縣有朱執信領導的中華革命軍和徐勤率領的護國軍；惠州、增城一

帶有陳炯明、鄧鏗組織的武裝力量；潮州、汕頭、欽州、廉州的駐軍也相繼宣布獨立討袁，廣州大為震動。龍濟光面臨滅頂之災，急電袁世凱求援。4月初，袁決定抽調駐上海的第十師一部乘軍艦到廣州，但當北洋軍將要開拔時，龍濟光在民軍的壓迫下於4月6日宣布「獨立」。

袁世凱無可奈何，只得放棄派兵入粵的計畫，而企圖派遣北洋軍入浙江。因此，又立即激起浙江人民和地方軍隊反對北洋軍入浙的風潮。

在中華革命黨人的策動和影響下，寧波、嘉興先後宣布獨立，一批浙軍軍官趁勢把興武將軍朱瑞趕走，於12日宣布浙江獨立，推巡按使屈映光為都督。不久，因屈映光暗通袁世凱，又被趕下臺，改推嘉湖鎮守使呂公望繼任。

廣東和浙江獨立後，反袁怒潮進一步高漲，南方獨立各省即籌畫成立政府。原來，梁啟超於3月下旬已經到達廣西，經陸榮廷和梁啟超等策劃，獨立各省於5月8日在肇慶（今高要）宣布成立「中華民國軍務院」，遙推黎元洪為大總統，推唐繼堯為撫軍長，岑春　為副撫軍長，梁啟超、蔡鍔、陸榮廷、劉顯世、龍濟光、李烈鈞等為撫軍，又推舉唐紹儀為駐滬外交專使。

軍務院表面上統一了南方獨立各省的軍事和外交，與袁政府形成對峙的局面。獨立各省斷然拒絕了袁世凱提出的議和條件，一致表示非袁退位，無協商善後之餘地。稍後，又提出將袁世凱「驅逐至國外」和「抄沒袁世凱及附逆十三人家產」等作為南北議和的條件。

與此同時，袁世凱企圖取得帝國主義列強援助的希望也徹底破滅了。自取消帝制後，袁政府即通過各種管道向帝國主義國家的財團乞求貸款。經美國駐華公使芮恩施介紹，袁政府財政部與

美商李・希金遜公司（Lee Higginsonand Co.）於4月7日簽訂了500萬美元的借款合同。但是，此項借款人聯名致電中國駐美公使和美國國務卿，聲明拒絕承認。美商見勢不妙，只交付了100萬美元，就停止交付。

4月11日，駐日公使陸宗輿奉命向日本政府遞交照會，要求「給予友誼的扶助」，並表示今後一定加強「兩國親善提攜」。日本政府不予理睬。因為日本早已祕密決定「支持」護國軍方面壓迫袁氏退位，以便乘機「確定在華優勢地位」。日本通過半官方的商人，貸款給岑春煊100萬日元，使肇慶軍務院得以迅速組成。又貸款給孫中山，「支持」上海和山東中華革命軍起義反袁。當時英國在歐戰中正處於被動地位，自顧不暇。袁世凱的「老朋友」英國公使朱爾典表示愛莫能助，不勝遺憾，於4月中旬就憂傷地預感到袁氏「從政治舞臺上消失的時刻已迫近了」。

馮國璋於5月5日赴蚌埠約同倪嗣沖，6日至徐州會晤張勳，三個地方實力派於11日通電發起召開未獨立各省代表會議。在會議開幕之前，袁世凱派阮忠樞到徐州煽動張勳說：總統的去留不是個人問題，關係到北洋集團的生死安危。袁又指令蔣雁行為中央代表，臨會監視。

5月17日又親自致電馮國璋、張勳和倪嗣沖說：「近日唐繼堯、劉顯世、陸榮廷、龍濟光等以退位為要求，陳宧亦相勸我休息，均實獲我心。予德薄能鮮，自感困苦，亟盼遂我初服之願，絕無貪戀權位之意。然苟不妥籌善後，而撒手即去，聽國危亡，固非我救國之本願，尤覺無以對國民。目下最要，在研考善後之道，一有妥善辦法，立可解決。該上將軍等現約同各省代表，就近齊集，討論大計，無任欣慰。時局危迫，內外險惡，相逼而來。望將善後辦法切實研求，速定方針，隨時與政府會商，妥定

各員責任，使國家得以安全，不致立見傾覆，幸盼曷極！」

5月18日南京會議一開場，就遇到袁世凱的退位問題。山東、湖南等省代表主張退位，張勳和倪嗣沖的代表則堅決反對，雙方相持不下。袁世凱急忙密令倪嗣沖帶兵到會，進行威脅。馮國璋提出承認袁為總統，召開新國會後，由袁提出辭職，再選新總統。這個方案也未能得到與會代表一致贊同。各省軍閥鉤心鬥角，意見分歧，爭執不下。會議開了5天，終無結果。

段內閣的成立和南京會議不僅都未能達到袁世凱預期的目的，而且他已清楚地意識到段祺瑞和馮國璋正襲用他於辛亥革命時逼迫清廷的一套辦法來對付他，因而十分沮喪。同時，由於軍費激增，政府財政危機越來越嚴重。袁既不能從帝國主義列強取得貸款，只得依靠梁士詒於中國銀行和交通銀行籌款。

當時，這兩家銀行流行市面之鈔票面額共達7000餘萬元，而庫存現金僅剩約2000萬元，除放出商款約2000萬元外，被政府財政部支用累計達4000萬元。廣大人民對袁政府失去信任，紛紛到中、交兩行提存擠兌。段祺瑞組閣後，為擺脫銀行倒閉的危機，便於5月12日悍然下令中、交兩行「一律不准兌現付現。」

命令下達後，上海中國銀行商股股東聯合會首先於14日通電，憤怒地指出：袁政府此舉「無異宣告政府破產，銀行倒閉，直接間接宰割天下同胞，喪盡國家元氣。」並宣布上海中國銀行獨立，「照舊兌鈔付存。」各處中國銀行紛紛效法，宣布不服從袁政府命令。江蘇、山西、河南、湖北、安徽等省亦先後電請袁政府變通辦法，「以維持金融」而且「均照常兌現」。袁世凱一籌莫展，陷於四面楚歌之中。

自雲南起義後，袁世凱已「形神頗瘁」，有元旦入賀者見他「面目黧黑，且瘦削，至不可辨認」。袁世凱自取消帝制後，

「夜間失眠」，「喜怒不定」，又患腰痛。至此，病情逐日加重，「失其自信勇斷之力，僅存一形骸矣」。

據5月中旬謁見他的禁衛軍團長說：「仰望神氣，大失常態，面帶愁容矣。」袁世凱在這種情況下，口頭上不得不一再表示「極願早日退位」，實際仍藉口須先「妥籌善後」，拖延時間，還是不肯放棄一點權力。多次傳諭阮忠樞等人，所有緊要檔必須呈送親閱。當他不能坐寫字椅時，便在躺椅上躺著批閱公文。後來，「不能執筆，仍閱公事，口授阮忠樞、夏壽田二氏代行批答」，或由袁克定代閱，夏壽田代批。但這時他仍諱疾忌醫，否認自己有病。周圍的心腹爪牙對他的病也諱莫如深。某日，徐世昌推薦其弟徐世襄來給他治病，說：「肝火太旺，神思太勞，宜休養。」他很不高興，立即令徐世襄退出。

全國人民反抗怒潮繼續洶湧澎湃。山東、湖南、四川、江蘇、陝西、安徽、江西等省接連爆發了由以孫中山為首的民主派領導的反袁起義，迫使袁世凱安插在各地方的爪牙或趕忙改變對袁的順從態度，或宣布「獨立」以保住自己的權位。袁世凱完全失去了對各省的控制能力。4月底，山西北部反袁「風聲逼緊」，黑龍江也有醞釀「獨立之事」。

袁世凱奉天二十七師師長張作霖公然把袁派往東北的鎮安上將軍段芝貴趕回北京，還揚言要追究段「盜賣奉荒林及虧空若干」之事。袁世凱得悉實情，「不免動怒」，但又不敢開罪張作霖，而急忙任命張作霖為盛武將軍督理奉天軍務。接著，陝南鎮守使陳樹藩在蒲城於5月9日宣布「獨立」。他率兵進據西安，驅逐陝西將軍陸建章，自稱都督。陳樹藩雖然是陝軍，但屬於北洋系統，又是段祺瑞的爪牙。袁世凱立即意識到這是他一手提拔起來的軍閥公開倒戈的信號。22日，當南京會議失敗的消息傳到北

京時，陳宧宣布四川「與袁氏個人斷絕關係」的電報也到達了。袁世凱「憤急兼甚」，「半日未出一言」。

次日，他連發兩道申令，痛斥陳宧反覆無常，並令第十五師（川軍第一師改編）師長周駿為重武將軍，督理四川軍務，率兵進攻成都。這時，湖南湯薌銘對袁世凱即將垮臺的形勢，看得愈來愈清楚，於29日急忙宣布湖南「獨立」討袁。

這個消息，使袁世凱一下子變得難以控制自己。他時而頓足怒罵近侍，「語多傖俗，不可入耳」；時而又呆若木雞，陷入絕望的沉思。多年來，他視全國為北洋軍的征服地，生殺予奪，恣意妄為，從來不把人民放在心上，而結果卻落得舉國反抗，人人喊打。多年來，他視北洋大小軍閥為家奴鷹犬，頤指氣使，無不從心，一下竟陷入眾叛親離，「心腹爪牙亦反顏攻之」的境地。多年來，他相信帝國主義列強是靠山，而帝國主義列強也迫於形勢，不得不拋棄他，另尋覓新的代理人。幾十年來他巧取豪奪來的權力都將化為烏有，這一切對他來說，確實是難以承受的致命打擊。

末日的恐慌，激起袁世凱作最後的掙扎。湖南宣布獨立的當天，他公布了所謂「帝制始末案」，把「撤銷承認帝制申令」中的謊言又重複了一遍，並說：「即今日之反對帝制者，當日亦多在贊成之列，尤非本大總統之所能料及，此則不明不智無可諱飾者也。」

袁世凱說這話的目的，一是給那些看風使舵的爪牙一點顏色看看，然而這恰恰暴露出他在眾叛親離之下一副黔驢技窮的蠢相；另外則是在人民面前把自己裝扮成一個「不明不智」的受騙者，似乎他稱帝是由於受人蒙蔽，以為這樣足以博得輿論同情。然而沒有人再上當受騙，回答他的是更為猛烈的進攻：討袁的電

報、斥令其退位的函箭，從四面八方紛至沓來。這種巨大的社會力量如「天神雷電，轟擊妖怪」，他再也支撐不住了。

但是，他仍然沒有下決心引退。他最擔心的是帝國主義列強對他的態度。6月1日晨，他在臥室裡召見蔡廷幹說：「聽說各國使館認為我應該或將要辭職？」蔡回答道：「大家都認為您十分需要休養。政府財政前景非常暗澹，困難與日俱增。」本來，袁世凱每個星期五都要接見北洋軍官，次日正逢星期五，侍從武官推說「元首事忙」，「軍官均未照例進謁」等，實則病重矣！

從6月初，有法國醫生卜西爾和中醫蕭龍友等負責給袁治療，診斷為尿毒症，開始他們都認為沒有危險，可是由於治療不當，病情驟然惡化了。袁克定主張用西藥，妻妾及袁克文等則堅持服中藥，「家族三十餘口，情急失措」，爭吵不休，莫衷一是。6月5日深夜，袁氣短神昏，瀕於死亡。徐世昌、段祺瑞、王士珍、張鎮芳等齊至居仁堂守候。延至6月6日上午10點，這個竊國大盜懷著對人民革命運動的恐懼、對帝國主義列強遺棄的怨懟、對爪牙背叛的憤恨，結束了罪惡的一生，年57歲。

次日，遺體入殮，頭戴平天冠，身穿祭天大禮服，儼然如「大行皇帝」。北洋政府下半旗誌哀，禁止人民娛樂活動一天，文武百官持服停止宴會27天。6月28日出殯，靈柩由新華宮居仁堂移出，北洋文武官吏送葬執紼。在北洋軍的禮炮轟鳴聲中，送柩專車由前門火車站出發，次日抵達彰德，葬於洹上村東北的太平莊。

陳獨秀在1921

孔慶東

1945年4月，在共產黨的七大上，毛澤東在論述七大的工作方針時講過，「關於陳獨秀這個人，我們今天可以講一講，他是有過功勞的」、「我說陳獨秀在某幾點上，好像俄國普列漢諾夫，做了啟蒙運動的工作，創造了黨，但他在思想上不如普列漢諾夫」、「關於陳獨秀，將來修黨史的時候，還是要講到他」。

一年365天，發生著數不清的瑣事和要聞、密謀和公務、噩耗和喜訊。但是當這365天過去之後，能夠留在人們記憶中的，也許只有那麼一件兩件事情。有的年份，甚至連一件事也沒有留下，就像火車呼嘯掠過一個不起眼的小站，轉瞬就消失在人們的腦後了。

那麼，關於西元1921年，你能想起、你能記起什麼呢？

現在的中國人，如果他對於那遙遠的1921年只記得一件事，那十個人會有九個說：中國共產黨成立。

1921年7月23日，中國共產黨舉行了開天闢地的第一次代表大會。會議在討論黨的基本任務和原則時，發生了一些分歧和爭論。但在選舉中央領導人時，毛澤東等十幾位代表一致推選他們心目中的領袖作為中國共產黨的中央局書記，這個眾望所歸的人就是——陳獨秀。

陳獨秀（1880～1942），本名慶同，字仲甫，安徽安慶（原懷寧）人。距他家幾十里外有一座獨秀山，因此，1914年他發表

両篇文章時分別署名「獨秀山民」和「獨秀」，從此，「陳獨秀」就成了盡人皆知的名字。

他不滿兩歲時，父親死於瘟疫。幼年的陳獨秀，在嚴厲的祖父和要強的母親的督導下，不僅打下了傳統文化的扎實基礎，而且養成了獨立不羈的堅毅性格。祖父打他時，他瞪著眼睛，一聲不哭。氣得祖父罵道：「這個小東西，將來長大成人，必定是一個殺人不眨眼的兇惡強盜。」

陳獨秀長大成人後，沒有殺過人。他晚年說：「我一生最痛恨的就是殺人放火者。」但陳獨秀卻成為讓那些殺人放火者切齒痛恨的革命黨領袖。陳獨秀在他們眼中，不止是兇惡強盜，簡直是洪水猛獸。就是這樣一個讓舊世界痛恨、讓新世界仰慕的人，在他42歲這一年，成為中國共產黨的開山領袖。

然而令人驚奇的是，這位中共首任書記，卻沒有參加中共一大。這在世界各國的政黨史上，是絕無僅有的。

1921年，是中國混亂而又痛苦的一年，也是陳獨秀緊張而又充實的一年。

1921年，中國僅史書明確記載的地震就達10次。此外，水災、旱災、火災、雪災、鼠疫，此起彼伏。匪盜和兵亂蜂起，軍閥混戰，殺得屍橫遍野。日本等帝國主義國家不斷侵我國土，殺我人民。天災人禍，內憂外患，整個社會處於大動盪、大混亂的狀態。人民生活在水深火熱當中，到處是自發的農民起義、工人罷工。這個像星雲一般紛亂擾攘的民族迫切需要一個強有力的精神核心，它將把這團星雲凝聚成一個巨大而有序的天體，運轉在自己選定的軌道上。

然而在車如流水馬如龍的世界第六大城市上海，許多醉生夢死的人們還在過著頹廢而麻木的日子。中國的災難彷彿離這個中

國的第一大都市很遠。

1921年7月1日，上海夏令配克影戲園首映了中國第一部長故事片——《閻瑞生》，影片講述賭輸的閻瑞生將身攜財寶的妓女王蓮英騙至郊外，奪財害命，後來被捕伏法的故事。這個故事本是一件真實的新聞，影片風靡上海，轟動一時。市民們把這種悲慘的社會現象當作茶餘飯後的談資，沒有人想到，一群南腔北調之人正要會聚到上海，立志徹底改變中國社會的黑暗現實。

就在這一年炎熱的夏天，本該去上海參加中共一大的陳獨秀，正在炎熱的廣州，滿腔熱忱地大辦教育。熱火朝天的局面剛剛打開，陳獨秀想要趁熱打鐵，不願為開會而離開。他指派包惠僧攜帶他的意見去上海出席。陳獨秀是個喜歡實幹的人，年輕時主辦過被譽為「《蘇報》第二」的《國民日日報》，參加過志在推翻清王朝的暗殺團，創建過比同盟會還要早的岳王會。特別是在五四新文化運動中，創辦《新青年》，出任北京大學文科學長，發動文學革命，可謂是身經百戰，功勳累累。當中共一大結束後，包惠僧告訴他當選了中央局書記時，陳獨秀只是笑了笑道：「誰當都一樣。」

當然，作為辛亥革命的老將，作為五四運動的總司令，作為中國的第一批馬克思主義者，作為中國最早的共產主義小組的開創人，對於當選書記，陳獨秀應該是有「捨我其誰也」的絕對自信的。

1920年12月29日，離1921年只有幾十個小時的時候，陳獨秀到達廣州。應廣東省省長兼粵軍總司令陳炯明的熱誠邀請，陳獨秀出任廣東教育委員會的委員長。

陳獨秀行前向陳炯明提出了三個先決條件：（1）教育獨立，不受行政干涉；（2）以廣東全省收入的十分之一撥作教育

經費；（3）行政措施與教育所提倡的學說作同一趨勢。

到達廣州後，陳獨秀住在距江邊不遠的泰康路附近的回龍里九曲巷11號，門口貼了一張紙，上書三個大字：「看雲樓」。

不過陳獨秀很少有時間看雲，倒是廣州的各界名流雲集上門來看他。廣州的青年聽說陳獨秀駕臨，都想一睹這位五四主帥的風采。各校的校長紛紛拜訪，陳獨秀來者不拒，請者不辭，連日發表文章，四處演講，廣州掀起了一場「陳旋風」。

陳獨秀辦事雷厲風行，決心按照馬克思主義的教育觀，在廣東進行一場徹底的教育改革。

他創辦了「宣講員養成所」，培養具有共產主義理論知識的人才，為廣東的革命運動培養了一批寶貴的幹部。

他提倡男女同校，為女子求學大開方便之門。

他創立了「注音字母教導團」，規範國語教學，在廣東地區大力普及國語。

他開辦工人夜校，向工人講授國文、算術、歷史、地理，還有階級鬥爭、群眾運動等。

他還開辦俄語學校，引導學生研究馬克思主義和十月革命。

陳獨秀的到來，對於廣東的革命形勢是一個推動。廣東的無政府主義勢力本來比較強大，1921年3月，陳獨秀重建了廣州共產主義小組，把拒不改變立場的無政府主義者清除出去，由陳獨秀自己和譚平山、譚植棠、陳公博等人負責。陳獨秀是原北大的文科學長，另外幾人也都是北大畢業，包惠僧笑謂：「廣州小組成了北大派了。」

陳獨秀在廣州各界的演講，廣泛地涉及教育改革、軍隊改革、青年運動、工人運動、婦女解放、文化建設、人生追求，以及社會主義與無政府主義等。此時的陳獨秀，正在熱烈地宣傳馬

克思主義，他的演講，如雷電，如狂飆，不僅傳播了馬克思主義的理論，而且深深觸動了廣州的頑固保守勢力。於是，一場對陳獨秀的圍攻開始了。

那些仇恨陳獨秀的人首先給陳獨秀加上了一個嚇人的罪名，說他「廢德仇孝」。廣州城謠言四起，紛紛傳說陳獨秀把「萬惡淫為首，百行孝為先」改成了「萬惡孝為首，百行淫為先」。接下去又誣衊陳獨秀主張「討父」和「共產公妻」。

一時間，人身攻擊，人格侮辱，紛至沓來。守舊勢力囂張地叫喊：「我們要把陳獨秀趕出廣東。」他們還把陳獨秀的名字改為「陳獨獸」或「陳毒蠍」。

一天，陳炯明在宴會上半真半假地問陳獨秀：「外間說你組織什麼『討父團』，真有此事嗎？」

陳獨秀答道：「我的兒子有資格組織這一團體，我連參加的資格也沒有，因為我自己便是一個從小就沒有父親的孩子。」

陳獨秀對父母是十分孝順的，對子女則要求嚴格。他的長子陳延年、次子陳喬年，離開家鄉到陳獨秀所在的上海後，陳獨秀每月給兄弟倆的錢只夠維持他們的最低生活。兄弟倆白天做工，晚上自學，在艱苦的環境中磨鍊出了豪邁的氣概和過人的膽略，後來都成為中國共產黨傑出的領袖人物。陳延年於1927年7月的一個深夜，被國民黨在上海龍華監獄用亂刀砍死，年僅29歲。不到一年，1928年6月，陳喬年也在這裡受盡酷刑後，被國民黨殺害，年僅26歲。

陳獨秀雖然受到頑固勢力的大肆攻擊，但他凜然不為所動。一面回擊，一面繼續進行教育改革。陳炯明也表示繼續支援陳獨秀。但作為全國思想界「火車頭」的陳獨秀，卻不是廣州一地所能久留的。

陳獨秀到廣州，同時也把《新青年》的編輯部帶到了「看雲樓」。創刊於1915年的《新青年》，是中國20世紀最著名、最重要的一份雜誌。陳獨秀、李大釗、魯迅、胡適等新文化運動的先驅，就是以《新青年》為主陣地，掀起一場改造中華民族命運的文化革新運動的。

然而到了1921年，《新青年》內部出現了較大的分歧，胡適不滿《新青年》越來越鮮明的共產主義色彩，要求陳獨秀改變宗旨，否則就停辦，或者另辦一個哲學文學刊物。陳獨秀當然既不會改變宗旨，也不會放棄《新青年》不辦。於是，他同意胡適等人另外去辦刊物。從此，陳獨秀與胡適等實用主義者在思想上分道揚鑣，《新青年》成為更加激進的共產主義刊物。

1921年的上半年，陳獨秀還三戰區聲白，用共產主義理論駁倒了無政府主義的宣傳。

1921年1月19日，陳獨秀在廣州公立法政學校做了《社會主義批評》的演講，指出無政府主義要求離開制度和法律的人人絕對自由的幻想是「走不通的路」，「非致撞得頭破額裂不可」。這篇演講詞見報後，立即遭到中國無政府主義的代表人物區聲白的反對。區聲白三次致信陳獨秀辯論，陳獨秀三次回信批駁。這六封信以《討論無政府主義》的總標題，一併刊登在《新青年》第9卷第4號上。陳獨秀指出，「絕對自由」，實際是極端的個人主義，它將使中國一事無成，最後仍然是一盤散沙。

好像是為了慶祝這次論戰的勝利，就在1921年8月1日，《新青年》刊登這次論戰的同一天，在嘉興南湖的那隻畫舫上，陳獨秀被推選為中國共產黨中央局書記。這隻畫舫，幾十年後，成為中國比諾亞方舟還要尊貴的聖物。

同在8月1日這一天，一份鴛鴦蝴蝶派的小報《晶報》上發表

了一篇小說——《一個被強盜捉去的新文化運動者底成績》，嘲笑新文化運動者手無縛雞之力，只會打電報、發傳單，根本沒有實際改造社會的能力。這些鴛鴦蝴蝶派的才子們不知道，新文化運動者中最激進的一部分已經凝聚成一個鋼鐵般的組織，不但要去捉強盜，將來，連他們這些鴛鴦蝴蝶的風花雪月之事，也要管一管了。

剛剛成立的中國共產黨，千頭萬緒，需要黨的書記回去主持。陳獨秀遂以胃病為由，向陳炯明辭職。正在前線作戰的陳炯明真誠挽留，回電說陳獨秀「貞固有為，風深倚重」，表示「一切障礙，我當能為委員長掃除之」。陳獨秀只好請假回到上海，到10月底，才正式辭去廣東教育委員會委員長之職。

7、8、9三個月，正是中國的多事季節。內蒙古地震，綏遠地震，青海地震，四川地震，長江潰堤，黃河決口，人畜死傷無數，哀鴻遍野。8月5日，就連上海也出現罕見的風雨大潮，潮水溢出馬路，天津路、浙江路一帶水深二尺，浦東一帶水深三尺。7月28日，湘鄂大戰爆發，舉國震動。8月10日，湘直大戰又開始，吳佩孚兩次密令決堤，水淹湘軍，結果成千上萬的百姓被淹死，災區縱橫數百里。面對連樹皮都已吃盡的災民，中國政府無能為力，美國總統哈定（Warren G. Harding）呼籲美國人民救濟中國災民，但那也只是一句空話。中國，迫切等待著一群英雄的降臨。

就在這個季節，回到上海的陳獨秀，興致勃勃地投身書記的角色，開始了繁忙的工作。不料，共產國際的代表馬林，不把他這位中央局書記放在眼裡，以「欽差大臣」的姿態，事事都要干預中國共產黨。陳獨秀大發雷霆，他以中國共產黨人特有的傲骨說：「擺什麼資格，不要國際幫助，我們也可以獨立幹革命。」

他拒絕與馬林會晤，還打算要求共產國際撤換馬林的職務。就在雙方僵持不下之際，一個突發事件改變了局面。

1921年10月4日下午，法租界巡捕房在一戶打麻將的人家抓到了「王坦甫」等5個涉嫌出版《新青年》的人。巡捕房見沒有抓到陳獨秀，就又留下了幾個便衣，抓到了接踵而來的上海法學院院長褚輔成和《覺悟》的主編邵力子。褚輔成一見到那個「王坦甫」，張口便問：「仲甫，怎麼回事，到你家就被帶到這兒來了？」巡捕房的頭頭一聽，喜出望外，原來這個自稱「王坦甫」的人，就是陳獨秀。

陳獨秀一生五次被捕，這是第三次。

陳獨秀第一次被捕，是在1913年夏天的「二次革命」中。逮捕他的龔振鵬已經貼出了槍決他的布告。經過社會名流的營救，陳獨秀方才倖免於難。

陳獨秀第二次被捕，是在五四運動中的1919年6月11日。陳獨秀在北京的新世界遊樂場親自散發《北京市民宣言》的傳單，被早有準備的北洋政府的軍警捕獲，關押了將近100天，經過李大釗、孫中山，以及各方輿論的呼籲營救，才被保釋出獄。

這第三次被捕，陳獨秀佔計如果在家中搜到馬林的信，起碼要判刑七、八年。他自己對坐牢是不在乎的，他早在五四時就寫過一篇著名的文章《研究室與監獄》。文章說：「世界文明發源地有二：一是科學研究室，一是監獄。我們青年要立志出了研究室就入監獄，出了監獄就入研究室，這才是人生最高尚優美的生活。從這兩處發生的文明，才是有生命有價值的文明。」

陳獨秀做了最壞的打算。他囑咐一同被捕的包惠僧說：「惠僧，你是沒有事的，頂多我坐牢。你出去之後，還是早一點回武漢工作。」

10月5日，法租界會審公堂指控——「陳獨秀編輯過激書籍，有過激行為，被偵處查實，已搜出此類書籍甚多，因此有害租界治安。」

陳獨秀見事情不太嚴重，首先為一同被捕的其他4人開脫，說他們都是來打牌的客人，「有事我負責，和客人無關。」馬林為陳獨秀請來了律師，要求延期審訊，取保候審。

10月6日，上海《申報》刊登了陳獨秀被捕的消息。胡適得知後，請蔡元培與法國使館聯繫設法營救陳獨秀。胡適用安徽話罵道：「法國人真不要臉！」

中國共產黨內部，張太雷和李達商量後，請孫中山出面。孫中山致電法租界領事，請他們釋放陳獨秀。

10月19日，法租界會審公堂再審陳獨秀等人，問陳獨秀：「報紙講你在廣東主張公妻，你是否有此主張？」

陳獨秀氣憤地答道：「這是絕對造謠。」

7天後，10月26日，陳獨秀被宣布釋放，罰款100元。李達、張太雷、張國燾和一些剛從莫斯科回來的青年團員僱了一輛汽車，開到會審公堂。陳獨秀上車時，幾位青年團員用俄語唱起了《國際歌》。

這次有驚無險的被捕，使陳獨秀與馬林的關係得到了緩和。陳獨秀感謝馬林的積極援救，表示願意多聽共產國際的意見。馬林充分領教了陳獨秀的剛毅倔強之後，也放下了架子，說：「中國的事主要是中國黨中央負責領導，我只和最高負責人保持聯繫，提供一些政策上的建議。」

在激流澎湃的1921年，身為中國共產黨中央局書記的陳獨秀，也仍然是書生本色。他沒有故作深沉的官架子，像個小夥子一樣，與人辯論動不動就面紅耳赤，敲桌子打板凳，不講究什麼

「領袖風度」。

　　1921年，陳獨秀寫的最後一篇文章是《〈西遊記〉新敘》。陳獨秀從白話文學發展史的角度，指出《西遊記》和《水滸傳》、《金瓶梅》具有同樣的價值。

　　陳獨秀的學問是十分淵博的。他是文字學專家，在漢語詞義研究、古音學研究和漢字改革方面取得了很高的成就。陳獨秀又是傑出的文章家和書法家。也許，專心從事學術，他會成為一代學術大師。但是中國的1921年，呼喚著一個強有力的先鋒隊，來拯救這片四分五裂、多災多難的山河。迎著這個呼喚，走來了骨頭和魯迅一樣硬朗的陳獨秀。他把一批散布在神州各地的文化先驅集合起來，攢成了一隻高高舉起的拳頭。從這一年開始，中國人看見了曙光。

被蝨子吞噬的女人 —— 張愛玲

吳小東

誰能想到，風華絕代的才女張愛玲，晚年生活的中心不是寫作，不是研究，不是遊歷，而是艱苦卓絕地與蝨子戰鬥。

據張愛玲遺囑執行人林式同說，從1984年8月到1988年3月這三年半時間內，她平均每個星期搬家一次。這似乎是誇張，因為這樣算下來，張愛玲搬家次數達180多次，可以上金氏世界紀錄了。但張愛玲給文學史家夏志清的一封親筆信裡，說法更嚇人：「我這幾年是上午忙著搬家，下午忙著看病，晚上回來常常誤了公車。」可以確信，晚年張愛玲即使不是每天都搬家，其搬家頻率之高，也大大超乎一般人的想像。

張愛玲如此頻繁地搬家，僅僅是為了「躲蝨子」——一種她認為來自南美、小得肉眼幾乎看不見、但生命力卻特別頑強的跳蚤。她隨身攜帶著簡易的行李，只要在棲身處發現跳蚤就馬上離開。1991年她給朋友的信中說道：「每月要花兩百美元買殺蟲劑」，「櫥櫃一格一罐」。

誰都看得出來，這是一種官能強迫症，一種病態。

17歲時，張愛玲就說過：「生命是一襲華美的衣袍，爬滿了蝨子。」一個正當青春年華的女孩子說出這樣的話，想來令人恐怖，不幸的是一語成讖。張愛玲的一生，正是與「蝨子」戰鬥的一生。

張愛玲很早就看到，穿梭於俗世繁華中的男男女女，華麗的

外表下包藏著人性的暗疾，靈魂中蟄伏著一隻隻微小卻執拗的「蝨子」，貪婪地、不動聲色地啃齧著真性情。《傾城之戀》裡的白流蘇，明知范柳原不會把她當作唯一的愛，但為了嫁個體面的富家子弟，不得不拿殘餘的青春做最後一搏；《金鎖記》裡的曹七巧，在無愛無性的婚姻中消磨了一生，導致心理變態，以摧殘兒女的幸福為樂事……貪欲使她們沒有勇氣和力量清除內心的「蝨子」，眼睜睜地看著它們繁衍、長大、蔓延，直到將鮮活的生命吞沒。

張愛玲本人，又何嘗不是如此？

作家與作品人物的關係有兩種：同構或超越。張愛玲屬於前一種。她本人和她筆下的人物具有驚人的同構性質，她內心深處情與物、靈與肉的掙扎，比她筆下的人物還要劇烈和悲慘。

張愛玲有一句坦率得近乎「無恥」的名言：「出名要趁早。」那是1944年，有人勸她不要在當時上海一些與日軍和汪偽政權有染的刊物發表小說，她的回答是：「出名要趁早呀，來得太晚的話，快樂也不那麼痛快。」

1944年是什麼年頭？多數中國知識份子、作家蝸居於西南，有的做學術積累，有的投身抗戰宣傳，有的默默寫作，連張愛玲所崇拜的通俗小說家張恨水也寄寓重慶，在作品中顯示出抗戰傾向。與張愛玲同樣身陷「孤島」的錢鍾書開始寫《圍城》，但「兩年裡憂世傷生，屢想中止」，直到1947年《圍城》才出版。而張愛玲卻迫不及待地要「出名」，而且理直氣壯，揚揚自得。

張愛玲從小就要「做一個特別的人」，讓大家「都曉得有這麼一個人，不管他人是好是壞，但名氣總歸有了。」她拿起筆來，是想以自己的天才，延續她已經習慣，再也割捨不了的貴族生活。張愛玲的祖父是清末「清流派」代表人物張佩綸，外曾祖

父則是名滿天下的清朝名臣──李鴻章。

　　然而人生是詭譎的，一個人太想得到一樣東西，上天倒不一定讓他得到。張愛玲可以「趁早」出名，但不一定能「痛快」。

　　1949年，大陸政權易手，上海文壇的「傳奇」時代結束了。3年後，張愛玲遠走香港。迫於生活壓力，這個出身簪纓望族，從未到過農村、從未接觸過中國革命的她，卻寫出了兩部政治傾向極其鮮明的長篇小說《秧歌》和《赤地之戀》，後者張愛玲本人也承認是在美國駐香港新聞處的「授權下」寫的，連「故事大綱」都被擬定，寫作時還有他人參與。這樣粗糙的文字，難道是由張愛玲那隻高貴得幾乎不染纖塵的手寫出來的嗎？

　　《秧歌》和《赤地之戀》出版不久後，1955年張愛玲到了美國，很快與一個叫賴雅的比她大29歲的美國劇作家訂婚。而賴雅卻是一個信仰共產主義的人，堅定到不允許旁人說一句共產主義的壞話，捷克共產黨領袖是他的好友。

　　有人會說，婚戀是婚戀，寫作是寫作，但聯繫張愛玲前夫胡蘭成的漢奸身分，這些現象至少可以說明一個事實：張愛玲的人格和寫作都存在一定程度的分裂。共產黨也好，小資產階級也好，都與她無關，她真正關心的是自己的生存。既然發表作品可以乘機出名，那就快快發吧，哪怕發表的地方不那麼乾淨；既然寫反共小說可以賺錢，那就寫吧，反正天高皇帝遠，共產黨也管不到這裡；既然賴雅那麼有才華，在美國文藝界又那麼有號召力，人也不壞，他相信共產主義有什麼關係？年齡大點有什麼關係？此後，在生活的壓力下，張愛玲還在美國加州大學中國研究中心做過中共術語研究，主要工作就是蒐集當年中共言論中的新名詞，這不免令人匪夷所思。一邊是《紅樓夢魘》，一邊是中共術語，也許只有張愛玲才能在生命中書寫出這樣的「傳奇」。

有人說張愛玲畢竟是女人，不懂政治，沒有政治敏感，但1945年日本即將投降之際，上海召開「大東亞文學者大會」，通報上列出張愛玲的名字，她馬上表明了拒絕的態度。

一個人迫不得已時可能會做些違背自己意願的事，但到了張愛玲這個地步，也真夠可憐的了。她始終做著她的富貴夢，端著貴族架子，四體不勤，謀生無著，於是只好糟蹋她的寫作。

張愛玲與胡蘭成的婚姻，不用說是一場孽緣。胡蘭成是夠下作的了，與張愛玲結婚不到半年，就在武漢與一個姓周的護士如膠似漆；當張愛玲追到溫州質問，他又已經與一個叫范秀美的當地女子同居。人們常怪胡蘭成給張愛玲造成了太多不幸，但問題是為什麼張愛玲偏偏「碰」上了胡蘭成？

世間沒有偶然的事。不管張愛玲多麼「高貴」，胡蘭成多麼下作，他們在人格上其實是有相似之處的。胡蘭成賣文（任敵偽報紙主筆），張愛玲也賣文；胡蘭成沒有原則，張愛玲也沒有原則。對他們而言，最重要的原則是能出人頭地，盡享浮生的繁華與榮耀，只不過胡蘭成確實更下賤一些。

在美國，最令張愛玲引以為自豪的寫作卻遭遇到了毀滅性打擊。一部部作品寫出來，一部部被出版社拒絕，為此張愛玲不知流下了多少羞恨交加的眼淚。絕望之中她只好為香港電影公司寫劇本以謀生，甚至著手寫作《張學良傳》。她終於發現，她並不是一個放之四海而皆「紅」的天才。

其實，20世紀40年代她在兩年內從一個因戰爭輟學的大學生一躍而成為上海最有名的作家，是與上海「孤島」時期的特殊形勢分不開的。藝術和人生的「傳奇」，並不能到處複製。沒有原則的人，看上去忙忙碌碌十分主動，其實是被動的，路越走越窄，人生越來越喑澹。胡蘭成、張愛玲都是如此。而一個作家，

如果沒有一顆博大的心靈和日益堅實的信仰體系，即使一時成名也必然一步步走向枯竭。

夏志清先生曾建議張愛玲多接觸美國社會，然後以美國生活為素材進行創作上的突破。但張愛玲孤傲又軟弱，無法融入美國這個早已現代化了的社會。她的生活越來越封閉，最後只有把自己關起來，有人給她打電話要事先寫信預約，她連友人書信也懶得看了。

在張愛玲的性格中，有一種寒意沁人的真正的冷。她不像其他女人一樣喜歡小貓小狗，對唯一的弟弟也冷眼相看。即使和她最親密的人如好友炎櫻、姑姑也錙銖必較，每一筆賬都算得清清楚楚。對於社會，她也沒有多少了解的欲望，有一次她坐人力車到家要付車夫小賬，覺得非常「可恥而又害怕」，把錢往那車夫手裡一塞，匆忙逃開，看都不敢看車夫的臉。還有一次空襲後，她和朋友在街頭小攤子上吃蘿蔔餅，竟能對幾步外窮人青紫的屍體視若不見。

張愛玲出身於貴族之家，父親是一個封建遺少，性格乖戾暴虐，抽鴉片，娶姨太太，母親是曾經出洋留學的新式女子，父母長期不和，終於離異。後來父親續娶，張愛玲與父親、繼母關係更為緊張。

有一次，張愛玲擅自到生母家住了幾天，回來竟遭到繼母的責打，然而繼母反誣陷張愛玲說她打她，父親發瘋似的毒打張愛玲，「我覺得我的頭偏到這一邊，又偏到那一邊，無數次，耳朵也震聾了。我坐在地下，躺在地下了，他還揪住我的頭髮一陣踢。」然後父親把張愛玲關在一間空屋裡好幾個月，由巡警看管，得了嚴重痢疾，父親也不給她請醫生，不給買藥，一直病了半年，差點死了。照她想，「死了就在園子裡埋了」，也不會有

人知道。在禁閉中，她每天聽著嗡嗡的日軍飛機，「希望有個炸彈掉在我們家，就同他們死在一起，我也願意。」

在這種陰沉冷酷的環境裡長大，青春期遭受過如此殘酷的折磨，心理上不發生一些畸變，幾乎是不可能的。

張愛玲對這個世界充滿了恐懼和懷疑，在心裡築起一道堅硬的屏障，把她與世界隔開。「人是最靠不住的」，是她從青春磨難中總結出來的人生信條。冷酷無情、殺機四伏的家庭，在張愛玲的心靈裡種下了一隻陰鬱的「蝨子」，成了她一生不能克服的「咬齧性的小煩惱」。她的急功近利，她的冷漠世故，她的孤僻清高，都與此有關。

曾經有人問海明威說：「作家成長的條件是什麼？」

海明威說是「不幸的童年。」

這句話對張愛玲是適合的。但海明威的話只說了一半。如果一個作家成年後，仍不能逐漸超越早年不幸所造成的人格缺陷，這種不幸則可能將作家毀掉。

張愛玲終其一生沒有完成這種超越。這個曾經風光無限的女子，就像她筆下眾多女子一樣一步步走向沒落，走向凋零。她與胡蘭成那真真假假躲躲閃閃的戀愛，怎不讓人想起委曲求全的白流蘇？當她在枯寂荒涼的公寓中度過一個又一個漫長的白天黑夜，怎不讓人想起那「一步步走入沒有光的所在」的曹七巧？

在生命中的最後20年，張愛玲呈現出越來越顯著的心理疾病。她對人越發冷淡，生活日益封閉，家具、衣物隨買隨扔。她其實是以這種方式，來擺脫內心的空虛與枯寂。

而多年來一直潛伏在心裡的「蝨子」，此時終於變成實實在在的客體，來向她發動最後的攻勢了。在洛杉磯的最後2～3年裡，為了躲避這種令她觸之喪膽的小東西，她在各地旅館輾轉流

徒，隨身只帶幾個塑膠袋。在搬家中，財物拋棄了，友人的書信遺失了，甚至花幾年心血完成的《海上花》譯稿也不知所終。

去世前4個月，她還寫信給林式同，說想搬到亞利桑那州的鳳凰城或內華達州的拉斯維加斯去——這兩個地方都是沙漠，也許她以為在沙漠裡可以擺脫被蝨子咬齧的苦惱。

1995年9月8日，張愛玲謝世於美國洛杉磯寓所，7天後才被人發現。屋裡沒有家具，沒有床，她就躺在地板上，身上蓋著一條薄薄的毯子。一個曾經無限風光的生命以一種最淒涼的方式凋零。我常常想，張愛玲彌留之際，有沒有想到晚年躺在床榻上的七巧？是否也懶得去擦腮上的一滴清淚？

她以一雙早熟的慧眼洞徹了人性的弱點和世間的荒誕，並以生花妙筆展示給世人看，但她沒有足夠的光芒來穿透黑暗，驅散心靈中的「蝨子」。

「生命是一束純淨的火焰，我們依靠自己內心看不見的太陽而生存。」一位外國作家如是說。

但張愛玲心裡沒有太陽。她的生命正如她所說，是「一襲華美的衣袍」，這衣袍曾經光豔照人，風情萬種，但最終還是被「蝨子」吞沒了。這是怎樣的一種悲哀！

還原真相

晉王朝的奢華

wytitrwity

西元280年，晉國開國皇帝司馬炎指揮二十萬雄師南下長江，向割據江東的吳國發起了最後的總攻擊。陸軍總司令杜預統率的野戰部隊，軍勢如破竹，以秋風掃落葉之勢橫掃長江北岸，沒費多大氣力就把前來迎戰的吳國主力兵團打得全軍覆沒。水軍司令王濬統率當時世界上最龐大的艦隊出長江三峽，順水行舟，在江磧要塞用火船焚毀了封鎖江面的「千尋鐵鎖」，吳國自號固若金湯的長江防線，從此灰飛煙滅。

吳國末代皇帝孫皓在石頭城上看到江面上千艘戰艦耀武揚威，聽到甲板上的水兵擂響的震天戰鼓，自己的迫害狂症奇蹟般痊癒，和平時代勇於殺人的膽量飛到爪哇國去了。在罵了一通部下貪生怕死，和說了幾句除了給自己壯膽外沒一點用處的狠話之後，虐待狂皇帝命令外交部長在城上豎起了白旗，稱雄江南近80年的孫氏政權，自此退出了歷史舞臺。

從上世紀甲子年（184年）黃巾義軍在全國各地揭竿而起開始，到吳國「千尋鐵鎖沉江底，一片降幡出石頭」，噩夢連環的中華帝國，在經歷了近一個世紀的分裂動盪後重歸一統，一個光輝的時代在不遠的前方向中國人深情招手。新時代的開創者司馬炎躊躇滿志，在這一年有充分的理由處於感覺上的最佳狀態。他開創的偉業驚天動地，在歷史上只有嬴政、劉邦和劉秀等區區三人可與之相比，但他的業績似乎閃耀著更明亮的光輝。

司馬炎出身高貴，龍準高聳，兩手過膝，是妙齡女郎愛得噴血的標準美男子。劉邦出身市井流氓，劉秀出道前幹什麼雖不可考，但肯定也不是什麼體面職業，否則官修史書一定會大書特書，八成也是一個不務正業的農夫！二人相貌中平，和豐神俊秀的司馬炎根本就沒得比的。嬴政的出身和人品雖和司馬炎不相上下，但嬴政統一中國大小百餘戰，用了近十年的時間，司馬炎則在一年之內一戰定天下！

由此可見，司馬炎似乎是前無古人且極有可能後無來者的偉大帝王，當時的各種跡象也表明他會領導飽經苦難的中國人再造輝煌，他的王朝也會光芒萬丈千秋萬歲。

和劉邦、劉秀相比，司馬炎確然有更多似乎「高明」的見識。二劉在辛苦得天下後，仍然沒一刻放鬆過，終日戰戰兢兢如臨深淵，認為打天下不易守天下更難，有生之年一直不肯放開身心享受一下。

劉邦在當上皇帝後仍親冒矢石，討陳，戰英布，遠征匈奴，征匈奴時差一點餓死，討英布時胸部中了一箭，最後就因箭傷復發提前見了上帝。劉秀得天下後仍勤奮自律，食無厚味，不好女色，裁減冗官，減稅減賦，與民休息生養。二劉在天下大定後並非沒條件享受，或者沒有享受的嗜好，而是二人有更為深遠的智慧，對創立的王朝和自己的家族有強大的責任心，力求在有生之年盡心竭力鞏固王朝的根基，盡可能消除王朝內外的不安定因素，使辛苦打下的江山能夠延續盡可能長一點的時間。

司馬炎不愧是空前絕後的開國帝王，在創立統一中國的驚天偉業後應該幹什麼，此君與前輩有截然不同的想法：他認為天下一統，四境無敵，身為國家元首的他不用自尋煩惱，沒事找事，應該盡可能地利用眼前的優越條件愉悅身心，享受生活。人的一

生如白駒過隙，時光稍縱即逝，不趁人生盛年及時行樂，等到「白了壯年頭」，再想找快樂就力不從心了……

對於一個男人來說，享受生活的最好方式就是「醇酒和美女」，深諳享受之道的司馬炎對這兩樣「物事」也特捨得下工夫。晉國大軍征服吳國後，司馬炎對江南的戶口錢糧的興趣遠遠小於對吳宮館娃的興趣。

按常理一個國家征服另一個國家後，第一要務就是統計戶口、澄清吏治和恢復社會治安，可司馬炎的第一要務就是敕令軍卒在江南朝野搜羅美女。除了把供孫皓淫樂的宮女全數運往洛陽皇宮外，還在民間強搶了一大批美女北上「候選」。

這下好了，司馬炎的宮女一下子膨脹到一萬多人！就算他夜夜幃帳不虛，一天換一個女人，也得三十年才能遍施雨露。就算司馬炎是金剛不壞之身，能夠在床上連續作戰三十年，輪到後面的宮女見駕時已成老太婆了！因為宮女太多，司馬炎眼花撩亂，每天退朝後發愁晚上去哪裡睡覺。一個善於逢迎的太監想出了一個歪點子，建議皇帝每日散朝後乘著羊車，隨意遊歷宮苑，既沒有一定去處，也沒有一定棲止，羊車停住哪個宮女門前，就賞那位宮女「一夜情」。

有位宮女為了早一天獻身皇帝，情急之下想出了一條妙計：在門戶上插上竹葉，地上撒上鹽汁，引逗羊車停駐。羊喜吃竹葉食鹽，走到門口自然停下來一飽口福。宮女遂出迎御駕，把司馬炎弄上床全身心伺候。司馬炎樂得隨緣就分，就和這位宮女相擁而眠。

沒幾天，宮女的妙計露了餡，其他宮女紛紛仿傚，於是皇宮戶戶插竹，處處撒鹽……

至於吃喝玩樂，變著法子尋開心，司馬炎更是花錢如流水，

把納稅人的錢不當一回事，常常在吃過山珍海味，喝夠瓊漿玉液後身心俱泰，以至於忘了當天是什麼日子。歷史上的任何一個開國皇帝在一統天下之後，因為納稅人增多，很自然就會想到減稅以收買民心。司馬炎滅吳後納稅人增加了一倍，可他不但沒減稅，還想盡花樣向老百姓要錢，甚至把官帽子拿去賣錢……

說句公道話，司馬炎除了恣情縱慾，貪圖享樂，對國家民族沒有長遠的責任心外，他本人的品格倒不失大度厚道，像亡國之君劉禪、孫皓，前代末帝曹奐，從皇帝寶座走下來後幾乎都沒受到什麼迫害，好酒好肉安享餘生。對於直言敢諫的臣子，武帝雖不能採納其言，但也不因對方當眾駁自己的面子而老羞成怒。

太康三年（282年），司馬炎在南郊祭祀上天和列祖列宗後，自我感覺特好，隨口問身邊陪同的司法部長劉毅：「朕與漢朝諸帝相比，可與誰齊名啊？」吃了豹子膽的劉毅居然不領情，給了皇帝一個軟釘子：「漢靈帝、漢桓帝。」

眾所皆知，桓、靈二帝就是昏憒無能、開創中國賣官鬻爵先風的酒肉皇帝，東漢的鐵桶江山就是斷送在這兩人手裡。

劉毅把一統天下、自詡英雄蓋世的開國皇帝比成這兩個現世寶，聽了這話司馬炎的震驚和反感是可以理解的，但他也僅僅是震驚而已，沒有像別的昏暴帝王一樣給對方脖子賞一刀，而是問：「怎麼把朕與這兩個昏君相比？」劉毅回答說：「桓、靈二帝賣官錢入官庫，陛下賣官錢入私門，以此言之，還不如桓、靈二帝。」司馬炎聞言大笑，「桓、靈之世，不聞此言，今朕有直臣，顯然比兩人強些。」由此可見司馬炎的明白和寬容。

一個明白寬容的皇帝按理應該能夠成為一個很不錯的守成英主，但貪圖享受和沒有責任心抵消了司馬炎的優點，使他成為中國歷史上最昏聵荒唐的開國之君（分裂時期那些割據一方的小國

皇帝除外）。對於一個平民百姓來說，好享受和不負責也許談不上十惡不赦，但對於一個權力人物尤其是國家元首來說，這兩個缺陷則是不可饒恕的，對國家民族的危害甚至超過昏庸和殘暴。

國家元首司馬炎奢華成這個樣子，就不愁官僚隊伍不競相效尤。歷史上任何一個大一統的王朝在開創之初，都有相當旺盛的進取心和開拓精神，君民臣子群策群力，生龍活虎一樣，為王朝的長治久安打下深厚的根基。也許只有晉國是個例外，司馬炎君臣在天下大定後，也像其他開國王朝一樣精力充沛充滿活力，所不同的是晉國的權力人物不是把富餘的精力用於開疆拓土和勵精圖治，而是用於驕奢淫逸和追求享受上。這裡有必要再現幾幕晉國立國之初豪奢淫逸的畫面：

晉武帝統治中後期，國家無事，文恬武嬉，奢侈無度，宰相何曾每日三餐飯最少要花費一萬錢，還愁沒有可吃的菜，以至於經常無處下筷子。以當時的購買力，一萬錢相當於一千個平民百姓一個月的伙食費，何曾奢侈的程度，簡直荒唐得令人噴血！

有其父必有其子，何曾的兒子何劭青出於藍而勝於藍，這個不學無術的草包大少「食之必盡四方珍異，一日之供，以錢二萬」，每日的伙食費是乃父的兩倍。有司馬炎、何曾之流的高官顯宦在上面垂範，晉國的各級官吏不再把安邦治國濟世安民當回事，而是把全部精力用於追逐紙醉金迷、競相鬥富的荒唐生活。

既然談到晉國的奢華浪費，那就不能不提到石崇，他與國舅王愷鬥富的故事家喻戶曉。

石崇是晉國的超級富豪，他在荊州州長任上，指使治安部隊假扮強盜，靠打劫富商大賈的血腥勾當完成資本的原始積累。政府官員強搶豪奪居然無人過問，由此可以想見晉國吏治腐敗到了何種地步！石崇當強盜致富後，用贓款行賄上司，得以入京做

官，加入了坐在辦公室貪污受賄的官僚隊伍，積下了更大的家當，成為晉國的超級首富。他在京城建造了豪華的居室，僅姬妾就有一百多個，每人頭上和手上金光閃爍，佩帶的首飾價值連城。石崇每天的工作就是和達官貴人公子哥兒吃喝嫖賭，流連聲色，拿贓款賭明天⋯⋯

王愷是司馬炎的舅父，靠裙帶關係貪污受賄積下億萬家私。此翁的官職和社會地位比石崇高，聽到石崇的豪富水準後心理很不平衡，在百姓饑寒交迫的歲月竟意想天開地和下級暴發戶鬥起富來。石崇是名副其實的土肥佬，絲毫也意識不到和國舅鬥富的後果，居然很自信地接受了挑戰。兩人鬥富從廚房開始：王愷用麥芽糖涮鍋，石崇用蠟燭當柴燒；然後賭到了路上：王愷在四十里的路面用綢緞作帷幕，石崇針鋒相對地把五十里道路圍成錦繡長廊；最後又回到房子上賭：王愷用花椒粉泥房子，石崇則用赤石脂作塗料⋯⋯

王愷屢鬥屢敗，情急之下想起了最後的一張王牌，便入宮廷見外甥司馬炎，祈求皇帝助他一臂之力。司馬炎如果有帝王之風，就應該勸舅父即刻停止這種變態行為，然後在全國整治奢靡浪費的邪風。可司馬炎這個混傢伙居然滿口答應，從府庫裡拿出西域某國進貢的一株價值連城的珊瑚樹，高約二尺左右，命舅父拿去鬥敗石崇。

王愷得此皇家奇珍後，自信心一瞬間增長十倍，揚揚自得地拿著珊瑚樹去石崇面前炫耀。石崇的回答是不發一言返身回屋，返回時手裡多了一柄鐵如意。王愷心想這傢伙八成是嫉妒得發瘋了，鐵如意能值幾個小錢？和珊瑚樹有可得比嗎？王愷正在納悶，不提防鐵如意向珊瑚樹砸下來。隨著一聲清脆的響聲，皇家奇珍碎成數段⋯⋯

王愷看到自己的王牌寶物毀於一旦，當即氣沖牛斗，要和石崇玩命。石崇的反應是從容一笑，說了聲：「區區薄物，值得發那麼大的火嗎？我賠你損失還不成嗎？」轉身命令貼身祕書取出家藏珊瑚樹任王愷挑選。祕書捧出的珊瑚樹有幾十株，高大的約三四尺，次等的約兩三尺，像王愷所示的珊瑚樹要算最次等的。石崇指著珊瑚樹對王愷說：「君欲取償，任君自擇。」

　　事到如此，王愷只好認輸，兩隻腳抹油走人，連擊碎的珊瑚樹也不要了。

　　石崇既然富可敵國，來他家尋開心、打秋風和獻殷勤的賓客絡繹不絕。石崇也經常在家舉辦豪華宴會，宴請晉國的達官顯貴和文人墨客。每逢大宴賓客，石崇就安排美女在座上勸酒，就像今天的貪官土肥佬在酒店要小姐陪酒一樣。所不同的是：賓客有飲酒不盡興者，當即命令家裡的保安殺掉勸酒的美女！有同情心但不勝酒力的賓客為了讓美女活命，只好過量飲酒，以致當庭酩酊大醉。

　　王導（東晉宰相）和王敦（東晉大將軍）兩兄弟曾共赴石崇的宴會。王導酒力很淺，因為怕勸酒的美女被殺只好強飲數杯，當場醉倒在席上。王敦酒量很大，但此公心腸硬且好惡作劇，任憑美女流淚勸酒也不肯喝一口。三位美女霎時失去美麗的腦袋，可王敦仍不動聲色，依舊滴酒不沾，結果又一個美女拉出去了，一分鐘後傳來一聲慘叫。王導責備兄弟無惻隱之心，王敦回答說：「彼殺自家人，關我何事？」

　　賓客吃飽喝足後上「洗手間」，發現男廁所內居然有十多個玉骨冰肌的少女袒胸露臂，每人手裡捧著一個托盤，第一個托盤盛著錦衣華服，供客人更衣用；第二個托盤盛著沉香蘭麝等名貴香料；第三個托盤盛著高級洗漱用品；第四個托盤盛著高級護膚

化妝品……

　　進去的賓客都得脫下舊衣換上新衣，才能去蹲位大小便。大多數賓客不好意思在少女面前赤身裸體，只好憋著退出去。王敦與眾不同，進去後當著美女的面脫得一絲不掛，慢吞吞地換上新衣，美女們看見他那不安分的下身，皆紅著臉轉過頭去……

　　石崇只是晉國的一個中級官僚（散騎常侍），就如此狂亂縱慾變態浪費，部長宰相級的高級官員就更不用說了，何曾父子和王濟就是一個很有代表性的例子。

　　司馬炎有次去王濟家蹭飯，席上的一盤乳豬味道極其鮮美。皇帝在吃了個酣暢淋漓之後大大地稱讚了一番廚師的手藝，又討教個中祕訣。王濟告訴皇帝，他家用於做菜的小豬全用人奶餵養，因此肉味鮮嫩異常！

　　王濟喜好跑馬，那時首都人多地貴，他看上了一塊地價最貴地段，於是就把跑馬場那樣大的一塊地用錢幣鋪滿，把這塊地給買下了。

　　……

　　西晉初年，國家經過近一個世紀的長期分裂動盪後重歸統一。根據天下分久必合、合久必分的傳統理念，這次的統一和安定應該是長期的。秦朝滅亡後只經過五年短暫的分裂就迎來西漢兩個世紀的長期統一。西漢覆亡後天下也只擾亂紛爭了幾年，隨後就是東漢近兩百年的承平盛世。晉國前期是一個世紀的長期分裂，按理接下來的太平盛世應該能延續比兩漢更長的時間。因此晉國上自皇帝宰相，下至平民平姓，都天真地認為一個繁榮昌盛的時代已經到來，誰都相信明天會更好；誰也不去為未來擔心。

　　因為沒必要有憂患意識，因而帝國臣民對國家、民族和家庭的責任感日益淡漠，社會享樂主義滋長，朝野上下物慾橫流，每

個人都在花樣翻新地找刺激尋開心。只有極少數智慧人士看到了潛在的危機，車騎司馬傅咸就一再上書皇帝借古論今，指出荒淫奢華的危害，建議司馬炎在全社會懲治浪費，宣導節儉。但擁有超人智慧的人總是寂寞的，他的話皇帝聽不進去，臣民百姓也認定他在自找苦吃，放著眼前的福不享分明有自虐傾向。

除了極少數的仁人志士外，個別達官貴人在花天酒地時也能對時局保持清醒的認識。宰相何曾有一次告訴他的兒子說：「國家剛剛創業，應該朝氣蓬勃，才是正理。可是我每次參加御前會議或御前宴會，從沒有聽到談過一句跟國家有關的話，只是談些日常瑣事。這不是好現象，你們或許可以倖免，孫兒輩恐怕逃不脫災難。」

何曾雖然擁有清醒的頭腦，但他缺少人類的高貴情操和崇高的理想責任心，不是從自己做起，利用手中的權力來阻止這種全社會的墮落傾向，而是認為一個人的力量改變不了社會，不去做任何改變社會的努力，一邊發表高論，一邊一餐吃掉一萬錢。

奢侈之害，大於天災。富得流油的晉國在經歷了短短十年的安定之後兵戈再起，司馬家族各位酒肉政客為了爭奪更大的享受特權，開始了一輪又一輪敵對復仇式的自相殘殺。全國各地相繼變為戰場，田園荒蕪，山河破碎，生產力受到極大的破壞。從不相信還會再度挨餓的國人陷入了可怕的饑餓之中，人吃人的慘劇從一個地方延續到另一個地方。在強權就是真理的亂世，達官顯貴和超級富豪無法安心享受自己的財富，他們很自然成為軍閥和饑民掠奪搶劫的目標，不但不能保住自己的家產，絕大多數連腦袋也搭進去了。

大多朝代，一般一開始的皇帝都還是好的、有作為的，他們可是兢兢業業來守著自己用血打下來的江山，可是司馬炎不同，

他一開始就讓自己過於快樂，以後更是每況愈下，只會天天在女人肚皮上打轉……290年，終於去見閻羅老子了，全身早已掏得空空了……

奴隸出身的石勒在饑餓中成長，他聚集了一大批饑民在自己身邊，拿起各式各樣的殺人武器向瘋狂享樂的官僚富人發動了野蠻的復仇戰爭。那些只知縱欲找刺激的「玩字輩的大小政客」在醉生夢死之後，驀然發現自己的脖子已架上了一把明晃晃的大刀，而那群如花似玉的妻子女兒，卻被那些平時連正眼也不瞧一下的下三爛摟在懷裡了……

304年，連晉國的首都洛陽也發生了可怕的饑荒，昔日用人奶餵豬的超級富豪們也落到了吃上頓沒下頓的地步，最後連每天一餐飯也保證不了。為了不被餓死，晉國的高幹、官商、暴發戶只好跟在十萬禁衛軍後面離開洛陽，南下去較為安定的江南找飯吃。但去路被餓得不要命的饑民武裝阻斷了，只好左轉九十度向山東進發，在苦縣（河南鹿邑）落入了石勒奴隸軍團設置的口袋。包括宰相王衍在內的所有「玩字輩的大小富豪」全被殘酷地殺死。他們的妻子女兒則被不識字的野蠻人丟到了床上……

最後的時刻到來時，首都成了人吃人的孤島。龜縮在深宮的皇帝司馬熾（司馬炎的第25個兒子，即晉懷帝）在餓了幾天之後，被迫和留守的若干高級官員及其眷屬出城找飯吃。

這支超級富豪隊伍步行到昔日最繁華的銅駝大街時，街上已長滿荒草，饑餓的群眾向他們攻擊。司馬熾大聲喊叫自己是尊貴的皇帝，饑民的攻擊卻更加猛烈，因為他們可能是想皇帝的肉肯定更嫩更肥。司馬熾到底沒能走出那條大街，只好退回皇宮坐以待斃。

當初這些超級富豪在拼命「玩兒」「找樂子」時，一定沒有

想到今天會落到連粗茶淡飯也吃不上的地步。

晉國的一等富豪石崇的結局更具諷刺性，這個靠搶劫起家的官僚，最後也撞上了被大官搶劫的惡運。不但全部財富遭搶，連全家的腦袋也給搶走了。石崇的豪富排名第一，因此也比其他超級富豪搶先一步掉了腦袋。他的財富令許多人眼紅，尤其是令權力人物眼紅，權勢比他大的人無疑都想把他的財富攫為己有。

趙王司馬倫當政時，軍閥孫秀看上了石崇的女人和財產，就給石崇安上一個莫須有的謀反罪名，帶領軍隊在光天化日之下闖進他的家，把他的財產和女人全部搶走了。孫秀還嫌不過癮，又回過頭來把石崇全家幾十口男女全部押往東市刑場，在每人的脖子上砍了一刀。

石崇被憲兵逮捕時，居然以為是他的愛妾綠珠惹的禍，孫秀只是看上了他的女人。現在女人都歸孫秀了，孫秀應該滿意了，隨後就會發還他的家產了，根本沒想到自己會被殺頭，更沒想到會被「誅三族」。

他自以為滿朝文武都上他家做過客，他的人緣很好，那些人會為他鳴冤，孫秀就是吃了豹子膽也不敢殺他！絲毫也想不到來他家做客的官僚都打從心裡嫉恨他。可見石崇的智商實在低得有點可憐，如此弱智的人，居然是晉國的一等富豪，由此可見一個人擁有的財富和能力並不總是成正比的，在政治不修明的世道，甚至成反比。

值得一提的是：西晉王朝是中國美男子高產的時代，上流社會人士一個個風流倜儻神采飛揚，歷史上有記錄的美男子大多出生在那個時代。且不說眾所皆知的潘安，讓最貞節的女人也忍不住想紅杏出牆；甚而衛玠出門時，洛陽城萬人空巷，他走過的地方人山人海，不過都是女人。結果這個奶油小生活活被女人「看

死」了。有諷刺意味的是：美男子組成的國家居然是最奢侈最荒唐也最快滅亡的國家，可見男人的「美」著實不怎麼可靠，金玉其外的男人往往敗絮其中。

　　富得流油的晉國就這樣在奢華淫樂的濁流中過早地毀滅了。司馬家族的漏網之魚琅琊王司馬睿在長江以南建立了流亡政府，為文明的漢民族提供了一處避難所。我們應該感謝司馬睿，他建立的東晉政權使漢文明能夠在北方少數民族入侵的浪潮中苟延殘喘，保留了漢文明日後東山再起的資本。否則漢文明極有可能像同時代的西羅馬文明一樣亡於蠻族之手，中國將四分五裂，且永遠喪失了重新統一的機會。

王安石變法：幫了腐敗的忙

易中天

西元1067年，是一個對後世產生了重要影響的年份。這一年農曆正月，36歲的宋英宗病逝，20歲的皇太子趙頊當了皇帝，是為宋神宗。這時，北宋王朝已過去108年，算是步入中年，而新皇帝血氣方剛，總是想做些事情的。

於是，便有了著名的「熙寧變法」。

宋神宗的變法，倒也不是自尋煩惱，無事生非。當時，宋朝已經順順當當地延續了上百年。和平安定的時間長了，人口大幅度增長，開支也大幅度增長。一是軍隊越來越龐大，二是官場越來越臃腫，三是宗教越來越興盛，這些都要增加費用，財政豈能不成問題？

與此相反，行政效率則越來越低，國家的活力也越來越小。因為承平日久，憂患全無，朝野上下，慵懶疲軟，得過且過，不思進取。

宋神宗顯然不願意看到這種暮氣沉沉的局面。他多次對臣僚說「天下弊事至多，不可不革」，又說「國之要者，理財為先，人才為本」。

問題是，到哪裡去找既敢於改革又善於理財的人呢？

於是，他想到了王安石。

王安石也是一個志向非凡的人。

他曾給仁宗皇帝上過萬言書，可交上去以後就沒有了下文。

王安石明白，改革時機未到。於是，他一次次謝絕了朝廷的任命，繼續在地方官任上韜光養晦，並種他的「試驗田」。在王安石看來，做什麼官並不要緊，要緊的是能不能做事。如果在朝廷做大官而不能做事，那就寧肯在地方上做一個能做事的小官。

王安石「起堤堰，決陂塘，為水陸之利」，實實在在地為民辦事。更重要的是，他還「貸穀與民，出息以償，俾新陳相易，邑人便之」。這其實就是他後來變法的預演與排練。這樣一來，當王安石官至宰相，改革變法時機成熟時，王安石就有了足夠的思想、理論和實踐準備。

就說免役法，它是針對差役法的改革。差役，其實就是義務勞動。這是稅收（錢糧）以外的徵收，本意可能是為了彌補低稅制的不足，也可能是考慮到民眾出不起那麼多錢糧，便以其勞力代之。但這樣一來，為了保證國家機器的運轉，老百姓就不但要出錢（賦稅），還要出力（徭役），實在是不堪重負。

事實上宋代的力役，種類也實在太多。麻煩在於「役有輕重勞逸之不齊，人有貧富強弱之不一。」因此，有錢有勢的縉紳人家服輕役或不服役，沉重的負擔全部落在孤苦無告的貧民身上。

王安石的辦法是改「派役」為「僱役」，即民眾將其應服之役折合成「免役錢」交給官府，由官府僱人服役。這樣做有三個好處：第一，農民出錢不出力，不耽誤生產；第二，所有人一律出錢（原來不服役的官戶、寺觀只出一半，叫「助役錢」），比較公道；第三，社會上的閒散無業人員找到了差事。

但宋神宗和王安石都沒有想到，這次改革，不但阻力重重，而且一敗塗地。在變法期間，甚至發生了東明縣農民一千多人集體「進京上訪」，仕王安石住宅前抗議舉白布條抗議的事情。最後王安石背著擾民和聚斂的惡名走向慘敗。

那麼，變法的結局為什麼會是這樣？

原來，王安石是一個動機至上主義者。在他看來，只要有一個好的動機，並堅持不懈，就一定會有一個好的效果。因此，面對朝中大臣一次又一次的詰難，王安石還是咬緊牙關不鬆口：「天變不足畏，人言不足恤，祖宗不足法。」王安石甚至揚言：「當世人不知我，後世人當謝我。」有此信念，在他看來，即便民眾的利益受到一些損失，那也只是改革的成本。

而最重要的原因，是王安石怎麼也想不到他搞的改革，卻反而幫了腐敗政府的忙！

比如「青苗法」，其實，青苗法應該是新法中最能兼顧國家和民眾利益的一種了。一年當中，農民最苦的是春天。那時，秋糧已經吃完，夏糧尚未收穫，正所謂「青黃不接」。於是，那些有錢有糧的富戶人家，就在這個時候借錢借糧給農民，約定夏糧秋糧成熟後，加息償還。利息當然是很高的，是一種高利貸。還錢還糧一般也不成問題，因為有地裡的青苗作擔保，可算是一種「抵押貸款」。當然，如果遇到自然災害，顆粒無收，農民就只好賣地了。

而青苗法，就是由國家替代富戶來發放這種「抵押貸款」，即在每年青黃不接時，農民向官府貸款，待秋後再連本帶息一併歸還。所定的利息，自然較地下錢莊（富戶）來得低。這樣做的好處，是既可免除農民所受的高利貸盤剝，也能增加國家的財政收入。

然而，實際操作下來的結果卻極其可怕。

首先利息並不低。王安石定的標準，是年息二分，即貸款一萬，借期一年，利息二千。這其實已經很高了，而各地方政府還要加碼。地方上的具體做法是，春季發放一次貸款，半年後就收

回，取利二分。秋季又發放一次貸款，半年後又收回，再取利二分。結果，貸款一萬，借期一年，利息四千。原本應該充分考慮農民利益的低息貸款，變成了一種官府壟斷的高利貸。而且，由於執行不一，有些地方的利息還要更高。

利息高不說，手續還麻煩。過去，農民向富戶貸款，雙方講好價錢即可成交。後來向官府貸款，先要申請，後要審批。道道手續，都要給胥吏衙役繳交「好處費」。每過一道程式，就被貪官污吏敲詐勒索從中盤剝一回。

更可怕的是，為了推行新政，王安石給全國各地都下達了貸款指標，規定各州各縣每年必須貸出多少。這樣一來，地方官就更是硬性攤派了。當然，層層攤派的同時，還照例有層層加碼。於是，不但貧下中農，就連富裕中農和富農、地主，也得「奉旨貸款」。

結果，老百姓增加了負擔，地方官增加了收入。

「市易法」也一樣，熙寧五年（1072年），一個名叫魏繼宗的平民上書說，京師百貨所居，市無常價，富戶奸商便乘機進行控制，牟取暴利，吃虧的自然是老百姓。因此他建議設置「常平市易司」來管理市場，物價低時增價收購，物價高時減價出售，這就是市易法的起因。具體辦法，是由朝廷設立「市易司」，控制商業貿易。這個辦法，是動用國家力量來平抑物價。當然「市易司」也不是專做虧本生意，也是要贏利的，只不過並不牟取暴利而已。比方說富戶奸商一文錢買進二文錢賣出，「市易司」則一文錢買進一文半賣出。贏利雖不算多，也能充盈國庫。

但這樣一來，所謂「市易司」就變成了一家最大的「國營企業」，而且是「壟斷企業」了。

我們現在知道，政府部門辦企業會是一個什麼樣的結果。何

況王安石的辦法還不是政府部門辦企業，而是由政府直接做生意，結果自然只能是為腐敗大開方便之門。

事實上所謂「市易司」，後來就變成了最大的投機倒把商。他們的任務，原本是購買滯銷商品，但實際上卻專門搶購緊俏物資。因為只有這樣，他們才能完成朝廷下達的利潤指標，也才能從中漁利，中飽私囊。

所以，不要以為貪官污吏害怕改革。他們不害怕改革，也不害怕不改革，只害怕什麼事情都不做。相反，只要朝廷有動作，他們就有辦法。比方說，朝廷要徵兵，他們就收徵兵費；要辦學，他們就收辦學費；要剿匪，他們就收剿匪費。反正只要上面一聲令下，他們就乘機雁過拔毛。

就如此這般，力求為天下百姓除弊振興的改革，反而幫了腐敗政府的忙，這恐怕是王安石他老兄所始料未及的。

豆腐渣戰艦壞事

——忽必烈兩次出征日本失敗

朱　翔

　　日本廣泛流傳著這樣的傳奇故事——「神風」在元朝時期曾兩度施威摧毀蒙古入侵者的船艦，將日本從危難之中解救出來。此後數百年中，日本人一直對「神風」頂禮膜拜，興起了大規模拜神的活動。

　　然而，最新的科學發現卻否定了這個傳奇故事。近期發表在英國《新科學家》週刊的一項考古新發現指出：拙劣的造船工藝和船體設計是導致蒙古艦隊葬身魚腹的主要原因。

　　西元1274年，忽必烈第一次遠征日本，遇上颱風，日本人稱是「神風」救了他們。

　　歷史記載，元至元十一年（1274年），元世祖忽必烈命風州經略使忻都、高麗軍民總管洪茶立，以900艘戰船，1.5萬名士兵，遠征日本。元軍在戰爭開始階段取得了很多輝煌戰果。

　　作家井上靖這樣記載：「蒙古於西元1274年10月初，佔領了對馬、壹岐兩島，繼而侵入肥前松浦郡……使日軍處於不利，不得不暫時退卻到大宰府附近。元軍雖然趕走了日軍，但不在陸地宿營，夜間仍回船艦。當元軍回到船艦後，恰遇當夜有暴風雨，元艦沉沒兩百餘艘，所餘元軍撤退，日本才倖免於難。」

　　颱風乍起之時，當時由於不熟悉地形，元軍停泊在博多灣口的艦隊一片混亂，不是互相碰撞而傾翻，就是被大浪打沉。午夜

後，颱風漸停，但暴雨又降，加上漆黑一片，落海的兵卒根本無法相救。忻都怕日軍乘機來襲，下令冒雨撤軍回國。此役，元軍死亡兵卒達1.35萬人。日本史書則稱之為「文水之役」。

第二天即10月22日早上，日軍在大宰府水城列陣，但不見元軍進攻，派出偵察人員始知博多海面已無元軍船隻，元軍撤退了。日本朝野對突如其來的颱風趕走元軍十分驚喜，在全國範圍內展開了大規模拜神活動，稱為「神風」。

至元十八年（1281年），忽必烈第二次東征日本，兩個月之後，又是一場巨大的颱風讓元軍再次慘敗。

當時，忽必烈「以日本殺使臣」為由，結集南宋新附軍10萬人組成一支大軍遠征日本。兵分兩路，洪茶丘、忻都率蒙古、高麗、漢軍4萬，從高麗渡海；阿塔海、范文虎、李庭率新附軍乘海船900艘，從慶元、定海啟航。高麗國王為元朝提供了1萬軍隊，1500名水手，900隻船和大批糧食。然而，日本守軍已有前次抗擊蒙古的經驗，他們在箱崎、今津等處沿岸構築防禦工事，並以精銳部隊開進志賀島，與東征元軍進行激烈戰鬥。

元軍因內部高麗、漢、蒙古統帥之間的矛盾而不能協調作戰。這樣，「蒙古軍在毫無蔭蔽的前提下，每前進一步都要付出沉重的代價。雙方對峙達兩個月之久，蒙古軍隊沒有看到勝利的希望。兩個月之後，一場巨大的颱風襲擊了庫樹海岸，蒙古軍再次企圖撤入海上，但他們的努力是徒勞的。」

「在此次颱風襲擊下，蒙古東路軍損失1/3，江南軍損失一半，一些靠近海岸的士兵被日本人屠殺或溺死。」

漢文史料也記載，由於元軍戰船「縛艦為城」，因而在「波如山」的颱風襲擊下「震撼擊撞，舟壞且盡。軍士號呼溺死海中如麻」。

蒙古人第二次東征日本又以慘敗而告終。

美國考古學家對打撈上來的蒙古戰艦殘骸進行了仔細研究，發現蒙古戰艦粗製濫造，品質低劣。

雖然，在古代文獻中確實能夠找到關於那兩場日本沿海颱風的記載，然而根據現存證據，研究人員並無法判斷出那場風暴的具體強度，以及風暴與蒙古艦隊的沉沒究竟有多大關係。

美國德克薩斯州農業機械大學的考古學家蘭德爾·佐佐木，對1981年從高島附近海底打撈上來的700多塊蒙古戰艦殘骸，進行了仔細研究和分析。

佐佐木表示——「很多蒙古戰艦龍骨上的鉚釘過於密集，甚至有時在同一個地方有五六個鉚釘。這說明，這些肋材在造船時曾反覆使用，而且很多龍骨本身品質就很低劣。」

據漢文史料記載，至元十一年（1274年）正月，忽必烈命令高麗王造艦900艘，其中大艦可載千石或四千石者300艘，由金方慶負責建造；拔都魯輕疾舟（快速艦）300艘，汲水小船300艘，由洪茶丘負責建造。並規定於正月十五日動工，並要限期完成。六月，900艘軍艦就必須完工。

當時，造船業發達的中國江南及沿海地區尚未被忽必烈完全征服，部分地區仍在南宋軍隊的控制之下。所以，忽必烈不得不將造船的任務交給技術較為落後的高麗人。一方面，高麗對於造船很反感，認為元朝出兵日本肯定會要求高麗參戰，這必將給高麗人帶來沉重的負擔。另一方面，讓造船技術落後的高麗在如此短的時間內完成如此艱巨的任務實屬難事。高麗人只得在匆忙間敷衍了事，這些艦船的品質也就可想而知了。

至元十八年（1281年），蒙古軍隊的大多數戰艦都是平底河船，採用了當時較為流行的水密隔艙設計，而此種戰艦的結構並

不適於航海作戰。所謂水密隔艙，就是用隔艙板把船艙分成互不相通的一個一個艙區，船艙數一般為8或13個。它大約發明於唐代，宋以後被普遍採用。雖然該結構便於船上分艙，有利於元軍在航海途中進行軍需品的管理和裝卸，但是艙板結構取代了加設肋骨的工藝，簡化了主體結構，削弱了船舶整體的橫向強度。

佐佐木指出：「迄今為止，我們還沒有在高島附近海域發現V字形遠洋船的龍骨，我們可以想像那種為內河航運而設計的船，一旦遭遇海中大風浪時，將會出現何種混亂的情形。」

佐佐木還發現：戰艦殘骸的碎片沒有一塊超過3米，大多數碎片都在10釐米到1米之間。他據此推測，蒙古戰船可能採用了類似新安古船的一種「魚鱗式」船殼結構形式。其船殼板之間不是平接，而是搭接的。這種結構在巨浪的拍擊之下極容易碎裂。佐佐木表示，對沉船遺址的現有研究只是冰山一角，他希望能夠借助聲納和雷達，得以更深入地了解當時蒙古的造船技藝，進而破解沉船真相。

還有研究認為，除了艦隊扯後腿之外，蒙古人的後勤和裝備也比不上日本人。

若論吃苦耐勞，當時的蒙古戰士無人可敵，必要時他們可以靠吃生馬肉、喝馬血維持生命。蒙古人作戰時機動性第一，一般只帶很少的給養，軍隊的給養主要通過掠奪戰爭地區的平民解決。可是在這兩次戰爭中，蒙古人偏偏無法發揮自己的特長，他們一直未能突入內地居民區，自不可能有平民供他們掠奪。

此外，日本人的武器也優於蒙古人。當時日本的冶煉和刀具製作技術世界一流，日本戰刀的性能只有北印度和西亞出產的大馬士革鋼刀可以媲美。古代最優良的鋼按性能排列依次為：大馬士革鋼（鑄造花紋鋼）、日本鋼（暗光花紋鋼）、馬來鋼（焊接

花紋鋼）。中國最好的鋼（鑌鐵）其實也是一種焊接花紋鋼，不過性能沒有馬來鋼那樣出色。日本除了具有好鋼之外，其戰刀的優良性能還來自其獨特的後期淬火工藝。日本刀製造成本低廉，使得普通民眾都可擁有一把好刀，而蒙古軍隊使用的品質較差的鑌鐵刀，很多大刀在對砍時刀刃捲曲。

在兩次戰爭中的八年間隙期間，日本人似乎還改進了他們的弓箭。第二次入侵時，蒙古人發現日本人使用的弓箭的射程和穿透力都有很大的提高，已與蒙古強弓不相上下。從保留至今的圖畫看，日本人的長弓與當時最先進的英格蘭長弓有幾分相似，長約1.5米。由於日本人本來就很矮小，畫面上的日本弓箭手看上去就好像比他們所持的弓還短。

張獻忠的殺人有「道」

吳茂華

老一輩的四川人，上自士紳階級下至販夫走卒之流，對明末清初張獻忠屠蜀的史事差不多都耳熟能詳。我小時候聽當過塾師的外婆講這段史實，說起當時川人血流漂杵、屍骨蔽野的慘酷情形，雖是講古，外婆臉上仍神情黯然，噓唏連連。我聽到心驚處，忍不住發問：張獻忠何以這樣濫殺川人？外婆說，張獻忠是老天爺降下的魔王，來擾世害民。

又說起那句膾炙人口的張獻忠「七殺碑」名言：天生萬物養於人，人無一物回於天。殺！殺！殺！殺！殺！殺！殺！

後來上中學讀歷史，教科書上講到張獻忠，是和領導農民革命軍打天下的李自成相提並論的。老師在課堂上反覆強調這是農民革命起義的階級鬥爭，是推動社會歷史進步的動力，雖有其局限性，但革命造反精神的意義是偉大的。我那時當學生，雖不敢懷疑書本與老師的正確性，但是心裡卻禁不住想起了七殺碑上那句刀劍鏗鏘、殺伐有聲的名言。

2004年，張獻忠屠川三百六十年後的今天，我翻開《蜀碧》、《蜀警錄》、《蜀難敘略》等史書，讀到有關記載，滿篇血腥撲鼻而來。終於明白所謂農民革命軍的「局限性」有多可怕，其殘忍程度超過了我們的想像。

這支軍隊大規模殺人如砍瓜切菜，簡直就是古代的「恐怖分子」，且死難者百分之九十以上都是普通百姓。我們川人的祖先

黎民，何以遭此蹂躪慘難！三百六十年來，幾十萬生靈的亡魂且何以安？歷史長河，滾滾逝波，而翻開中華民族的歷史皆痛史。正史野史，是耶非耶？有識之人自會分辨。

明崇禎元年（1628年），崇禎皇帝即位。他繼承的大明政權是一個氣數將盡、腐朽衰敗的爛攤子。國土北方有皇太極努爾哈赤率領的滿族大軍虎視眈眈，邊患不斷；內地則天災頻頻，盜匪蜂起，肆虐大半個中國。明朝最後一個朱皇帝面臨的局面是山河破碎，風雨飄搖，勢危如累卵。

是年，陝西、山西、河南大旱，連年荒歉使饑民相繼為盜，從者十之有七。首先起事的有王小六、姬三兒、王嘉胤、黃虎、一丈青、小紅狼、掠地虎、闖王、劉六等，名目甚多。

張獻忠和李自成初投王嘉胤，後與闖王高迎祥合併為一股，攻略陝西、河南一帶。

1633年，闖王高迎祥與活動在川東北一帶的搖天動、黃龍合作，率部由巫山水道入夔府。第一次入川，破大昌、巫山、雲陽、巴州。石柱縣女土官秦良玉帶兵阻擊，打散農民軍主力。張獻忠回竄陝西，集合殘部，新募流民據十八寨，已自成氣候。

張獻忠與李自成同為延安人且同歲，雖都是拉杆子起隊伍造反，但絕不同志。其間利害糾纏、合縱連橫自是題中之義，屬革命隊伍中的「內部矛盾」。只是有一次李自成進攻四川，在梓潼被洪承疇打敗，幾乎全軍覆沒，「子身入楚，依獻忠，獻忠縱殺之。」（《蜀龜鑒》）

李自成星夜逃出，才保住了性命。但他們二人的造反事業有一點倒是共同的，那便是血腥殘酷的擾民害民遠遠大於「動搖了封建王朝的統治基礎」的作用。後人都說「張獻忠剿四川」，實際上李自成也幾進幾出四川。張、李二人禍蜀，輪番為患，只不

過張獻忠為害更強烈罷了！

崇禎七年（1634年），高迎祥、李自成、張獻忠聯合各路大小農民軍由楚入蜀，陷夔府、劍州，又屠巴州及通江、開縣等地。巡撫劉漢儒、總兵張爾奇帶領官兵阻擊，將其攆回陝西。張、李流竄於陝南一帶。

1635年，李自成從車廂峽被困逃脫之後，糾結羅汝才、老回回、搖黃等十三家會於滎陽，稱「十三家支黨」。專在四川巴山、湖北、安徽、江西一帶為患。

同年，張獻忠率一部屠戮安徽鳳陽後，至四川瀘州，圍瀘州城，裸婦女數千人置城下，有稍微不從或感到羞愧的都殺掉。

崇禎十年（1637年），李自成在漢中兵敗於洪承疇，與混天星等從陝西鳳翔入川。一支隊伍由淺灘涉嘉陵江，陷昭化，越潼川，攻下金堂。另一支則攻下劍門、梓潼、綿州、綿竹、溫江，焚毀新都，圍成都二十日不下。

李自成此次出入四川三月，陷州縣三十六所。所過之處，腥風血雨，伏屍千里，天地為昏。「有對父淫女而殺者，有縛夫淫妻而殺者，有預少孕婦男女剖驗以為戲者，有擲孺子於油鍋觀其跳躍啼號為樂者，有刳生人腹實以米豆牽群馬而飼之者。獲逃者必人人加刃而後磔之。」（《蜀龜鑑》）

此時的張獻忠正在湖廣與四川交界一帶肆虐。其間被明將左良玉、閣部楊嗣昌先後追剿，達數年之久。崇禎十五年（1642年），張獻忠陷瀘州，殺掠盤據數月，再奔安徽界。

崇禎十七年（1644年）六月，張獻忠率部攻浮圖關。因閣部督師楊嗣昌剛愎自用，輕敵失策，居然在軍旅途中同文士飲酒賦詩，進退無據。加上巡撫邵捷春用人軟弱不當，使軍事要隘失守。張獻忠陷重慶，將瑞王、巡撫陳士奇等官員殺盡，再一路攻

城掠地，從川東殺向川西，於八月初九破成都，縱兵屠城三天。十月十六日，張獻忠稱帝，改號大順元年。

從崇禎元年（1628年），張獻忠同李自成延安起事，到張攻陷四川建立大西國政權，再到順治三年（1646年）兵敗亡於西充，以及後來其殘部在川東、貴州一帶盤桓，寇掠禍害。

他們的軍隊到底殺了多少人？歷史上恐怕永遠無法準確統計，明史上稱有六十多萬。只看他們的鐵蹄橫掃四川前後四、五十年，禍遍巴蜀。

135

「舉兵不當，被患無窮」（董仲舒《春秋繁露》），使物力豐饒的天府之國，變為百里人煙俱滅，莽林叢生、狼奔豬突之地。戰亂使百姓棄田舍逃亡，在戰禍最烈的十來年間，稼穡不生，顆粒無收，造成人相食。因此川人死於饑饉、瘟疫者又倍於刀兵。這對當時的社會生產力帶來了毀滅性的破壞，造成歷史的大倒退。

據有關專家考證，平定亂局之後，直至順治十八年（1661年），清代第一次戶籍清理，四川省僅有八萬人左右。而明末崇禎以前，蜀中人口是三百萬以上。以後一百來年中，康乾時從湖廣移民填四川，正緣此而來。

關於張獻忠屠戮川人的具體行徑，史書所載已是掛一漏萬，即便如此，翻書讀來，仍使人有驚心動魄、肝膽摧裂之痛。讓我只撿幾處其怪異殺人行為說說，看看這位所謂的「農民革命領袖」的殺人心理與方式，或可以此而一窺全貌，讓我們更了解其人其隊伍的性質。

張獻忠在四川的屠殺，除了手起刀落大砍大劈一般殺法外，還自創了好幾種殺人法，加諸於不同對象身上。歷來兵燹匪亂，百姓老幼婦孺，最是遭禍酷烈。張獻忠的軍隊每陷一方，對婦女

除擄去少數年輕女子充當營妓外，其餘的怕累及軍心，全部殺掉。後期兵敗潰退，糧草匱乏，更是殺婦女醃漬後充軍糧。如遇上有孕者，剖腹驗其男女。對懷抱中嬰幼兒則將其拋擲空中，下以刀尖接之，觀其手足飛舞而取樂。此命名為「雪鰍」。稍大一些的兒童或少年，則數百人一群，用柴薪點火圍成圈，士兵圈外用矛戟刺殺，看其呼號亂走以助興致。此命名為「貫戲」。

最令人髮指的是對付稍有反抗或語言不滿的人，捉來將其背部皮膚從脊溝分剝，揭至兩肩，反披於肩頭上，趕到郊外，嚴禁民間藏留或給予飯食，大部分都棲身於古墓，歷經月餘而氣絕。如行刑者使人犯當時馬上氣絕，未能遭此活罪，行刑者亦被剝皮。此命名為「小剝皮」。

張獻忠出身草莽，粗鄙無文，出於一種猜忌、仇視文化人的本能，他必然大殺讀書人。據《蜀碧》記載，他的大西政權在四川各州邑安置官員，用軍令催逼周圍士子鄉紳到城鎮，由東門入，西門出，盡殺滅。攻陷成都僅二月，殺進士、舉人、貢生一萬七千人於東門外。又召集生員，拿出一面一百平方尺的大旗，令其在上寫一滿幅「帥」字，且須一筆書成，能者免死。有夾江生員王志道縛草為筆，浸大缸墨汁三日，直書而成。張獻忠仔細看後曰：「爾有才如此，他日圖我必爾也！」即刻殺死祭旗。

張獻忠攻陷成都，建立大西國政權，兩個月後開科取士。嚴逼各州縣士子前來考試，不來者殺頭，並連坐左右鄰居十家。他在成都貢院前設長繩離地四尺（約1.3米），讓考試的人依次過繩，凡身高於繩者，全部趕到西門外青羊宮殺之。前後萬餘人，死者留下筆硯堆如山積，張獻忠前往觀看，拊掌大笑開懷。

使人匪夷所思的是張獻忠的自毀自殺行為。據《蜀破鏡》記載，某日晚，他的一個幼子經過堂前，張呼喚，子未應，即下令

殺之。第二天晨起後悔，召集妻妾責問她們昨晚為何不救，又下令將諸妻妾以及殺幼子的刀斧手悉數殺死。

待到後來，他越是軍事失敗，越是心情焦慮，而大殺自家兵士。據《蜀難敍略》上說，清軍進剿追擊，張獻忠兵敗棄成都逃到西充時，已無百姓可殺，乃自殺其卒，每日一二萬人。初殺蜀兵，蜀兵盡，次殺楚兵，楚兵盡，後殺同起事之秦兵。一百三十多萬人馬，兩個多月，斬殺過半，以此減負逃竄。張獻忠責其下屬殺人不力，罵曰：「老子只須勁旅三千，便可橫行天下，要這麼多人做啥！」

張獻忠一再稱夢中得天啟，上帝賜天書命他殺罪人。《蜀難敍略》記載，「逆嘗向天詛云：人民甚多且狡，若吾力所不及，願天大降災殃，滅其種類。又每於隨身夾袋中取書冊方二三寸許，屏人檢閱，然逆初不識字，不知何故。」因此他殺人是負有神聖使命感的，有點像當今中東以真主名義殺人的恐怖分子，且還要裝神弄鬼，謊言欺人。

張獻忠還列木為台，命男女共登臺上，然後在四面縱火焚燒，一時間慘叫聲震天動地，張獻忠與屬下看著狂笑不已。他為了餵養戰馬，在殺人剖腹後挖去臟腑，然後用人血浸過的米豆餵馬，使馬長得十分肥壯。

假如在攻城的時候遇到激烈的抵抗，張獻忠就讓所擄掠的婦女赤身裸體向城上辱罵。

擄來的婦女，凡是有姿色的都被輪姦得奄奄一息，然後割下首級，將屍首倒埋進土中。女人的下體朝上，據他們認為這樣可以壓制炮火。

除了在一種情況下婦女可以免死，那就是張獻忠的士兵一進入百姓家，家裡的婦女裝出十分情願的樣子主動與士兵相淫。因

此張獻忠的士兵經過的地方，婦女不得不首先迎出來，自己脫衣供他們侮弄，這樣才有機會救一家人的性命。

而且張獻忠對付婦女還有特別的辦法，他設計了一種叫做「騎木驢」的酷刑用來對付不合作的女子：首先將該女子吊起來，使其陰部對準一根直立的木杆，然後割斷繩子使該女子墜落下來，木杆遂從女子的陰部穿進，再從口鼻中穿出去。被折磨的女子直到三四天後才死去。民女驚駭至極，只好紛紛主動獻身，比娼女還像娼女。

張獻忠每攻陷一城，所擄掠的婦女必須由他先挑選出幾個姿色美豔的輪流伴宿。這些美女們上半身穿著豔裝，下半身赤裸什麼也不穿。無論什麼時間、什麼地點，只要張獻忠淫興勃發，立刻命這些美女橫倒在地，進行姦污。等到他玩膩了的時候，便將她們洗剝乾淨殺死，蒸著或煮著吃。有時他等不及這些美女煮熟了，就帶著血大口嚼了起來。

崇禎十六年（1643年）春天，張獻忠連陷廣濟、蘄州、蘄水等地。他進入黃州的時候百姓都逃走了，於是他驅趕婦女鏟城，之後將城裡的婦女全部殺死填入溝塹。張獻忠的軍隊由鸚鵡洲進至道士，沿路浮屍遮蔽江面，水面上人的脂油厚達幾寸，水裡的魚鱉都不能再吃。

崇禎十七年（1644年），李自成攻入北京，崇禎皇帝在煤山自縊。接著清軍入關，張獻忠攻佔成都，稱大西王，建立大西政權。張獻忠到了蜀地後大開殺戒，男子無論老幼一律殺死，或者剝皮後剁碎製成醢醬。婦女們被兵士集體輪姦，輪姦後用刀殺死。張獻忠患了瘧疾，他就對天許願說如果病好了就以「朝天蠟燭兩盤」貢奉給上天，直到他病好以後周圍的人才明白這話是什麼意思。

張獻忠命令兵士，專砍女子的纖足，每個兵士必須至少進獻十雙小腳。那些如狼似虎的士兵專門搜尋女子的纖足，只要遇見女子就地先將腳砍下來。不到半天軍營中的小腳已經堆積如山。張獻忠命人將收集來的三寸小腳堆成一座山的形狀，稱為蓮峰。他回頭一看自己的小妾的腳也很小，就順便砍下來堆在蓮峰頂上，隨後再將這些小腳架火燒毀，名為點「朝天燭」。至於男子則被砍腦袋或割下陽具，也堆在一起在太陽下曝曬。

張獻忠性格狡譎嗜殺，一天不殺人就鬱鬱不樂。他在蜀地開科取士，取中一名姓張的狀元。張狀元的外表學問都很優秀，容貌長得像美女一樣嬌豔。張獻忠對他非常寵愛，吃飯睡覺形影不離。但是有一天張獻忠忽然對左右隨從說：「我很愛這個狀元，一刻捨不得他離開，還不如殺死了他，免得整天牽腸掛肚。」

於是將張狀元砍成好幾塊，用布囊裝了掛在床邊。接著他又懸榜詭稱開科取士，召誘士子前來應考，令人在地上挖掘一個深三四丈的大坑，待這些寒窗十年的讀書人來到青羊宮考場後，就被張獻忠下令推進土坑活埋。張獻忠在中園坑殺成都百姓，明朝投降的各衛籍軍九十八萬人全部被殺死。他派遣手下四個將軍分道屠戮蜀中的各府各縣，名為「草殺」。

張獻忠又創造了生剝皮法，就是在人皮還沒有被完全剝下而人已經死去的，劊子手抵死。屬下的將卒以殺人數目的多少敘功。若屬下表現出不忍心的神情，張獻忠就將他們處死。都督張君用、王明等數十人都因為殺人少而被剝皮。

當時川中百姓被屠殺一空，據《明會要》卷五十記載：明萬曆六年（1578年）四川有「戶二十六萬二千六百九十四，口三百一十萬二千七十三」，到清康熙二十四年（1685年）就陡減至「一萬八千零九十丁」。一些四川縣誌上的戶口記載也可以說

明，如民國《溫江縣誌》卷一記載：溫江縣在張獻忠死去十三年後僅存三十二戶。

經過這一次劫難，可以說如今沒有幾個四川人是土生土長的。當時的民諺說：「歲逢甲乙丙，此地血流紅」，「流流賊，賊流流，上界差他斬人頭。若有一人斬不盡，行瘟使者在後頭。」平民被殺完了，張獻忠就派心腹去士兵中間竊聽，士兵偶有怨言，就會全家被殺。

張獻忠為什麼要將四川人殺之一空？

有個荒誕不羈的說法是因為當時的四川人過於奢靡淫逸，因而上天降怒，讓張獻忠殺盡四川平民。當時蜀中婦女的裙子，都是在白羅上用紅絲碧線繡成風流的香豔詩句，然後飄若驚魂地在市井間盈盈經過，路上行人都注視著繡裙上的文字。

另外蜀中女子流行穿一種高底、厚約三四寸的繡鞋，鞋跟是用檀木雕琢而成，裡面藏著香檀雕的花蕾，並放入香末，高底鞋跟下開個小孔，每走一步，足底就會漏出一朵花狀的香末。因為張獻忠的肆虐，後來的四川女子或許美豔的還有，但再也沒有以前的那種詩意盎然的風流韻致了。

川中自從遭到張獻忠的殺戮，城內都雜樹成拱，野狗吃起人肉像虎豹那樣的兇猛，在路上咬死人，不吃乾淨就走了。百姓逃到深山中，穿著草編的衣服，遍體都生了毛。

順治三年（1646年），在四川已經赤地千里之後，張獻忠向陝西進發，企圖與清軍爭奪西安。他焚燒了成都的宮殿廬舍，率眾出川北進，又想盡殺川兵。屬下的將軍劉進忠統率川兵，聽到這個消息逃跑了。在鹽亭界鳳凰坡，張獻忠被清兵捕獲斬首。當清軍到達成都府時，整個成都只剩下不到二十戶人。

清代彭遵泗所寫的四卷《蜀碧》記述了張獻忠在四川時的所

作所為，書前作者自序說全書是他根據幼年所聽到的張獻忠遺事及雜採他人的記載而成。當時的西洋傳教士也有相關的記載。

　　張獻忠的殘忍或許讓人難以接受，其實這是遊民的最真實一面。王學泰先生在《遊民文化與中國社會》中指出：遊民不同於農民，歷代王朝末世亂局中的許多起義者都是遊民而絕非農民。而且張獻忠與腐朽的明朝政府為敵，缺少切實的目的。他佔領一個地方然後再放棄，轉移到另一個地方，並且不停地殺戮，如此才使他的毫無目標的行為具有存在下去的活力。

明朝曾鑄造出世界最先進的大炮

黃一農

一直以來有種說法：「中國發明了火藥，卻拿來造煙花。」事實上，中國在明末清初時期，由於西學東漸的影響，西方先進的科學技術與中國工匠卓越的創新精神結合在一起，曾經鑄造出當時世界上最為先進的大炮。但是，這短暫的輝煌卻在清朝中後期逐漸走向衰落。

明末中國人在無潛水裝備下，成功打撈西方沉船大炮

萬曆四十七年（1619年），明軍在薩爾滸之役中慘敗於努爾哈赤。而此時精通西學的徐光啟在朝中得到重用，他積極向西洋傳教士學習關於火炮的知識。

後金大軍主要武力為騎兵與步兵，而此時明朝則擁有新武器——「紅夷大炮」。其名稱由來，緣自此炮為荷蘭人侵擾中國東南沿海一帶時被大量使用。

紅夷大炮的設計比明代原先使用的「大將軍炮」先進許多。大將軍炮的外型有如大鐵管，炮身加上鐵箍以防炸膛。而紅夷大炮的前頭管壁較薄，後方管壁較厚，可承受爆炸時的衝擊力；炮旁則有兩個「銃耳」，可用以調整炮身角度，並有準星和炮門，使射擊更為精準。

明天啟六年（1626年），袁崇煥取得了「寧遠（今興城）大捷」，紅夷大炮功不可沒。寧遠城設有十一座紅夷大炮。在這次

戰役中，明軍擊敗努爾哈赤大軍十一萬人，並將努爾哈赤本人打傷，最後鬱鬱而終。

中國紅夷大炮哪裡來？最早是打撈沉沒於東南沿海歐洲商船上的大炮而來。

萬曆四十八年（1620年）九月，荷蘭海船在廣東曲江近海沉沒，地方當局派人下海打撈。在那個沒有潛水裝備的時代，人們的打撈方式相當巧妙。他們先將一艘大船載滿砂石，使吃水加深，再將大船航至沉船之上，潛水將鐵鏈繫在大炮的銃耳上，之後將砂石拋入海中，借船身的浮力將大炮與沉船分開，再以絞車絞起。經過三個月的努力，除了中小銃外，共撈得大銃三十六門。其中二十四門運送進京。第二年，又從另外兩艘沉船上打撈出一批大炮。

這些沉船「大銃」中，有一些出現在寧遠的城牆上，將後金的八旗鐵騎打得大敗。

明清工匠以銅鐵鑄成最好的大炮，比西方早了二百年

先進的紅夷大炮並不全是來自打撈，天啟四年（1624年），中國南方已開始自造紅夷火炮，虎門白沙巡檢何儒就鑄造了十四門，其中有幾門也被帶去寧遠。能如此迅速地進行量產，與中國當時鑄鐵技術優秀有關。

現藏於遼寧省博物館的一門「定遼大將軍」大炮，是由吳三桂於崇禎十五年（1642年）捐資鑄造，全長約380cm，內徑為10cm，可能是中國大陸現存的紅夷炮中最長的一門。

在不斷的仿造中，明代工匠改進了鑄炮技術，使用鐵芯銅體鑄造法。它巧妙地利用銅之熔點（1083℃）遠低於鐵（1538℃）的物理性質，於鐵胎冷卻後再以泥型鑄造法或失蠟法製模，並澆

鑄銅壁。與先前的鐵炮或銅炮相比，此種新型火器不僅管壁較薄，重量較輕，花費較少，而且比較耐用。

北京八達嶺中國長城博物館藏有崇禎元年（1628年）所造的前裝滑膛紅夷型火炮一門，從炮口可見其管壁為鐵芯銅體，有準星、照門和炮耳。

皇太極自從在火炮上吃了大虧後，就開始募集漢人工匠，最後終於製造出超越明軍水準的大炮。北京的首都博物館現藏一門於崇德八年（1643年）鑄造的「神威大將軍」，重三千六百斤，內徑達14cm，全長263cm。

根據目前一般冶鑄史的教科書介紹，美國軍官湯瑪斯·羅德曼（Thomas.J.Rodman）在南北戰爭時曾發明一種鑄炮新法：採用中空的模型，並在其中導入冷卻水，可使鐵質炮管自內向外凝固，所鑄之炮可以更大，耐用程度可達到先前的五倍至數十倍。鐵芯銅體的鑄法雖使用兩種金屬，但原理很接近羅德曼法的雛形，只不過明朝所製造的「定遼大將軍」卻比羅德曼早出現了兩個多世紀！

儘管明軍對紅夷火炮的仿製已經達到了一個高峰，但操作方法卻一直是當時許多明軍炮手的弱點。

16世紀以來，西方科學家已經用數學知識發明許多簡明實用的儀器工具，這與中國全憑經驗發射火炮的傳統方式，形成強烈對比。

這些工具有增進瞄準技術的「炮規」，這是最早的計算尺，它能將火炮發射所需的複雜數學和物理知識，變成簡單的尺規刻畫，可對射擊目標進行精確的距離測量和角度定位；此外，還有「銃尺」，可幫助炮手迅速計算出不同材質的炮彈，和不同口徑的炮身所應填裝的火藥量。

耶穌會教士將這些先進技術輸入中國，徐光啟最先學習。而他的學生孫元化於崇禎三年（1630年）獲授登萊巡撫。他起用王征、張燾等信教官員或將領，並裝備大量的西洋火器，還聘請了以葡萄牙軍官特謝拉‧科雷亞為首的顧問團。銃規、銃尺和矩度儀的使用，以及裝彈填藥技巧的掌握，都是當時孫軍中相當重要的訓練內容，這些也是一般明朝軍隊所最欠缺的。最終，孫元化的部隊成為一支受西式訓練、採用西方武器的中國軍隊。

一隻雞，改變了明朝命運

這支本應該受到重視的精銳部隊，竟然最後因為一隻雞的緣故集體兵變，直接導致了明清軍事力量的對比。

崇禎四年（1631年）八月，皇太極率清兵進攻大凌河城（今遼寧錦縣）。孫元化急令部下孔有德以八百騎趕赴前線增援。

這支部隊雖是奉命北上，沿途卻得不到官府的給養。至吳橋時，風雪交加，百姓懼兵，紛紛閉門罷市。一士兵不耐饑寒，偷了當地望族王象春的一隻雞。對方要求孔有德將此士兵「穿箭遊街」，引發軍隊不滿，遂擁戴孔有德為主，發動了吳橋兵變。

次年，在耿仲明的協助下，孔有德率眾佔領了登州。特謝拉‧科雷亞及其葡萄牙炮手除三人倖存外，全部戰死。巡撫孫元化被叛軍放還，但最終還是被朝廷斬首棄市。徐光啟多年經營的事業就此毀於一旦，一年之後鬱鬱辭世。

崇禎六年（1633年），孔、耿二人投降後金，向皇太極宣誓效忠，皇太極在瀋陽親自歡迎他們。孔有德的歸順，不僅令後金獲得大量精良的西洋火器，而且得到全套鑄彈製藥的技術以及瞄準的知識與儀具。經搭配八旗步騎兵後，在當時即形成一支幾乎無堅不摧的勁旅。

清代火炮技術故步自封，逐漸衰落

直到16世紀末，明末傳入中國的火炮技術尚能與西方同步。但當清朝政權於康熙二十二年（1683年）穩定全國之後，因軍事威脅的消失，官方對火炮的重視日減。

康熙五十四年（1715年），山西總兵金國正上言願捐造新型的子母炮22門，分送各營操練，結果皇帝竟然禁止地方官自行研製新炮。雍正年間，清廷還將盛京、吉林和黑龍江以外各省的子母炮盡行徵送到北京。

火器知識和技術的傳承斷裂，表現在許多方面。嘉慶四年（1799年），朝廷曾改造一百六十門明朝的「神樞炮」，並改名為「得勝炮」，經試放後發現其射程還不如舊炮。

鴉片戰爭時，英軍使用了一種名為「榴霰彈」（Shrapnel Shell）的球形空心爆炸彈，此彈之內填滿小彈和火藥，且由引信在炮彈落地前引爆火藥，將內藏的小彈炸散開來，殺傷力十分大，而當時仍沿用實心圓彈的中國軍隊，對此「多駭為神奇，不知如何製造」。稍後，林則徐雖仿製榴霰彈成功，但卻少有人知道，早在康熙二十九年（1690年）鑄成的「威遠將軍炮」上，即配置了概念相類似的炮彈，可惜其連同所匹配的「威遠將軍炮」一直都被塵封於武庫之中。

到了道、咸之交，中國軍隊連明末的水準亦有所不逮，無怪在面對西方列強堅船利炮的挑戰時，毫無招架之力！

細說清軍入關之戰

王霜州

長城防線與寧遠之戰

1644年，在中國的歷史舞臺上活躍著三支不同的政治力量：沒落的明朝、攻佔北京的李自成農民軍和關外正在崛起的清朝。對於這段歷史，今天人們談論的焦點大多是吳三桂獻城，因為明朝末期唯一能抵抗清朝八旗兵鋒的只有長城了。

長城，東起山海關，西至嘉峪關，全長6300公里，由連續城牆、關隘、烽堠和各種障礙組成。歷經千年烽火，長城防禦北方騎兵騷擾的成效顯著。明朝對長城進行了大規模的修建，在明朝統治中原的270多年中，長城的修建從未停止過，長城防線在防禦基礎和戰術上已經發展得相當完善。

從結構上看，明長城建築材料和施工技術都有很大改進，牆體由磚砌、石砌和磚石合築、泥土夯築而成。在築城上，明長城更加注重倚重地勢，修築者充分利用山險水障等天然障礙，城牆的高低薄厚都隨山形地勢而異。明長城的防禦工程也較前朝大大加強。城牆頂部內設宇牆，外設雉堞，雉堞上有望孔和射擊孔，便於守城士兵防禦作戰。為增強守備，明長城在關鍵地段加修多道城牆，有的地方大大小小的石牆竟多達28道。

此外，還有劈山牆、山險牆、木柞牆和邊壕等輔助防禦設施。上百座雄關隘口和上萬個墩臺，將明長城組成了一個有機的

整體，比以往任何朝代的長城都更加堅固完善。

為了加強京畿北方的防禦，明長城加大了這一地區的防禦縱深，採用多道城牆、大縱深的防禦，由外而內分別為外長城、內長城和內三關長城，逐層掩護，重疊設防。對於手持弓箭大刀，只善於野戰奔突的八旗騎兵來說，想攻破如此堅固的長城防線，幾乎是不可能的。

其實，明清在關外的戰爭中，曾經進行過城池攻堅戰，最為典型的便是寧遠之戰。寧遠（今遼寧興城），是明朝在關外的最後堡壘。當時很多明將主張收縮防線，據守山海關的抗清名將袁崇煥卻提出「保關內必守關外，保關外必守寧遠」。為抵禦清軍（其時稱後金），袁崇煥大修寧遠城牆。不久後的戰鬥，證實了袁崇煥此舉的高明。

天啟六年（1626年）正月十四日，清太祖努爾哈赤趁遼東明軍易帥撤軍之際，率八旗精銳6萬出瀋陽，直逼寧遠城。攜遼瀋之戰餘威的努爾哈赤並未把寧遠放在眼裡，隨即揮師攻城。後金軍推著車為前導，步騎兵蜂擁攻城。城下弓箭手萬箭齊發，一時間「城堞箭鏃如雨注，懸牌似蝟刺」。在如此猛烈的攻勢下，寧遠城一度危如累卵，卻終因城池堅固、守城兵器配置完備而未被攻破。可憐數萬精於騎射的八旗勁旅不得施展，反被明軍的西洋大炮轟得傷亡慘重，努爾哈赤也中炮受傷，半年後疽發病卒。

入關之路有幾重

如果吳三桂不獻山海關，清軍就永遠無法踏上中原大地嗎？其實，由山海關入關是清軍最近的進攻路線，但並非是唯一的路線。事實上，清軍在1644年的山海關之戰前，已經先後5次經山海關西面的路線大舉進入內地，進攻明朝。

第一次是在1629年，皇太極率大軍親征，經由熱河進軍，破長城的大安口和龍井關直入內地，佔領遵化，攻陷薊州，兵圍北京。這次入關的最大成就，是皇太極成功施用反間計，使崇禎殺掉了名將袁崇煥，為清軍剷除了最大的勁敵。

第二次是在1632年，皇太極率清軍由蒙古草原進軍，兵抵張家口北面，「列營四十里」，炫耀兵威，迫使明守將締約講和，然後收兵。

第三次是在1636年，皇太極命阿濟格統率大軍，破居庸關入長城，直搗河北，一路打得明軍狼奔豕突，與明軍作戰56次，攻下12城，俘獲人畜十幾萬，後經冷口關出長城北返。

第四次是在1638年，多爾袞由青山關入關，岳托由牆子嶺入關，在華北大地上縱橫掃蕩。明朝督師盧象升率軍在河北巨鹿迎擊清軍，兵敗陣亡。與袁崇煥、熊廷弼齊名的抗清名將孫承宗，率百姓堅守高陽，也城破陣亡。清軍一共攻下一府三州五十七縣，包括山東省府濟南，擄男女五十餘萬和大量牲畜財物，然後出青山關而歸。

第五次是在1642年，皇太極以阿巴泰為奉命大將軍，率軍從牆子嶺入關，一直打到山東兗州，又分兵攻陷登州、萊州、莒州、沂州（臨沂）、海州，共計攻下八十八城，降服六城，擄男女三十六萬，掠黃金一萬二千兩、白銀二百萬兩，最後由牆子嶺出關還師。

三百年後的中國內戰，遼沈戰役結束後，中共人民解放軍東北野戰軍主力也並不是從山海關入關，而是經熱河通過西面的古北口、喜峰口、冷口關等路線，橫越長城進入華北。當時，擁有60萬軍隊的華北國民黨軍，並沒有在山海關集結重兵防守，只在這裡放了一個軍的兵力，就是估計到東北野戰軍可能從其他路線

進關，屯重兵於山海關無益。在山海關放置的兵力，也僅僅是起警戒作用。後來當山海關守軍發現東北野戰軍先頭部隊已自熱河進關後，才驚惶失措，害怕後路被抄，趕緊向天津撤退，將山海關也讓給了解放軍。

通過古北口、喜峰口和冷口關等道路入關的東北野戰軍10個步兵縱隊，將近70萬兵力，攜帶著大量火炮、汽車等重裝備，仍然通過了崎嶇不平的山路，跨過長城防線，有如神兵天降，出現在華北地區，直指平津。從這一歷史事實，人們不難想到：明末以騎兵為主，並無重裝備需要馱運的清軍要從這些路線長驅直入華北，更是容易得多。

明清軍隊戰力對比

明末，軍備廢弛。中國歷史上有一條鐵律：歷代王朝的軍隊只有在經歷開國時的南征北討，或是外患深重時的長期惡戰，才能錘煉成雄師銳旅。而長期的和平歲月後，由於農耕文化優裕生活的消磨和統治者重文輕武政策的影響，軍隊的驍勇之氣消失殆盡。例如宋軍在宋太祖開國之初，是一支能征慣戰的勁旅，平荊南，滅後蜀，定南漢，克南唐，所向無敵。到了金軍對北宋發動進攻時，宋軍早已失去當年的驍猛，許多官兵連馬都騎不上去。

明軍的情況也並無二致。立國之初，軍隊久經征戰，精銳無比，因此能多次北掃大漠，令元軍殘餘喪魂落魄。此後200多年間，由於北方蒙古的四分五裂，明朝沒有如漢代匈奴、唐代突厥那樣的大敵，使明軍缺少大戰惡戰的歷練，戰力遠不如前。一旦努爾哈赤崛起於白山黑水，明軍在與剽悍的八旗兵較量中，就顯得處在下風了。

後金時期和清初時的八旗兵，是中國歷史上有名的善戰之

師。生長在寒冷關外的女真人，刻苦耐勞，能騎善射，經過努爾哈赤的組織編練，使八旗軍成為一支「威如雷霆，動若風發」的雄悍勁旅。明軍與其作戰，幾乎無役不敗，以致名將袁崇煥認為「只有憑堅城用大炮」才能抵擋清軍。袁崇煥憑堅城用大炮的戰術，固然暫時阻擋了八旗軍的兵鋒，但也滋長了明軍過分依賴「烏龜殼」的思想，日後主要憑藉堅城以大炮遠射，而不敢冒鋒犯鏑與清軍野戰，無法磨鍊出像衛青、霍去病馳騁大漠建功沙場的鐵騎雄師來。

　　袁崇煥曾設想明軍以構築城堡方式，步步向前推進，壓迫努爾哈赤。按照這種戰略，明軍要很長時間才能把戰線推進到松花江邊，而戰事久拖不決，自然使人民的軍費負擔加重。如果是在別的朝代，這個戰略或許行得通。如唐朝初年曾長期與突厥等民族作戰，並未拖垮國家的經濟，反而打出了一個空前繁榮富裕的盛世。

　　但明朝末年，土地集中達到駭人聽聞的程度，民不聊生的社會已無法承受「遼餉」的沉重負擔。農民起義風起雲湧，遍地開花，明朝從此在「遼餉」外又多了「剿餉」和「練餉」。

　　明軍既要對付關外的八旗兵，又要圍剿關內的起義軍，顧此失彼，「不征流賊，即征夷虜；不戰於邊，即戰於腹。馳驅數千里，經歷彌歲月，炎風朔雪，饑寒凍餒。」

　　節制三鎮的明朝總督洪承疇是農民軍的勁敵，他曾擒殺闖王高迎祥，在陝西潼關將李自成殺得只剩七騎逃入商洛山。他取得大勝後，被明政府調往遼東前線。洪承疇毫不規避清軍鋒芒，結果統率的14萬精銳兵馬被八旗軍殺得幾乎片甲無存。他指揮的這支明朝最大的作戰兵力的覆滅，使明朝喪失了抵抗清軍和鎮壓農民軍的最後資本。

難禦胡馬的農民軍

明朝覆亡後，與清軍作戰的重任就落在農民起義軍身上。當時關內的農民起義軍，以李自成、張獻忠兩大部為首，都是在短短幾年間迅速發展起來的。如李自成在1638年為洪承疇所敗，蟄伏陝南商洛山中，到1640年底才以五十騎殺出商洛山進入河南。

由於成千上萬中原饑民的蜂擁加入，他的部隊急遽擴展成為數十萬兵員的大軍，馳騁中原，縱橫關山，最後出師東向，顛覆了明王朝。攻克北京之時，這支農民軍實際也只有三年半的戰鬥歷程。

顯然，在這短短幾年內，參加起義軍的又多為此前從未摸過刀槍的農民，作戰技能很難趕上那些生長於馬背之上、從小就能騎善射的八旗兵。對農民起義軍來說，只有在與強敵的反覆較量中才能鍛鍊出堅強的戰鬥力。而明朝的精兵大都在與清軍作戰的遼東前線，在內地與起義軍對陣的多是搜刮有術、作戰無方的部隊。起義軍的作戰能力很難得到錘煉。

以前曾有一種觀點認為，李闖王的軍隊進入北京後，驕傲自滿，迅速腐化，因而失去戰鬥力，抵擋不住清軍和吳三桂軍隊的聯合進攻。這種觀點並不完全準確。李自成軍隊在北京確實發生了嚴重腐化和軍紀敗壞現象，如許多將領佔據王公貴族府第，「子女玉帛，盡供其用」；有的士兵夜晚窮搜民家，「斬門而入，掠金銀婦女」。

但這支軍隊入京僅一月，腐化時間尚短，鬥志還沒有喪失殆盡，尤其是作為領袖的李自成，仍保持了較強的進取心和戰鬥意志，不顧勸阻，堅持要親征吳三桂。山海關之戰中，由於李自成的親自督戰，起義軍還是打得很勇猛的。

當時，吳三桂是明軍少有的猛將，他的部隊敢於與八旗兵進

行野戰較量，在反覆廝殺中打出了「關寧鐵騎」的威風，成為威震關外的勁旅。但在山海關大戰中，吳三桂那久經戰陣的「關寧鐵騎」，竟然難以抵擋李自成大軍，幾度陷於危急。

這說明起義軍仍有頑強的戰鬥作風和高昂的戰鬥士氣。但是，同弓馬嫻熟的八旗兵相比，起義軍的戰鬥力仍然要差上一截。當清軍數萬鐵騎鋪天蓋地而來的時候，起義軍便抵擋不住。

對李自成軍隊在清軍鐵騎面前的迅速崩潰，論者多認為是因與吳三桂軍長時間交戰而筋疲力盡的結果，但應當看到，當時多爾袞統率的清軍主力還沒有全部進入交戰，首先出動的是英親王阿濟格、豫親王多鐸統領的正白旗和鑲白旗的部隊。數萬勁騎突出吳三桂軍右翼，向起義軍發起衝擊。在「萬馬奔騰不可止」的滾滾而來之勢面前，起義軍很快就轉為全面潰敗。從這一交戰過程中，很容易看清雙方戰力的強弱對比。

此外值得一提的是，李自成起義軍也並不像許多人想像的那樣，對清軍佔有兵力優勢。李自成親征山海關，兵力有10餘萬人，而多爾袞率領的清軍滿、蒙、漢八旗主力和孔有德、尚可喜、耿仲明三王的部隊，總共有18萬人，此外還要再加上吳三桂的5萬「關寧鐵騎」。曾目擊山海關之戰的朝鮮官員感歎「胡兵似倍於流賊」。由此可知，清軍無論數量還是素質，都超過李自成農民軍。

如果吳三桂不獻山海關

崇禎帝縊死煤山後，多爾袞立即召開王公大臣會議，滿洲謀士們力勸多爾袞立即出兵與李自成爭奪天下。

當時多爾袞對李自成心懷敬畏，認為清軍曾經3次圍困北京卻沒有攻克，而李自成則一戰攻破北京，可見此人的大智大勇和

起義軍的強大戰鬥力。謀士范文程進諫，李自成雖「擁眾百萬，橫行無忌」，但屢戰屢勝，其志必驕，驕兵必敗，「可一戰破也」。

明朝降將洪承疇曾長期與起義軍作戰，是農民軍的頭號死敵，深悉農民軍的特點。他告訴多爾袞，李自成軍戰鬥力雖比明軍強，但不足與清軍驍悍的八旗勁旅匹敵。於是多爾袞壯了膽，決心出師，率滿洲、蒙古八旗大部和漢軍八旗的全部，及明降將孔有德、尚可喜、耿仲明三王的兵馬，浩浩蕩蕩地鳴炮出征。

他們選擇了洪承疇建議的進關路線，不走山海關，而是西經薊州、密雲等地直撲北京，全軍輕裝簡從，輜重在後，精兵在前，準備以迅雷不及掩耳之勢，將李自成的大軍包圍在北京，一舉全殲。

只是在出征的第六天，在途中遇到了吳三桂派來的乞降使者，多爾袞才改變了主意，率師向山海關進發，並傳令將留在後方的紅衣大炮火速向前線運送。這樣，才在山海關發生了決定清朝入主中原的大血戰。

從當時的形勢看，假如吳三桂在明朝滅亡後沒有「衝冠一怒為紅顏」引清兵入關，而是投降了李自成，忠心耿耿地為大順政權鎮守山海關，那麼清軍按照洪承疇原定的戰略，出李自成不意，從山海關西面破長城而入，在華北大平原上充分發揮八旗騎兵的野戰優勢，疾趨北京，形勢對李自成起義軍將會更加嚴峻。因為向陝西的退路很容易被截斷，李自成軍就會被包圍在北京。與前三次北京保衛戰中的明軍不同，李自成內無糧草，外無各路勤王軍隊，難以固守北京，形勢將會比山海關戰役嚴重得多，結局很可能是起義軍全軍覆沒。

由此看來吳三桂的叛投清朝，對李自成來說其實是幸事。清

軍因吳三桂降清而變更了迂迴包抄李自成的原定方略，改從山海
關進攻，對起義軍的作戰打成了擊潰戰，使李自成得以保全相當
兵力。

　　據彭孫貽的《流寇志》記載，在山海關一戰後，李自成尚有
兵馬數萬，退往陝西。只是隨後李自成接二連三地失策，才最終
斷送了起義軍。

雍正為何詔令驅逐傳教士

讀書三味

明末清初，西方天主教在中國的活動相當頻繁。到了康熙末年，各省教徒已達三十多萬，擁有教堂三百座以上。雍正元年（1723年），在福建省福安縣，有一個生員教徒宣布棄教，與其他人聯合向官府指控教會人士斂聚地方民財，修建教堂，並且男女混雜，敗壞風氣。

此事引起了雍正皇帝的高度重視，並最終詔令全國驅逐西方傳教士。

雍正下達諭旨後，在京傳教士上奏，籲請緩行驅逐教士行動。為此，1727年7月21日，雍正皇帝在圓明園接見了巴多明、戴進賢、雷孝思等傳教士，發表了一番很長的講話。這番講話非常有意思，現摘錄如下——

伊請朕下令歸還所有的教堂，並允許傳播爾等的教義，就像父皇在世時那樣。請爾等聽朕之言：爾等要轉告在這裡和廣州的所有歐洲人，並且要儘快轉告他們。即使羅馬教皇和各國國王親臨吾朝，爾等提出的要求也會遭到拒絕的。因為這些要求沒有道理。假如有道理，爾等一經提出，朕即會贊同。請不要讓爾等的國王也捲到這件事中來吧！

朕允許爾等留住京城和廣州，允許爾等從這裡到廣州，又從廣州往歐洲通信，這已足夠了。不是有好多人控告爾等

嗎？不過，朕了解爾等是好人。倘若是一位比朕修養差的君主，早就將爾等驅逐出境了。朕會懲罰惡人，會認識誰是好人的。但是，朕不需要傳教士，倘若朕派和尚到爾等歐洲各國去，爾等的國王也是不會允許的嘛！

先皇（指康熙）讓爾等在各省建立教堂，亦有損聖譽。對此，朕作為一個滿洲人，曾竭力反對。朕豈能容許這些有損於先皇聲譽的教堂存在？朕豈能幫助爾等引入那種譴責中國教義之教義？豈能像他人一樣讓此種教義得以推廣？

爾等錯了。爾等人眾不過二十，卻要攻擊其他一切教義。須知爾等所具有的好的東西，中國人的身上也都具有，然爾等也有和中國各種教派一樣的荒唐可笑之處。和我們一樣，爾等有十誡，這是好的，可是爾等卻有一個成為人的神（指耶穌），還有什麼永恆的苦和永恆的樂，這是神話，是再荒唐不過的了。

佛像是用米紀念佛，以便敬佛的。人們既不是拜佛，也不是拜木頭偶像。佛就是天，或者用爾等的話說，佛就是天主。難道爾等的天主像不也是爾等自己畫的嗎？佛也有化身，也有轉世，這是荒唐的。大多數歐洲人大談什麼天主呀，大談天主無時不在、無所不在呀，大談什麼天堂、地獄呀等等，其實他們也不明白他們所講的究竟是什麼。有誰見過這些？又有誰看不出來這一套只不過是為了欺騙小民的？以後爾等可常來朕前，朕要開導開導爾等。

你看，雍正給人的印象，儼然一位無神論者。儘管他的語氣顯得和藹可親，但柔中帶剛、剛柔相濟之中所流露出的毅然決然，則是顯而易見的。

這就不免讓人產生一個疑問：雍正如此堅定地驅逐這些傳教士，僅僅因為他們的所作所為一如雍正所說是「欺騙小民」的「荒唐」事嗎？或者說，如果僅僅因為某些傳教士「斂聚地方民財」的不法行為，何至於要把所有的傳教士都驅逐呢？

　　分析雍正的講話，我們會感到，雍正的話裡，有很多弦外之音。也就是說，雍正驅逐西方傳教士還有著更為複雜的原因。

　　原來，在康熙的晚年，因為選擇接班人問題，皇子之間曾發生過一場奪位之爭。一些傳教士捲入其中，並支持雍正的政敵允禩。現在，雍正上臺了，能不乘機收拾他們嗎？

　　再一個原因就是，在1715年，羅馬教皇發布禁約，嚴禁中國教徒尊孔祭天，康熙也針鋒相對地頒發內務府信票，只准承認中國禮儀的教士留在中國。

　　在這個「禮尚往來」關乎國家尊嚴的問題上，雍正當然也不會含糊。他下令的這場驅逐行動，也可以說是康熙後期清政府與羅馬教廷「禮儀之爭」的繼續。

　　還有一個原因似乎也很關鍵，那就是基督教宣傳人人平等，對君權提出了挑戰，而且，這一思想被一些民間祕密反清結社組織所借用，這可是屬於意識形態裡滲透和反滲透的鬥爭，涉及政權的穩定，對此雍正當然要予以打擊和取締。

　　顯然，在這個時候，雍正接見傳教士，可謂正當其時。雍正的講話，無疑就是一場紫禁城的新聞發布會，它表明了清朝政府處理這一問題的立場和態度。

　　有趣的是，了解了這些歷史背景，如果你再回過頭來看，雍正驅逐西方傳教士這些複雜的原因在雍正的講話裡，其實若隱若現地都有所流露，而且，你如果細細品玩一下，你就會越覺得他的話好玩兒。

　　那麼，雍正驅逐西方傳教士有沒有道理呢？當然有道理。不過，這種對待所有傳教士「一刀切」的做法，到鴉片戰爭前，一直被雍正的子孫們所承襲，客觀上無疑也加劇了清朝社會閉關自守的封閉狀態，這就難免有些矯枉過正了。

　　◎文中雍正的講話摘錄於《宋君榮神父北京通信集》

白蓮教的起源

冰 楓

白蓮教是唐、宋以來流傳於民間的一種祕密宗教結社，淵源來自佛教的淨土宗。相傳淨土宗始祖東晉釋慧遠在廬山東林寺與劉遺民等結白蓮社共同念佛，後世信徒以為楷模。北宋時期淨土念佛結社盛行，多稱白蓮社或蓮社。南宋紹興年間，吳郡昆山（今江蘇昆山）僧人茅子元（法名慈照），在流行的淨土結社的基礎上創建新教門，稱白蓮宗，即白蓮教。

早期的白蓮教崇奉阿彌陀佛，提倡念佛持戒，規定信徒不殺生、不偷盜、不邪淫、不妄語、不飲酒。號召信徒敬奉祖先，是一種半僧半俗的祕密團體。其教義比較簡單，經卷通俗易懂，為下層人民所樂於接受，所以常被用於組織人民群眾反抗壓迫。

在元、明兩代，白蓮教曾多次組織農民起義。流傳到清初，又發展成為反清祕密組織，雖遭到清政府的多次血腥鎮壓，但到了嘉慶元年（1796年），白蓮教大起義卻是嘉慶年間規模最大的一次起義。

嘉慶年間的白蓮教起義，前後持續了9年零4個月，最早參加者多為白蓮教徒。參加的人數多達幾十萬，起義爆發於四川、湖北、陝西邊境地區，鬥爭區域遍及湖北、四川、陝西、河南、甘肅5省，甚至還波及到湖南省的龍山縣。白蓮教起義軍在歷時9年多的戰鬥中，佔據或攻破清朝府、州、縣、廳、衛等204個，抗擊清政府從全國16個省徵調的兵力，殲滅了大量清軍，使清軍損

失一、二品高級將領20多人，副將、參將以下的軍官400多人。清政府為鎮壓起義，共耗費白銀2億兩，相當於當時清政府5年的財政收入。從此，清王朝從所謂「隆盛之世」陷入了武力削弱、財政奇黜的困境，迅速跌入沒落的深淵。

白蓮教作為一種宗教概念，包括的內容很廣。可以說它是一千多年來，發生在中國這塊古老土地上的各種「異端」、「旁門左道」、「邪教」的總括，是佛教、道教以外的重要的民間宗教。反映的是中國下層社會百姓的生活、思想、信仰和鬥爭，在中國農民戰爭史上充當著重要的角色。

白蓮教教徒的主要特徵是燒香、誦偈（即寶卷），信奉彌勒佛和明王。他們的經典有《彌勒下生經》、《大小明王出世經》等等。為了適應下層百姓白天勞動的實際情況，白蓮教徒大多是「夜聚曉散」，願意入教的人不受任何限制，不分貧富、性別、年齡，男女老少只要願意均可加入，「男女雜處」。到了明末清初，白蓮教逐漸在教理方面趨於完備，教義也更加體系化。

白蓮教教義認為：世界上存在著兩種互相鬥爭的勢力，叫做明暗兩宗。明就是光明，代表善良和真理；暗就是黑暗，代表罪惡與不合理。這兩方面，過去、現在和將來都在不斷地進行鬥爭。彌勒佛降世後，光明就將最終戰勝黑暗。這就是所謂「青陽」、「紅陽」、「白陽」的「三際」。教徒們侍奉「無生老母」，信奉「真空家鄉，無生老母」的八字真言。

無生老母是上天無生無滅的古佛，她要渡化塵世的兒女返歸天界，免遭劫難，這個天界便是真空家鄉。無生老母先後派燃燈佛、釋迦牟尼佛、彌勒佛下凡界。他們分別在不同時期內統治人類世界。

「青陽」時期是由燃燈佛統治的初際階段，那時還沒有天

地，但已有了明暗。明係聰明智慧，暗係呆癡愚蠢。

「紅陽」時期是由釋迦牟尼佛統治的中際階段，那時黑暗勢力占上風，壓制了光明的勢力，形成「大患」，這就是所謂「恐怖大劫」的來臨，這時彌勒佛就要降生了。

經過雙方的決鬥，最後光明驅走了黑暗。

「白陽」時期是由彌勒佛統治著的後際階段，明暗各復本位，明歸大明，暗歸極暗。

初際明暗對立，是過去。中際明暗鬥爭，是現在。後際明暗各復本位，是未來。教首們宣傳，人們如果信奉白蓮教，就可以在彌勒佛的庇佑下，在大劫之年化險為夷，進入雲城，免遭劫難。待徹底摧毀舊制度，破壞舊秩序後，即可建立新的千年福的境界，那時人們就可以過安居樂業的好日子了。

白蓮教認為現階段（即中際），雖然黑暗勢力佔優勢，但彌勒佛最後一定會降生，光明最後一定會戰勝黑暗。它主張打破現狀，鼓勵人們鬥爭。這一點吸引了大量貧苦百姓，使他們得到啟發和鼓舞。加上教首們平日的傳授經文、符咒、拳術、靜坐，以及用氣功為人治病等方式吸收百姓皈依，借師徒關係建立起縱橫的聯繫。

白蓮教信徒眾多，主要來自社會下層。各派內部實行家長制統治，尊卑有序，等級森嚴，成為很多農民起義的組織形式。在元末以灤縣為中心，冀東及長城沿邊一直是白蓮教活動的地區，並從這裡向全國蔓延，爆發了韓山童、劉福通領導的反元大起義。明初永樂年間有唐賽兒領導的起義，明末天啟時期有徐鴻儒、王好賢領導的起義。此外還有很多小規模的農民起義，如明代嘉靖年間的江南太湖流域馬祖師領導的農民起義和山西、內蒙古一帶的農民起義等。到清朝乾隆年間，在山東一帶爆發了王倫

領導的農民起義。規模最大的一次當屬嘉慶年間，即清代中葉爆發的川楚陝白蓮教大起義。

白蓮教的組織在清代時分布很廣，黃河上下、大江南北到處都有，尤其是直隸、山東、山西、湖北、四川、陝西、甘肅、安徽等省，白蓮教最為活躍，各階層人民踴躍參加。

在農村中則有「鄉約吃教」，在城鎮、集市則有「差役書辦吃教」。當時教門派別很多，有清茶門教、牛八（朱）教、十字教、焚香教、混元教、紅陽教、白陽教、老君門教、大乘教、清香教、圓頓教、八針教、大陽教等，五花八門，其中許多教派都是白蓮教的支派。

白蓮教擁有的群眾最多，影響也最大。它本身又分為許多別支，各以教主、首領為中心，組織相當複雜。領導人的名稱也很多，有「祖師」、「師父」、「老掌櫃」、「少掌櫃」、「掌教元帥」、「先鋒」等等。它的這種組織形式，適合祕密傳教（有時也用經文編成歌詞，配上民間小調，擊漁鼓，打竹板，用說唱的形式傳教），分散活動。

白蓮教的教主和首領們利用白蓮教經文中，反對黑暗，追求光明，光明最終必將戰勝黑暗的基本教義，宣傳「大劫在遇，天地皆暗，日月無光」，「黃天將死，蒼天將生」，「世界必一大變」。

他們還號召信徒以四海為家，把教友關係看成是同生父母的兄弟姊妹關係，號召教友之間互通財物，互相幫助，男女平等。這些口號直接反映了廣大農民的利益和迫切要求，因此對貧苦農民有極大的吸引力，發展非常迅速，在當時成為一股巨大的社會力量。

甲午兵敗是因為開槍不瞄準

張　鳴

　　近代中國的士兵接受了洋槍隊的全部裝備，也接受了洋操的訓練，連英語的口令都聽得慣熟，唯獨對於瞄準射擊，不甚了了。1920年直皖大戰，動用20多萬兵力，打了下來，也就傷亡200餘人，真正戰死的也就幾十人。

　　瞄準射擊是步兵進入火器時代的基本要領，可是這個要領，中國人掌握起來，很是費了些功夫。引進洋槍洋炮是中國現代化的起點，在這個問題上，國人一直都相當熱心而且積極，即使最保守的人士，對此也只發出過幾聲不滿的嘟囔，然後就沒了下文。鬧義和團的時候，我們的那些大師兄二師兄們，儘管宣稱自家可以刀槍不入，但見了洋槍洋炮，也是喜歡得不得了。不過，國人，包括那些職業的士兵，對於洋槍洋炮的使用，卻一直都不見得高明。

　　19世紀60年代，一個英國軍官來訪問中國，在他的眼裡，淮軍士兵放槍的姿勢很有些奇怪。他們朝前放槍，可眼睛卻看著另一邊。裝子彈的時候，姿勢更是危險，徑直用探條搗火藥（那時還是燧發的前裝槍），自己的身體正對著探條。

　　過了30餘年，洋槍已經從前裝變成更現代的後膛槍，而且中國軍隊也大體上跟上了技術進步的步伐，用後膛槍武裝了起來。可是，士兵們的槍法，卻進步得有限。義和團運動中，攻打外國使館的主力，其實是董福祥的正規軍，裝備很是不錯。從現存的

一些老照片看，董軍士兵大抵手持後膛槍，而且身上橫披斜戴，掛滿了子彈。可是，據一位當時在使館的外國記者回憶，在戰鬥進行期間，天空中經常彈飛如雨，卻很少能傷到人。

由此看來，一萬多名董軍加上數萬名義和團，幾個月打不下哪怕一個使館，完全是可以理解的了。董福祥的軍隊如此，別的中國軍隊也差不多。

中日甲午之戰，北洋海軍的表現大家都罵，其實人家畢竟還打了一個多少像點樣的仗。而陸軍則每仗敗北，從平壤一直退到山海關，經營多年的旅順海軍基地守不了半個月，丟棄的武器像山一樣。威海的海軍基地周圍，門戶洞開，隨便日本人在哪裡登陸。當時日本軍人對中國士兵的評價是，每仗大家爭先恐後地放槍，一發接一發，等到子彈打完了，也就是中國軍隊該撤退的時候了。當年放槍不瞄準的毛病，並沒有多大的改觀。

進入民國，中國士兵腦袋後面的辮子剪了，服裝基本上跟德國普魯士軍人差不多了，建制也是軍師旅團營連排了，可不瞄準拼命放槍的喜好，卻依然故我。

張勳復辟，段祺瑞馬廠誓師，說是要再造共和。討逆軍裡有馮玉祥第十六混成旅、曹錕的第三師、李長泰的第八師，都是北洋軍的勁旅，對手張勳只有五千辮子兵。

英國《泰晤士報》記者、北京政府顧問莫里循目睹了這場戰爭，他寫道：

> 「我從前住過的房子附近，戰火最為熾熱。那天沒有一隻飛鳥能夠安全越過北京上空，因為所有的槍幾乎都是朝天發射的。攻擊的目標是張勳的公館，位於皇城內運河的旁邊，同我的舊居恰好在一條火線上。射擊約自清晨五時開

始，一直持續到中午，然後逐漸減弱，斷斷續續鬧到下午三時。我的房子後面那條胡同裡，大隊士兵層層排列，用機關槍向張勳公館方面發射成百萬發子彈。兩地距離約一百五十碼，可是中間隔著一道高三十英尺、厚六英尺的皇宮城牆。一發子彈也沒有打著城牆。受害者只是兩英里以外無辜的過路人。」

最後，這位顧問刻毒地向中國政府建議，說他同意一個美國作家的看法，建議中國軍隊恢復使用弓箭，這樣可以少浪費不少錢，而且還能對叛亂者造成真正的威脅。

中國軍隊，自開始現代化以來，所要對付的對手，基本上是些拿著冷兵器的叛亂者。雙方碰了面，只要一通洋槍猛轟，差不多就可以將對方擊潰。可是碰上也使用洋槍洋炮的對手，這套戰法就不靈了。問題在於，屢次吃過虧之後，戰法並沒有多少改善，輪到自己打內戰，雙方裝備處在同樣等級，仗也這麼打。討逆之役，雙方耗費上千萬發彈藥，死傷不過幾十人。

四川軍閥開始混戰的時候，居然有閒人出來觀戰，像看戲一樣。不過，打著打著，大家逐漸認真起來，終於，槍法有人講究了，畢竟不像清朝那會兒，對手淨是些大刀長矛。洋槍洋炮對著放，成者王侯，甜頭不少，所以，在競爭之下，技術自然飛升。

到了蔣介石登臺的時候，他居然編了本步兵操典之類的東西，重點講士兵如何使用步槍，從心態、姿勢到槍法，尤其強調瞄準射擊。

從士兵的槍法來看，中國的現代化真是個漫長的過程，非得自己跟自己人打夠了，才能有點模樣。

極度奢侈淫亂
是太平天國失敗的原因之一

佚　名

　　太平天國是中國最後也是最大的一場農民革命運動。可是這場曾經叱吒風雲的運動從洪秀全率眾起事開始，到佔領南京建立「天朝」政權，僅僅只維持了11年的時間就覆滅了。這引起後人無盡的深思，其中的教訓實在太多，而最根本的教訓，只有兩個字──腐敗。

「朕睡緊都做得王，坐得江山」

　　太平天國從建都天京之日起，以天王洪秀全為首的領袖人物就喪失了進取心，實行無為而治。他從1853年3月進入天京，到1864年6月，52歲時自殺（一說饑餓病死），11年中從未邁出過天京城門一步。只有一次坐64人抬的大轎出宮，去探視生病的東王楊秀清。其餘的時間都在他的太陽城金龍殿坐享榮華，其帝王生活的威儀和氣派，倒是相當排場的。

　　據一位對太平天國並無敵意的英國翻譯兼代理寧波領事富禮賜，在其所著的《天京遊記》中記錄天王府的情景，提到有一次他在王宮前調查時，忽然間聲音雜起，鼓聲、鈸聲、鑼聲與炮聲交作，原來是天王進膳的時間。直至膳畢，這些聲音才停止。

　　此時：「聖門半開，好些軟弱可憐的女子或進或出，各提盤碗筷子及其他用品，以伺候御膳用。各種物品大都是金製的。」

天王有王冠，以純金製成，重八斤；又有金製項鏈一串，亦重八斤。他的繡金龍袍亦有金紐。他由內宮升大殿臨朝，亦乘金車，名為聖龍車，用美女手牽而行。

天王的後宮，婦女的牢籠

太平天國實行一夫多妻制。楊秀清曾在答覆美國人的一份外事文書中公開承認：「兄弟聘娶妻妾，婚姻天定，多少聽天。」

天王洪秀全擁有的妻妾則有準確的數字：金田起義後不久15人，一年後至永安，據突圍時被俘的天德王洪大泉口供：「洪秀全耽於女色，有36個女人。」後來有所減少。

到1864年天京淪陷，幼天王洪天貴福被俘後在口供中說：「我現年十六歲，老天王是我父親。我八十八個母后，我是第二個賴氏所生。我九歲時就給我四個妻子。」天王有88個后妃，已超過了歷代封建帝王的三宮六院七十二后妃的人數了。

洪秀全還為他的后妃規定了許多奇怪的清規戒律，都要嚴格遵行。如禁止女子抬頭看他，「起眼看主是逆天，不止半點罪萬千。」或「看主單準看到肩，最好道理看胸前。一個大膽看眼上，怠慢爾王怠慢天。」（均引自《天父詩》）

在《天父詩》裡看不到洪秀全在初創拜上帝教時所宣導的「天下多男子全是兄弟之輩，天下多女子淨是姊妹之群」的平等思想，只有對婦女的絕對權威和壓制。

瓊樓玉宇，高處不勝寒

太平軍進入天京後，就廣為宣揚：「正是萬國來朝之候、大興土木之時。」其實當時根本沒有任何一國來朝，而大興土木則立即就開始了。

天王府的建設，從太平軍進城後第二個月開始。王府是在原兩江總督署的基礎上向周圍擴建十里，四周有三丈高的黃牆環繞的宮殿群。宮牆外面掘有一道深寬各二丈的御溝，溝上有三孔石橋，稱五龍橋，供行人進出往來。過橋迎面第一道大門為天朝門，門外懸掛著十餘丈的黃綢，上有天王御筆手書五尺大的朱字詔令：「大小眾臣工，到此止行蹤。有詔方准進，否則雲中雪（太平軍形容「殺頭」的隱語）。」

進了天朝門，到第二道門即聖天門，門旁置兩面大鼓和兩座琉璃瓦的吹鼓亭，每天24小時鼓聲不斷，琴音嫋嫋，樂曲悠揚。過聖天門即進入宮殿區，迎面有一座牌坊，東西兩排數十間朝房，正面是天王坐朝的金龍殿。在大殿後面，是一條長長的穿堂，又有七八進，到末層第九進是一座三層高樓，頂層四面繞欄，欄內長窗，登樓可以眺望到數十里遠。

這種重殿疊宇的建設，是按照洪秀全自己設計的九重天庭來建造的。王府內還建有東花園、西花園、後林苑，園中水池內有石舫，池畔又建有五層高樓，也可以登高遠眺。

據史料記載，這座宮殿的裝飾「雕鏤工麗，飾以黃金，繪以五彩。庭柱用朱漆蟠龍，鴟吻用鎏金，門窗用綢緞裱糊，牆壁用泥金彩畫，取大理石鋪地。」（《盾鼻隨聞錄》卷五）

天王府的第一期工程，半年即建成，可惜被大火燒毀了一部分。於次年正月，又開始了第二期工程。兩期工程所用的磚石木料都是從明故宮、廟宇、民房拆取搬來的，建築工人主要是徵用沒有隨軍的婦女、老人，工匠則是奉天王的詔命從安徽、湖北招募來的，且都是無償勞動。

第三期的天王府工程，計劃擴建到周圍二十里。

在大興土木的同時，天京諸王豪貴也上下爭奢賽富，競相大

搞華麗排場。如輿馬定制，從基層管轄25人的「兩司馬」乘4人抬黑轎開始，層層加多。東王楊秀清每次出行要乘48人抬的大黃轎，夏日則為轎下設玻璃注水養金魚的水轎，每次出行時前後儀仗數里，像賽會一般。而天王洪秀全從不出宮門，宮內有美女牽挽的金車，宮外常備64人抬龍鳳黃輿。為了適應這種豪華的鋪張，宮內專設典天輿一千人、典天馬一百人，還有典天鑼、典天樂等等。奢侈至極。

太平軍從武漢到南京，繳獲戰利品及沒收天京工商業財物，以及驅趕居民男女分居後接收居民家中錢財不計其數。為了管理使用這些金銀財寶，天朝設立專管鑄印和製造金銀器皿的典金官、專管雕琢玉器的典玉局、專管製造冠帽的典角帽、製造靴鞋的典金靴等。如為天王製造24個金碗和配套的金筷子，「長近尺，浴盆亦以金」。（《金陵省難紀略》）連淨桶、夜壺都俱以金造。

天朝官員在穿戴裝飾上更是追求華麗奢侈之風，互相爭奇鬥豔，奢侈至極，一冠袍可抵中人之產。而天王洪秀全的金紐釦和八斤重的金冠，更是無價之寶。

除了供天王如此揮霍之外，還有講求排場的朝內外文武各級官員31萬多人，其中大部分都是王親國戚和洪秀全起事時的功勳兄弟，此時都是些冗員閑差，坐享榮華，很快就把庫中掠奪來的金山銀海挖空吸乾了。

據潛伏在天京北王府典輿衙內當書手的著名間諜張繼庚，1853年9月向清軍統帥向榮投送的第一封情報中講到，太平天國的庫存金銀情況時說：「偽聖庫初破城時運存一千八百餘萬兩，此時只有八百餘萬兩。」兩個月後投送的第六封情報又說：「偽聖庫前九月稟報時尚存八百餘萬兩，現只存百餘萬兩不足，不知

其用何以如是浪費？」（《太平天國》IV761，774頁）

王爺遍地走，國戚亂朝綱

1856年9月2日（太平天國六年七月二十七日）突然發生的天京事變，東王楊秀清以下官員共2萬餘人死在韋昌輝、秦日綱等人的刀下。原來傳說有天王密詔殺楊的說法，但洪秀全始終否認，所傳楊秀清逼封萬歲和天王密詔迄今沒有確切的證據，因而近人一般認為是韋昌輝矯詔。無論如何，這是腐敗導致政治上的爭權奪利所引起的必然結果。天京事變使太平天國受到致命的打擊。

太平天國前期共封了五個對起義和建朝有過貢獻的外姓王。這五王為從廣西向南京進軍的途中戰死的南王馮雲山和西王蕭朝貴，在天京事變中被北王韋昌輝殺了的東王楊秀清，隨後又被天王洪秀全捕殺的北王韋昌輝，還有天京事變後僅存的翼王石達開。

天京事變後，石達開回朝輔政，受到滿朝文武臣民的擁護。可是此時洪家兄弟在東王死後急於封王，先由天王封其長兄洪仁發為安王，又封其出獄不久的次兄洪仁達為福王，用以牽制石達開。石達開憤然領兵出走，發誓不再回來。

石達開出走後，在滿朝文武臣民的抗議聲中，洪秀全不得不把兩個王兄的爵位革掉，以謝天下，但還是未能把石達開及其率領的幾十萬精兵召回天京，從而喪失了一次振興天國的機會。

太平軍經過天京事變，損失了幾萬名精華骨幹，加上翼王石達開分裂出走，帶走了幾十萬精兵，使太平天國的軍事力量大為削弱，形勢岌岌可危。

此時，曾國藩統率的湘軍四路圍攻安慶，揚言年內攻破天

京，活捉洪秀全。幸由新起的青年猛將陳玉成在安徽重振軍威，與李秀成及撚軍合力向敵人反攻，於1858年11月15日在三河大戰中，一舉殲滅了湘軍主力李續賓部6000餘人。後又乘勝追擊，不戰而解安慶之圍，保衛了天京上游的門戶。陳玉成又回師皖北，大破清軍於盧州，活捉了清朝安徽巡撫李孟群，這才把天京事變後兩年來十分危急的局勢扭轉並穩定下來。

洪秀全鑒於兄弟封王引起的風波，宣布天朝永遠不再封王，在原來的侯爵之上，增設豫、燕、福、安、義，共六等爵位，封陳玉成為成天豫，封李秀成為合天侯。同時恢復前期的五軍主將制，以陳玉成為前軍主將，李秀成為後軍主將，楊輔清為中軍主將，韋俊為右軍主將，李世賢為左軍主將，而以陳玉成為「又正掌率」，李秀成為副掌率，統率全軍。

這些新的爵位的制訂及封號，大體上反映了天京事變後，各路太平軍的隸屬關係和按照軍事才能而形成的指揮系統，上下悅服，太平天國又一次出現了亂後重建的中興景象。

可是三河大捷後僅五個月和盧州大捷後僅一個月，洪秀全又看中並重用剛從香港回來的族弟洪仁。這種做法，受到全軍上下的指斥，人們尤其為陳玉成所受到的壓制抱不平。

這一用人唯親、無功受封的事件，大大挫傷了將士們的心，不但把皖北大捷以後天國又一次興旺復興的良機喪失，而且直接搖撼了本來就不牢固的太平天國軍事基礎。

毫無功勞的王弟洪仁雖也再三懇辭，不料洪秀全在失掉了楊秀清的制約以後，一意孤行地維護其家天下的權威，自食其不再封王的誓言，居然又把洪仁封王。而後為了平息不滿，又將陳玉成等封王。

可是封了陳玉成，卻又引起新的連鎖反應。陳玉成由於功勞

巨大，原來以封爵中的第二等豫爵提任又正掌率是得人心的，現在突然越階四級封王，自然又有其他有功的戰將攀比。首先是駐在浦口防守天京北大門的後軍主將李秀成，與他原來的部將已經叛變投敵的李昭壽祕密通信，被人發現後報到天朝。

天王洪秀全聞報大驚，不知所措，一面下令封江防變，一面親書「萬古忠義」的手詔把李秀成封為忠王。接著封中軍主將楊輔清為輔王，左軍主將李世賢為侍王，剩下右軍主將韋俊因係韋昌輝之弟而受封較晚，在安徽池州率部數萬人叛變投敵。

尤其是被封的大大小小洪家王，成為天京一霸。例如當了「京內又正總鑒」的信王洪仁發、「御林兵馬哥」勇王洪仁達為首的洪氏家族諸王，總攬朝政，橫行天京。他們借出售「洪氏票」掌管城門進出，連忠王李秀成有一次出城調兵也得拿出10萬兩銀子的買路錢才得出城。又如在天京尚未陷入最後一次重圍前，朝中有人建議提前購運糧食回京儲備，以備戰時之需。但由於進出城門的「洪氏票」價格昂貴，運糧回來後須繳納重稅，運糧無利可圖，販運糧食的人不肯再去購糧，以致後來天京被圍後果然出現糧荒。洪秀全號召軍民吃草，美其名曰「甜露」。他本人就是因吃草生病，無藥醫治而死的（另有記載是服毒自盡）。

由於洪秀全對無功的王兄王弟濫封王爵，一時間封王之風迅速蔓延開來，幾個王兄更是仗勢賣官鬻爵，隨便濫封。後來，實在沒有爵位可封了，就在「王」字頭上加一「斜」字，造成新字「𡙇」，為六等王，最後總共封了2700多個王。

所有受封為王的，不論等級，不分有職無職，一朝受封，立即修王府，選美人，辦儀仗，出門時前呼後擁，盈街塞巷。按太平天國禮制規定，低至最底層管轄25個人的十六級小官「兩司馬」，出門時可乘四人抬的黑轎，上面領兵的將領王侯等人，其

威風更不用說了。

　　至今浙江還流傳侍王李世賢出門坐54人抬的龍鳳黃轎，轎上可以召集部下開會。王爺轎輿所到之處，小官和軍民百姓都要迴避，迴避不及的要就地低首下跪迎送。如果不小心衝撞了儀仗，輕則杖責，重則斬首。因為當時王爺太多，百姓們迎不勝迎，遂流傳出民謠：「王爺遍地走，小民淚直流。」

　　這麼多的王爺需要大量的雜役服侍，於是就抓兵拉夫，招降納叛。反過來為了養兵，為了營造安樂窩，他們又巧立名目，橫徵暴斂，諸如店捐、股捐、月捐、日捐、房捐、局捐、灶捐、禮拜捐、門牌稅、人頭稅、犒師費等等達二、三十種。田賦則由天朝初時制定的每畝一斗七升五合，兩年中即增加到每畝七斗。

　　地皮刮下來，都進了大小王爺和地方官的腰包，於是盛行在天京的大興土木、講求排場的奢侈風氣又刮到了蘇、浙新占區，許多王府官舍紛紛興建起來。現在仍保留下來的壯麗宏大的浙江金華侍王府、江蘇蘇州忠王府，都是在戰火紛飛的兩三年時間興建起來的。

　　尤其是蘇州忠王府宮殿、住宅、園林三部分，連後來的新主人李鴻章也為之驚歎：「忠王府瓊樓玉宇，曲欄洞房，真如神仙窟宅。」「花園三四所，戲臺兩三座，平生所未見之境也。」（轉引自羅爾綱《太平天國史》卷38）這座建築從1860年6月太平軍攻佔蘇州開始，到1863年12月蘇州失守，「匠作數百人，終年不輟，工且未竣，城已破矣。」（《劫餘灰錄》）

　　李秀成自稱他擁有百萬雄兵，所以財大氣粗，除了蘇州的這座「園亭花木，無一不精」的王府以外，在天京另建有一所更加恢宏巍峨的王府，有意無意地與大權旁落的天王比富爭榮。他毫不隱諱地向1861年訪問天京的英國翻譯富禮賜自誇他的新王府的

壯麗。富禮賜在其《天京遊記》中說：「忠王又自誇彼之新邸，除天王宮外，為太平天國中之最佳最美的建築物。」

富禮賜在忠王的舊王府住過，由忠王的兄弟親自接待，他在書中寫下了在忠王府的見聞——

「筷子、叉子、匙羹均用銀製作的，刀子為英國製的，酒杯則是銀質鑲金的。

「他（指王弟）把忠王所藏的許多珍奇的東西給我看。除了天王之外，只有忠王有一頂真金的王冠。以余觀之，此真極美精品也。冠身為極薄金片，鏤成虎形，虎身及虎尾長大可繞冠前冠後；兩旁各有一小禽，當中則有鳳凰屹立冠頂。冠之上下前後復鑲以珠寶，餘曾戴之頭上，其重約三磅。忠王又有一金如意，上面嵌有許多寶玉及珍珠，……凡各器物可用銀者皆用銀製，刀鞘及帶均是銀的，傘柄是銀的，扇子、鞭子、蚊拍其柄全是銀的，而王弟之手上則金鐲銀鐲累累也。」

由此可知，有人說擁有百萬雄兵的李秀成，同時也擁有百萬家財是可能的。

為了斂財致富，新封諸王一個個擁兵自重。當陳玉成為保衛天京上游門戶安慶而浴血奮戰的危急關頭，擁有百萬大軍的李秀成、李世賢兄弟一心經營其蘇浙領地，始終未發一兵一卒前往皖北助戰，坐視安慶和廬州相繼失守、陳玉成犧牲而不顧。直到廬州失守後17天，天京再一次陷入湘軍重圍的時候，李秀成才看到大局動搖的危險性，組織十三王率領60萬大軍，救援天京。但因諸王各懷私念而消極畏戰，對陣46天，竟未把饑病交加的2萬湘軍打退，藉口缺寒衣而各自散去。直到天京淪陷為止，再也沒有哪個王來解圍了。

這些王爺們各回自己的安樂窩，享受榮華富貴，小王不聽中

王，中王不聽大王，最後紛紛叛變。李秀成苦心經營的蘇州，也被其叛變投敵的心腹部屬四王完整地奉送給李鴻章了。

李秀成從佔領蘇州到蘇州失守，僅三年半時間，他擁有的百萬大軍就這樣冰消瓦解了。腐敗毒菌吞噬了李秀成的百萬大軍。李秀成在蘇州失守以後，率數百親隨狼狽逃回天京，而天京也在半年後失守。天京失守時，李秀成保護幼天王突圍出城以後，與大隊離散，孤身逃到方山，解下纏在腰上的百寶囊休息時被人發現，百寶囊被人哄搶，他也被捉住送到清營，成了階下囚。他在天京的兩座新舊王府被搶之後，全都被大火夷為平地，與天王府一樣只落得一片廢墟，任憑野鴿飛來飛去了。

太平天國的早衰早亡，撇開政策上和軍事戰略上失誤這些原因不說，單從農村進入城市之後，擋不住貪圖享受和腐敗之風的誘惑，而且上行下效，愈演愈烈，終於導致百萬大軍轉瞬間冰消瓦解。這個教訓是極其慘痛的，不能不引起後人的深思。

清代官場圖

李 喬

捐官：官員之多如過江之鯽

對於候補官之多，時人譏為「過江名士多於鯽」、「官吏多如蟻」。江南又有句口號云：「婊子多，驢子多，候補道多。」

清代實行捐官制度以後，大量謀官者拿錢買到了官，但所買的僅僅是一個職銜，並不是實缺。要想得到實缺，必須等有官位空出來才能遞補。這種有官銜而無實缺，時時巴望著補缺的官，謂之候補官。

候補官當時有「災官」之稱，意思是當這種官活受罪，如同受災一樣。這是因為候補官的數量相當多，遞補一個實缺極為不易。而當了候補官，大小總是一個官，因而需要維持相應的體面排場，如僱用長隨，酒食征逐，交際應酬，都是少不了的，這就需要花很多錢。而候補官由於沒有實際差使，也就沒有絲毫收入，所以往往弄得窮困不堪，甚至饑寒而死。

《官場現形記》說：「通天下十八省，大大小小候補官員總有好幾萬人。」以江寧為例，宣統末年，江寧的各種候補官數目如下：道員三百餘員，府、直隸州三百餘員，州、縣一千四百餘員，佐貳雜職二千餘員，共計四千餘員。而江寧的官缺，合道、府、廳、州、縣計之，才不滿五十缺。二者比例為八十比一。又如光緒午間湖北知縣汪曾唯在給友人的一封信裡說到湖北省候補

官日見增多的狀況：「鄂省候補人員日見其多，道府六十餘員，同（知）通（判）七十餘員，州縣二百六十餘人，佐雜幾及千人。茫茫宦海，正不知何日得登彼岸也。」

由於僧多粥少，仕途擁擠，所以補缺的機會很少。或是等很多年才能補上，或是終身也補不上。

曾經捐過戶部郎中的大名士李慈銘，在北京保安寺街居住時寫過一副對聯，歎補缺之慢：「保安寺街，藏書十萬卷；戶部員外，補闕一千年。」有人作《補缺》詩云：「部復朝來已到司，十年得缺豈嫌遲。」十年能補上缺就已經很知足了。

某年元旦，開封府文武官員至撫署賀歲，巡撫以對聯「開封府開印大吉，封印大吉」求對，一候補知縣對曰：「候補縣候缺無期，補缺無期。」據說有個捐佐貳雜職的候補官，十七年沒補上缺，每日在街巷中散步自遣。一次在小巷中認識了一位寡婦，後來二人結為夫妻。這位候補官自嘲說：「我總算補上缺了。」意思是補上寡婦丈夫的缺了。

候補官長期補不到缺，便窮困不堪，乃至饑寒而死。清人歐陽昱曾說到他親見親聞的一些候補官貧困不堪的狀況：許多候補州縣，貧至飯食不給，餓死在旦夕，不得已借高利貸以救眼前，苟延性命，他日如何，在所不計。

某候補知縣到省二十年，未得差委，衣食俱乏，凍餒而死。死時身上僅穿破衣破褲，床上唯有一破蓆。又有一候補知縣因饑寒難耐，吞煙自盡。候補佐雜官較之候補知縣生活更苦。某候補巡檢嚴冬只穿一件破夾袍，外加一件紗褂，兩袖與前後身到處是破洞，內用黑紙黏住，頭戴破涼帽，腳穿破單鞋，凍得渾身顫抖，兩腳站不穩。他對人哭訴說：「一身饑寒已極，妻子又凍餒將死，無路可生，只有求死一法。」人至其家看時，見破屋中其

妻與子女五、六人臥在一床，俱穿破單衣，餓已兩日，大者不能言，小者不能啼。

《二十年目睹之怪現狀》寫到一位叫陳仲眉的候補知縣，到省十多年，因久無差事，吃盡用光，窮得不得了，結果尋短見上吊死了。有一首竹枝詞詠候補官初冬賣衣，企盼補缺云：「十月初冬天氣寒，皮襲典盡客衣單。投供幾載無消息，魂夢時驚到了班。」

「投供」是補缺的手續之一，即到吏部報到，開明履歷，呈送保結，證明一切無虛偽。詩裡說，投供都幾年了，也沒等來補缺的消息，盼望補缺的心情使他們常常在睡夢中夢到補上了缺。

候補官的心情都是非常苦悶和沮喪的。清末文人趙之謙捐了個江西知縣，候補多年也沒補上實缺，於是自題書齋名為「仰視千七百二十九鶴齋」（其所刻叢書也以此齋名命名），以寄託自己的心情。

「千七百二十九」指當時全國有一千七百二十九個州、縣。其意是說這些官職只能「仰羨」而高不可攀，可見其心情是非常苦悶和沮喪的。

有一首《羊城候補南詞》，也反映出候補官的苦悶和沮喪，詞中有云：「你因官熱鬧，俺為官煩惱。投閑置散無依靠，悔當初心太高……三頓怎能熬，七件開門少。盒剩新朝帽，箱留舊蟒袍。蕭條，冷清清昏和曉。煎熬，眼巴巴暮又朝。……窮通算來難預料，只有天知道！安命無煩惱，安分休輕躁，幾曾見候補官兒閑到老。」

做官的譜兒

清朝官吏有許多壞習氣，其中之一就是擺官譜、講官派。所

謂官譜、官派，就是做官的排場、派頭。民國時有位深知清代官吏此習的人評說道：「前清舊官僚習氣最為可恨，當其未得志時，徒步而行，不以為苦；一登仕版，出入非肩輿不可，一若天生兩足為無用者。不寧維是，一切起居動作，均須依賴他人，甚至吃飯穿衣亦須奴婢相助。官愈大，則此種習氣愈甚。」

實際上，清朝官吏擺官譜、講官派的表現還有很多，包括衣食住行、說話辦事等各方面。官場中人的普遍看法是：做官就應當有官譜、官派，不然算什麼官？所以，一旦為官，便要擺譜、講派。即使條件不允許，也要想辦法硬擺窮講。

下分六個方面來看清代官吏擺官譜、講官派的情況。

（一）官員出門時鳴鑼開道、儀仗威武的排場，尤能體現官譜官派。《官場現形記》裡的錢典史說到州縣官要靠鳴鑼開道顯示官的身分：「我們做典史的，既不比做州縣的，每逢出門，定要開鑼喝道，叫人家認得他是官。」

清制，各省文武官員自督撫到知縣，外出時皆有儀仗，儀仗依官品分等級。督撫的儀仗是所謂「八座之儀」，即：以小紅亭（頭亭）為前導，次為紅傘（避雨之用）、綠扇（障日之用）及鳴鑼者四人，其後為肅靜、迴避木牌各二及官銜牌，再次為紅黑帽皂役各四人，呼喝不絕，再後面是騎而導者一人（俗呼頂馬）及提香爐者四人，然後是本官所乘綠圍紅障泥大轎，四人抬之，四人左右扶之（即八抬大轎），轎後為戈什哈（巡捕）二人和跟馬二騎。

《歧路燈》裡寫學台出行時其儀仗走過的情景：「只見刺繡繪畫的各色旗幟，木雕鐵打金裝銀飾的各樣儀仗，迴避、肅靜、官銜牌、鐵鏈、木棍、烏鞘鞭，一對又一對，過了半天。……金

瓜開其先，尾槍擁其後，一柄題銜大烏扇，一張三簷大黃傘兒，罩著一頂八抬大轎，轎中坐了個彎背白鬍、臉上掛著鏡看書的一位理學名臣。」

如果官員出行走水路，則必擇高大樓船，艙門貼紅紙字條，旗、牌、傘、扇插列艙面，也鳴鑼開道，鑼聲一響，行舟讓路，兩岸肅然。出行鳴鑼的次數，依官職而不同，其含義也不同。州縣官出行鳴鑼，打三響或七響，稱為三棒鑼、七棒鑼，意為「讓讓開」、「軍民人等齊閃開」（一說「君子不重則不威」）。道府出行鳴鑼，打九棒鑼，意為「官吏軍民人等齊閃開」。節制武官的大官出行，要打十一棒鑼，意為「文武官員軍民人等齊閃開」。總督以上官員出行，因是極品，打十三棒鑼，意為「大小文武官員軍民人等齊閃開」。官員出行時鳴鑼開道，被認為是必行的官儀；無之，則被認為不成體統。

如鄭板橋夜間出巡不鳴鑼開道，不用「迴避」、「肅靜」牌子，只用一小吏打著寫有「板橋」二字的燈籠為前導。時人對此都看不慣，他的朋友鄭方坤說他，「於州縣一席，實不相宜。」

（二）京官到衙署時，皂隸要在門口迎接伺候。如是堂官，則有四名皂隸在前面揚聲喝導而進；如是司郎官，則有一名皂隸導引，只作遏聲。清前因居士詠此官派云：「京官體統亦尊榮，輿從臨衙皂隸迎。分引諸司惟有遏，堂官對導共揚聲。」

（三）住宅要講官派，表現之一是講求宅第宏敞氣派。如李慈銘在經濟拮据的情況下，仍願出高價租賃宏敞的大宅。同治十三年（1874年）起，他租居位於北京保安寺街的故閩浙總督季文昌的舊邸，其邸有屋二十餘楹，有軒有圃，花木蓊鬱，氣派闊綽。當時他的年收入是一百二十三兩銀子，而房租就達四十八兩。

表現之二是在宅門上貼上可以顯示官派官威的「封條」。北京宣南一帶官宅多貼有標有官銜和禁人「喧嘩」字樣的「封條」，以壯觀瞻，以示榮耀，以警行人。有兩首竹枝詞是詠封條上標有官銜的：「陸海官居各表之，銜條比戶貼參差。長班領客無須問，但到門前便得知。」（《日下新謳》）注云：「京城內外有職者，於所居臨街大門之上，各貼官銜封條。」「居官流寓仕京朝，門示頭銜壁上標。待得春秋親校士，紅箋添並兩封條。」（《燕京雜詠》）注云：「官宅禁示閒人」。紅條書主考官姓名、職務，「貼大門以示榮」。

又有兩首竹枝詞詠貼封條禁人喧嘩。其一：「封條處處禁喧嘩，小小門樓也宦家。為問何人曾入仕？舍親始祖作官銜。」（《草珠一串》）其二：「每做京員勢必添，兩條四塊甚威嚴。喧嘩禁止偏難止，多半門前壯仰瞻。」（《增補都門雜詠》）

關於禁喧嘩的字樣和所謂「兩條四塊」，《官場現形記》描寫道：京官吳贊善家的「大門之外，一雙裹腳條，四塊包腳布，高高貼起，上面寫著甚麼『詹事府示：不准喧嘩，如違送究』等話頭。」

（四）吃飯講排場，講派頭。一些官員食必方丈，根本吃不了。待客時，客已停箸，菜餚卻仍在上桌。知縣大老爺吃飯的儀節是：一個神氣活現的家丁快步跑到簽押房門口，把門簾高高打起，大喊一聲：「請大老爺吃飯啦！」喊完再撐著門簾恭敬地肅立在那裡伺候。

（五）擺官譜、講官派對於官癮十足的人來說，成為不可缺少的東西。有的求官者官位還沒到手，就擺起了官譜；有的官卻在已經失掉官職後，仍在擺官譜。

《官場現形記》裡有個黃某，祖上辦鹽，「到他手裡，官興

發作，一心一意的只想做官。沒有事在家裡，朝著幾個家人還要『來啊來』的鬧官派。」某都統被革職回到家鄉，但官習不改。每天起床後吸鼻煙時，便有僕人持官銜手本數十份，立在旁邊，逐依次呼手本上的姓名：「某大人拜會──」、「某老爺稟見──」，然後躬身待命。都統吸完煙，便揮手令僕人出去。僕人走至中門，再大聲呼曰：「道乏──」（拒見客人的客氣話，意謂你辛苦了一趟）。如此程式，就像演戲一樣。每日行之，都統便覺得心神舒泰，否則便寢食不安，如患心病一樣。

（六）許多官僚自己擺譜還不夠，家人婚喪做壽也要大講排場。晚清上海知縣葉廷眷上任三年，其母做壽的排場一年比一年大。以壽筵為例，同治十一年（1872年）為燒烤二席、魚翅十三席、次等魚翅十二席；十二年變為燒烤二席、燕菜二席、魚翅十四席、次等魚翅十席；十三年又變為燒烤三席、燕菜十席、魚翅二十一席，另送同鄉三十席（中等魚翅五席、次等魚翅十三席、海參十二席）。對本衙和外衙隨官前來賀壽的差役僕人也請吃壽麵、給賞錢，連縣獄裡的犯人也賞麵賞肉。有一年請吃壽麵的數目，竟高達二千零五十碗。

「兩朵金蓮」的咒語

李陽泉

> 觀看一個小腳女人走路，就像在看一個走鋼絲繩的演
> 員，使你每時每刻都在被她揪著心。
>
> ——林語堂《中國人·纏足》

有句經典的罵人話，用以批評演說者大而無當的演說。那就是：「王母娘娘的裹腳布。」這實際上是個歇後語，後半句是「又臭又長」。臭而且長的裹腳布，自然是懶人所為，為什麼會給「王母娘娘」扣上，實在令人費解。難道這句歇後語中蘊涵了裹腳的歷史？中國女人裹腳的歷史，要從王母娘娘那時候算起嗎？如果依照考古學的觀點，認定王母娘娘便是西王母，那麼，這裹腳的歷史當在5000年前。

可是，考古學的發掘證明，一千年前的女屍腳骨並不彎曲，依舊是天足。於是這個漫無邊際的考證宣告失敗。那麼，裹腳的歷史究竟應該從哪裡算起呢？

史學家依據現有的文獻提出了一個假說，如果這假說不被某個突然出土的時代更加久遠的小腳女人的屍體駁詰的話，則會成為公認的事實。這事實的殘酷之處在於：我們不得不對那個毫無政績的天才詞人皇帝——南唐後主李煜產生一個全新的認識。

陶宗儀《南村輟耕錄》告訴我們，南唐後主李煜在唐人對「弓鞋」癡迷的審美基礎上，別出心裁地將這種弓鞋用長長的布

帛纏起來，以代替襪子。並在他的妃子娘娘身上做試驗，始行纏足之法，開創了中國女性纏足的紀錄。

也有一種說法，認為纏足一事自唐代開始，起源於波斯人的舞蹈。南唐與大唐相距不遠，況且，纏足起源於舞蹈一說的可信性也較之前者尤甚。或許李後主的娘娘只是一個著名的纏足者，而非開創者？

小腳與天足相比，究竟有何不同凡響之處，居然成為一種風尚，流傳了如此漫長的年代？又是如何停下它的腳步？

小腳文學

在男人們呼喊著——「身體毛髮受之於父母」，而不肯傷及自己一根毫毛的時候，卻被一種近乎變態的性心理驅使著，口耳相傳著女人小腳的千般妙處。「瘦欲無形，看越生憐惜」、「三寸金蓮」、「柔若無骨，愈親愈耐摩撫」。更有人將兩隻嚴重變形了的小腳中部所形成的塌陷，形容為「兩輪彎月」，實在是處心積慮到極點了。

吳承恩在《西遊記》裡把本是男身的觀音菩薩化為美麗的女子，而且是小足觀音：「玉環穿繡扣，金蓮足下深。」可見明朝的風氣，對小足是何等著魔！

明朝時期男子擇偶第一標準，就是看女人的腳是否夠小。男子嫖妓也多玩妓女的一雙纖足，因此被戲稱為「逐臭之夫」。

更有甚者，清朝有個叫方絢的，他自稱「評花御史」，又稱「香蓮博士」。對古代女子纏足一事從諸多角度和方位予以分題描繪，可以說是關於中國女子小足的「專著」。同時，這也反映了封建文人和士大夫們對女子「香蓮」，充滿豐富聯想意會和封建歷史積累的「審美欣賞」、「審美感受」，及「審美要求」。

從這個意義上說，《品藻》亦可謂是一部「香蓮美學」之作。如此書中〈香蓮五觀〉一節說——

「觀水有術，必觀其瀾；觀蓮有術，必觀其步。然小人閒居工於著，操此五術，攻其無備，乃得別戴偽體，畢露端倪。」

所謂「五術」，就是：臨風，踏梯，下階，上轎，過橋。

什麼意思呢？方大博士說：觀察大海有術的人，必觀察其波濤；觀察小腳有術的人，必觀察其步姿。然而小人家居無事，只會掩蓋其壞處而顯示其好處。如果操此五術，攻其不備，就可「取真去偽」，使其端倪畢露。

「五術」分別為：(1) 臨風行走之步；(2) 登樓梯之步；(3) 下臺階之步；(4) 上轎之步；(5) 過橋之步。

這可以說是體現他作為「評花御史」和「香蓮博士」水準的一段文字，是教給眾人在什麼時機看女人的小腳可以看到「畢露端倪」的真貨。

細想來，這「五術」原本是人的腳最無處躲藏的地方。方絢對生活觀察之細緻，用心之良苦，實非常人所能及。

他在書中把女人的小腳，按照品相之高下，做了比較細緻的分類——

曰「四照蓮」，即端端正正，瘦瘦削削，在三四寸之間者。

曰「錦邊蓮」，即苗苗條條，整整齊齊，四寸以上，五寸以下的小腳也。

曰「釵頭蓮」，即瘦削而更修長的小腳，所謂竹筍式者。

曰「單葉蓮」，即瘦長而彎彎的小腳也。

曰「佛頭蓮」，即腳背豐滿隆起，如佛頭挽髻，所謂菱角式者，即江南所稱之鵝頭腳。

曰「穿心蓮」，即穿有裡高底鞋者。

曰「碧台蓮」，即穿外高底鞋者。

曰「並頭蓮」，即走起路來呈八字的小腳。

曰「並蒂蓮」，即大拇趾蹺起來的小腳。

曰「倒垂蓮」，即鞋跟往後倒的小腳。

曰「朝日蓮」，即用後跟走路的小腳。

曰「分香蓮」，即兩條腿往外拐的小腳。

曰「同心蓮」，即兩條腿往裡拐的小腳。

曰「合影蓮」，即走起路來歪歪斜斜的小腳。

曰「纏枝蓮」，即走起路來成一條線的小腳。

曰「千葉蓮」，即長六寸七寸八寸的小腳。

曰「玉井蓮」，即跟船一樣的小腳。

曰「西番蓮」，即半路纏足之小腳或根本沒纏過的小腳。

如果說「五術」是一種了不起的發現，那麼，這「香蓮十八名」則稱得上是偉大的發明了，同時也將「小腳文學」的成就推向了最高峰。

「兩朵金蓮」的咒語

嚴重跟風的女性們為了這「兩朵金蓮」所暗含的審美趣味，付出了自由的代價。受人尊重的朱熹朱老爺子極力宣導纏足，認為這是天下大治的基礎。因為女人纏了足，便可做到男女隔離、「授受不親」、「靜處深閨」。

是啊，連走路都走不穩了，女人豈不就十分「老實」了？

然而，正如《夜雨秋燈錄》所稱：「人間最慘的事，莫如女子纏足聲。主之督婢，鴇之叱雛，慘尤甚焉。」這種痛苦，又有

誰去「憐惜」呢？

曾在中國生活了多年的英國傳教士阿綺波德‧立德（一稱立德夫人），用女性的細膩記錄下了纏足的中國女孩的悲慘童年。

——「在這束腳的三年裡，中國女孩的童年是最悲慘的。她們沒有歡笑，……可憐啊！這些小女孩重重地靠在一根比她們自己還高的拐棍上，或是趴在大人的背上，或者坐著，悲傷地哭泣。她們的眼睛下面有幾道深深的黑線，臉龐上有一種特別奇怪的只有與束腳聯繫起來才能看到的慘白。她們的母親通常在床邊放著一根長竹竿，用這根竹竿幫助女孩站立起來，並用來抽打日夜哭叫使家人煩惱的女兒……女兒得到的唯一解脫要麼吸食鴉片，要麼把雙腳吊在小木床上以停止血液循環。中國女孩在束腳的過程中簡直是九死一生。然而更為殘酷的是……一些女嬰由於其父母的感情受到了束腳的傷害，往往在搖籃中就被處死。……束腳痛苦，因合了中年的父親那非自然的口味而加在了女孩身上。」

「兩朵金蓮」不啻為一個陰險的咒語，讓歷史的另一半呻吟了上千年。

放足之艱難

康熙大帝曾經詔禁漢人裹腳，違者拿其父母問罪。有個大員上奏說：「奏為臣妻先放大腳事」，一時傳為笑柄。（見《菽園贅談》）可見纏足「魅力」之強大。

儘管雷厲風行，收效卻不大。到康熙七年（1668年），大臣王熙上奏請求解除禁令獲准。於是民間纏足之風又大盛，影響到

滿族女子也紛紛起而裹足。乾隆又多次降旨嚴禁，乾隆的禁令只煞住了滿族女子的裹足之風，漢族民間女子依然裹足如故。

近代改革家康有為寫了一篇《戒纏足會檄》，希望家鄉人放棄纏足陋習，並下決心不給自己的女兒纏足。這一舉措使康有為在家鄉受到很大排擠。

英國傳教士立德夫人在20世紀初的中國南方發動了「天足運動」，並成立了「天足會」。在漢口的維多利亞劇院，商會會長親自安排座位，讓政府官員都來聽立德夫人的講演。她的聽眾穿著官服，帶著隨從，端著很大的架子。他們感到，由一個女人來和他們討論一個中國人敏感的話題——女人的小腳，是十分不可思議的。

官員的威懾力嚇得她的翻譯臨陣怯場。幸好一位中文講得極好的傳教士趕來救場，立德夫人的講演才得以進行。

立德夫人還借助權威，她讓人把張之洞反對纏足的語錄用紅紙寫了貼在會場裡，起到了很大作用。她認為張之洞是中國最有學問的總督。在漢陽，她在宣傳集會上，讓放了足的婦女們站起來。當這些婦女當著大家的面笑著站起來時，立德夫人便感到她的湖北之行成功了。

她幾乎走遍了中國南方，去了武昌、漢陽、廣州和香港，又去了澳門、汕頭、廈門、福州、杭州和蘇州。這對於一個外國婦女來說，的確需要極大的勇氣。

她說：「如果你還記得小時候第一次踏進冰冷的海水時的感覺，那麼你就能體會到我現在動身去中國南方宣傳反對裹足時的心情。對那裡我十分陌生，而裹足是中國最古老、最根深柢固的風俗之一。」

但是她還是一腳踏進了冰窟。纏足這種折磨中國婦女一生的

野蠻習俗，給了她很深的刺激。她得到了回報，許多男人和女人當場捐款參加天足會，女人表示自己不纏足，也要勸別的女子不再纏足。在廣州的集會上，有9名婦女當場扔掉了裹腳布。

當然，中國婦女不纏足並非因為立德夫人一人之力，但作為「帝國主義」那裡來的人，她能夠這樣做，是值得稱道的。這一行為甚至直接影響了慈禧太后，慈禧「新政」中的最初幾項改革，就包括在1902年2月1日發布諭令，說官員可以勸止纏足。

祕密檔案

探尋中國古代的命價

吳 思

命價問題

清朝咸豐九年（1859年）九月十八日上午，皇帝在北京玉泉山清音齋召見了福建布政使張集馨，問起了福建械鬥的情景，摘抄對話記錄如下——

　　皇上問：「械鬥是何情形？」

　　張答：「……大姓欺凌小姓，而小姓不甘被欺，糾數十莊小姓而與大族相鬥。」

　　皇上問：「地方官不往彈壓麼？」

　　張答：「臣前過惠安時，見械鬥方起，部伍亦甚整齊。大姓紅旗，小姓白旗，槍炮刀矛，器械具備。聞金而進，見火而退。當其鬥酣時，官即禁諭，概不遵依。」

　　皇上問：「殺傷後便如何完結？」

　　張答：「大姓如擊斃小姓二十命，小姓僅擊斃大姓十命，除相抵外，照數需索命價，互訟到官。」

　　皇上問：「命價每名若干？」

　　張答：「聞雇主給屍親三十洋元，並於祠堂公所供一忠勇公牌位。」

在這裡我初次看到「命價」一詞。並且得知準確價格：30洋元（西班牙銀元）。19世紀50年代，大米的平均價格是每石2.4洋元，一條人命的價值不足1800斤大米，（以時價）不過2000元人民幣。

皇上的問題打破了一個美好的神話。所謂生命無價，儒家宣稱的人命關天，並不符合歷史事實。人命是有行情的，皇帝老子還打聽行情呢！

從主體自我估量的角度看，生命無價似乎講得通：任何東西都不如自己的生命貴重，人都死了，人用的東西還算個什麼？不過，即使從這個狹隘的視角追究下去，人的生命仍然是有價的。如今的愛滋病大概是最能說明問題的例子。只要吃得起昂貴的藥物，愛滋病人可以盡其天年，在這個意義上，死於愛滋病的人，是因為買不起自己的命。他的生命的價格，取決於本人的支付意願，更取決於本人的支付能力。

一旦跳出自我估量的視角，進入歷史和社會實踐的領域，生命的價格便顯出巨大的差異。命價體現著人命與生存資源的交換關係，兩者餘缺相對，變化紛呈。

官價

意識到命價存在之後，我才發現古人明白得很，甚至早就以法律形式給出了官價。

清朝雍正十二年（1734年），戶部（財政部）和刑部（近似司法部）奏請皇帝批准，頒布了不同身分的人贖買死罪的價格：三品以上官，銀一萬二千兩；四品官，銀五千兩；五六品官，四千兩；七品以下和進士、舉人，二千五百兩；貢生、監生二千兩；平人一千二百兩。

明朝也可以贖價買死刑，但必須符合贖罪條件，包括年齡、性別、官員身分、親老贍養等方面的考量。《大明律·名例》規定，死刑的贖價為銅錢四十二貫。在《大明律》制訂時，這筆錢折合四十二兩白銀，大體相當於七品知縣一年的俸祿。

從數字上看，明朝的命價比清朝便宜許多。實際上，清朝的白銀購買力往往不及明朝的三分之一，計算命價的時候也應該打個三折。另外，清朝經濟要比明朝繁榮，人們的支付能力強，性命也應該貴一些。最後，如果回憶一下咸豐皇帝打聽到的行情，就會發現官價大大高於命價，福建民間開出的30洋元，只能兌換21兩白銀。

明朝並不是以錢贖命的首創者。建立金國的女真族習慣法規定：「殺人償馬牛三十。」再往前追，漢惠帝時期，民有罪，得買爵三十級免死罪。性命可贖，其他肉體傷害也可贖。司馬遷若家境富饒，就可以免受宮刑，奈何「家貧，財賂不足以自贖」。

以錢物贖罪甚至贖命，一直可以追溯到堯舜時代。《尚書·舜典》中便有了「金作贖刑」的說法。所贖之刑，從墨刑到宮刑到死刑皆可，但要滿足「罪疑」的條件——斷罪有可疑之處。

我看到的最完整的命價等級資料，來自西藏噶瑪政權（噶瑪丹迥旺布，1632年～1642年在位）時期的《十六法》，和五世達賴時期（清初）的《十三法》。法律將命價分為三等九級，最高級是「無價」，或等身的黃金；最低級只值一根草繩。

·上等——

上上：藏王等最高統治者，無價。（《十六法》規定，上上等命價為與身體等量的黃金）。

上中：善知識、軌範師、寺院管家、高級官員（有三百以上僕從的頭領、政府宗本、寺廟的堪布等），命價三百至四百兩。

上下：中級官員、僧侶（扎倉的喇嘛、比丘、有三百多僕從的政府仲科等官員），命價二百兩。

·中等——

中上：一般官員、侍寢小吏、官員之辦事小吏（屬仲科的騎士、寺院扎倉的執事、掌堂師等），命價一百四十至一百五十兩。

中中：中級公務員（小寺院的扎巴），命價五十至七十兩。

中下：平民（世俗貴族類），命價三十至四十兩。

·下等——

下上：無主獨身者、政府的勤雜人員，命價三十兩。

下中：定居納稅的鐵匠、屠夫、乞丐，命價二十兩。

下下：婦女、流浪漢、乞丐、屠夫、鐵匠，命價草繩一根。（《十六法》規定，下下等命價為十兩。）

這套法律不僅規定了命價，還規定了「血價」——五官或四肢受傷致殘，傷人者要根據具體情況，向受害者賠償所屬等級命價的三分之一、四分之一或五分之一。

從上述數字看來，明末清初藏區的命價與明朝相比偏高，與清朝相比偏低，總體相差不大。值得注意的是，這裡出現了「無價」的字樣。我們知道，這是主體自我估量的感覺。法律表達了這種感覺，恰好表明了誰是法律的制訂者。不過，自我估量歸自我估量，世界歷史經驗證明，最高統治者的生命並不是無價的。

1533年，西班牙殖民者皮薩羅囚禁了印加國王阿塔華爾帕，雙方談妥，國王性命的贖金是一大筆金銀，金銀要在囚室內堆到伸手所及的高度。這間囚室長約7米，寬約5米，據說堆積了黃金約13000多磅，白銀約26000磅。這就是印加國王的命價。順便說一句，皮薩羅得到金銀後，照樣處死了國王阿塔華爾帕，只把燒

死改成了絞死。這是一錘子買賣，不講信用也難以報復。

如何看待官定命價的巨大價差呢？在當代人看來，制訂了人命不平等觀念的法規不是很可惡嗎？這要看怎麼說。一、二品貪官犯了死罪，法定贖金是12000兩銀子，如果堅持「與民同罪」，1200兩銀子即可贖命，豈不是縱容大貪官犯罪？清朝督撫一級的大員，每年合法的養廉銀就有10000兩，夠他們贖8條命了。反過來，尋常百姓每年收入20兩銀子，也要12000兩贖金，這條法規便形同虛設。人們對自身性命的支付能力確實不同，支付意願也不同，命價在事實上就不可能相同。清朝根據這些不同定出不同的價格，買不買聽憑自願，比起明朝的一刀切來，應該是一個正視現實的進步。

實際上，當代的命價也不一樣。同樣死於交通事故，在現實操作中，賠農民的錢往往不及賠城裡人的一半。開發中國家與落後地區的價格也不一樣。

甚至美國人的命，也有價差的問題。「9‧11」事件後，聯邦賠償基金確定的遇害者賠償辦法據說有很大差別：如果遇害者是家庭婦女，她的丈夫和兩個孩子能得到50萬美元的賠償。如果遇害者是華爾街經紀人，他的遺孀和兩個孩子卻能得到高達430萬美元的賠償。

這種差距招致許多受害者家屬的強烈抗議，美國政府被迫承諾修改賠償金發放辦法。但是話又說回來，真要修改了，是壓低華爾街經紀人的命價呢，還是提高家庭婦女的命價？經紀人一年就可能賺三、五十萬美元，納稅額也非常高，壓低了明顯虧待人家遺屬。把家庭婦女的賠償金提高到430萬美元，納稅人又會有意見：乾脆你把我這條命也拿走算了。

買命計算之一

最典型的買命，即以錢換命，發生在綁票和贖票的交易中。關於這套規矩及其術語，蔡少卿先生在《民國時期的土匪》中寫道——

如果土匪綁架到一名富家女子，就像抓到了一個大慈大悲的觀世音菩薩，這種行為就叫做「請觀音」。如果綁架到一個有錢的男人，就像逮到了一頭肥豬，稱之為「拉肥豬」。如果綁架到財主家的小孩，就叫「抱童子」。

贖票的價格和付款時間的限制，由匪首根據被綁戶的經濟狀況和具體要求評定，是有所不同的。在綁架未婚少女的案子上，如果這位年輕婦女要求在天黑之前回去，那就是一種特殊的「快票」，即當天付款當天贖回。如隔夜再贖，婆家就不要了。因此快票得款特別快，索價比較低。贖票除用現金外，鴉片、糧食、武器、馬匹等均可抵償。

土匪勒贖票價的高低，沒有統一的規定，主要根據被綁架者家庭的殷實狀況，同時也隨時間地點之不同而有所變化。據民國陸軍少將錢錫霖1918年報告：「山東土匪搶架勒贖，動輒數萬元，少亦數百元。」（陸軍部檔1011，2，269）這個報告基本上反映了當時的真實情況。

《時報》曾經報導過，「濮縣鹽商薑振卿，因事赴聊，半途為匪架去，聲稱贖資六萬元。」（《時報》1917年9月14日）

同年，山東土匪毛思忠攻陷曹縣，架走紳民楊希儒等3家6人，各家屬邀公民李翔臣為代表，赴毛思忠處求情。毛思忠云：「汝來義氣可欽，看汝之面，減去一萬元。回籍後速備軍費二萬元送來，即放六人去也。」（《時報》1917年9月11日）

山東土匪的綁架勒贖，後來發展為四處搶掠，逢人即綁時，

票價就降為「三百元、百餘元、十元即可,甚至無錢可繳者用雞子(雞蛋)一百個亦可贖票」。(《時報》1923年9月1日)

河南土匪綁票勒贖的情況,與山東土匪相似,「從前只拉富戶,今則不論貧富,逢人便拉。」(同上)

洛陽地方的土匪竟揚言:「貧富都要,不值一雙鞋,亦值一盒紙煙。」(《時報》1927年7月31日)

1927年,洛陽城曾多次發生土匪綁架小商菜販、城市貧民的案件。某日,「城中郭某,使子出城,負糧一斗,歸至關鹽店地方,遇匪四人,欲架子去。郭子言:我家貧,架去亦不值錢。若要肩上麥,可以相贈。匪不聽,必強之去。時方午,郭子呼救,匪情急,乃亂刀將郭子砍死。」(同上)

綁票術語,除了上述之外,還有吊羊、接財神、請豬頭、養鵝生蛋、肉票、架票、綁票、新票、彩票(富人)、當票(窮人)、土票(農民)、花票(女人)、水頭(票價)、壓水(說票者)、叫票(講票價)、領票(贖回肉票)、看票(看守人質)、票房(拘留肉票之處)、票房頭(管票房的頭目)、葉子(肉票)、葉子官(看管肉票的頭目)、濾葉子(審問拷打肉票)、撕票(殺人質)等。

我們詳細分析一下這種交易——

首先,所謂買命,譬如買兒童人質的命,意味著兒童的性命在土匪手裡,兒童自己掌握不了自己的命運。土匪掌握了人質的性命,卻不在乎人質的生死,只關心錢。人質的親屬關心孩子的生死,不那麼在乎錢。即使不算親情只算錢,養育兒童的花費,兒童未來對家庭的貢獻,也是一筆可觀的大數。而對土匪來說,這個數字無非是綁架、看守和餵養人質的那些花費,感情更是扯

不上。對同一條性命的估價如此不同，這就是交易的基礎。

其次，票價差異巨大，因為肉票的價值確實不同——贖命者的支付意願和支付能力不同。這一點無須解釋。不過這個道理隱含著一個邏輯推論：當平民百姓普遍貧窮時，綁票也會逐漸無利可圖。我們看到，票價在10年間下降了數十倍。這時候當土匪的風險依然，收入卻未必足以糊口了，土匪也就不能再當，大亂便可能轉向大治，真所謂物極必反。

另一個推論是：所謂「吃大戶」，「劫富濟貧」，號稱也是一種道德，其實在經濟上這是合算的買賣。後來競爭激烈，生意不好做了，就要吃到小戶頭上。勢之所至，不得不然。非把經濟選擇說成道德選擇，未免有既當婊子又立牌坊之嫌。

再次，濾葉子（審問拷打肉票）、叫票（講票價），這些都屬於定價程式，是綁票者確定贖票者的支付能力的過程。這方面出現誤差，不能成交，便要出人命。

最後還要注意，掏錢贖票者並不是人質本人，而是他的親屬、代理人或其他利益相關者。這些利益相關者對人質的性命的估價，對人質生死與自身利害關係的預測，直接決定著掏不掏錢、掏多少錢。這道彎子可以繞出無數離奇故事。

美國記者阿列霍·利利烏斯在20世紀20年代末多次與中國海盜出航，親眼看著海盜綁票勒贖。在《我與中國海匪同航》一文中，作者曾經提過——

「海盜說，一般一條性命值幾百元。有時有些親屬不在乎人質的安危，還希望海匪殺掉他算了，這樣親屬們還能早日繼承遺產呢！但這樣的事情很少發生。」

作者轉述的一個「狗人」故事，算是一個特別突出的例子：

在重慶附近的一個村莊中，住著一個非常富有的商人，名叫

高良泰。因為在一般情況下，每個富足的中國人遲早都會列入被綁架者的名冊之中，所以他們總要另外準備一些錢作為被綁後的贖金之用。土匪也知道這個情況，所以後來高良泰最終落入了土匪之手。這位商人對此並沒有太多的擔慮，只是馬上派出一名土匪送一封信給他的弟弟，要他把土匪提出的贖金帶來。他認為這件事定會毫不遲疑地得到解決。

但情況恰恰相反，他的弟弟非常願意看到高良泰仍被監禁著，這樣他就可以分享這位不幸者的所有財產了。於是他寫了封信給土匪，要求他們把他的哥哥當作一名囚犯，並許諾每月付給他們一定的看管費用。這樣，高良泰被土匪裝入了一隻僅能容下身體的竹籠內。

整整14年中，這個不幸的商人一直待在這個竹籠之中。在此期間，他的身體都快變形了，醜陋得令人毛骨悚然。在推翻滿清王朝的革命中，他得以獲得自由，然而他卻再也無法站立行走了，只能像狗一樣，用四肢在地上爬行。

後來，作者見到了這個「狗人」，果然不能行走，需要人架著。這時他已經當了海盜頭領，努力追蹤已經遷居澳門的弟弟，尋機報復。

而作者所見到的最離奇的買命故事，是一個英國人講述的：

1932年9月，兩個英國人，醫生的女兒廷可·波利和一家英國洋行的雇員，在遼河邊上的牛莊，被中國土匪綁票。土匪為這兩張洋票開出了天價。

下邊是土匪寫給人質父親的信——

「第一封信想必已經收到，但數天來何故遲遲不覆？波利女士的贖金為七十萬大洋，科克倫先生為六十萬大洋，外

加一百枝步槍、三萬發子彈、兩百盎司上等煙土、五十碼黑緞、一百只金戒指、三十只金手錶、兩挺重機槍、五萬發子彈、四枝毛瑟槍、一百二十把左輪手槍、一百二十枝來福槍並配子彈。倘若一個星期內不予答覆，就割下波利女士和科克倫先生的耳朵奉上。倘兩個星期內不見答覆，就斃了他倆。萬勿以為我等心慈手軟，僅危言聳聽而已！不照此辦理，定然說到做到。」

信裡還提到，如果日本人一週內撤出滿洲，他們就無條件地交還肉票。

價格如此巨大，就連印加國王的命價都不及此數，但土匪硬是開出來了。對此，綁匪北霸天和波利有一段對話——

波利說：「我倆都是小人物，你怎麼老是看好我們值一大筆錢。肯掏錢救我倆的只有我父親，可是他的錢根本就不多。」

「你們政府會掏錢的。」他肯定地說。

「不，不會的。他們為什麼要掏錢？假如你們中誰被綁架了，你們的中央政府會為了他出大把大把的錢嗎？當然不會，你心裡一定很清楚，對政府來說，你我都算不了什麼。」

「那麼讓日本人掏錢，他們有責任，就該負擔這筆錢。」

我轉過臉去，不耐煩地聳聳肩。關於贖金的爭論，每次談到這裡就卡住了。隨你怎麼解釋，北霸天總認為日本人應該、能夠而且願意為我倆出錢。

離奇的是，後來日本人確實掏錢了，他們出面談判，達成了協議。1932年10月20日，日本人用馬車拉著兩個紅色的大箱子，裝了嶄新的票子，從中國土匪手裡贖回了英國人質。這就意味著，中國土匪看得比較準，比英國人質更清楚地認清了形勢，算

清了利害。

據說，由於人質危機，英國海軍開進了中國內河，威脅日本說：如果他們不解決此事，英國就要自己解決。這樣一來，英國人質的生死就成為英國介入滿洲、干預日本統治的藉口。日本人不能讓這個藉口成立，英國的介入對他們鞏固自己的統治太不利了，於是，兩害相權取其輕，只好向土匪付了成箱子的錢。在這裡，英國人質的命價，取決於日本人肯花多少錢避免英國軍隊介入所造成的麻煩。

官府在贖票問題上的計算和謀略還可能更加複雜。人質親屬贖票的計算比較簡單，只要考慮支付能力和自身利益就行了。官府則不然。首先，官府憑什麼掏錢？人質是官員的兒子嗎？其次，如果面對某種壓力，譬如面對外國政府的壓力，政府不得不贖票，那也要考慮讓土匪得逞的負作用。贖票和退讓可以解決眼前的危機，但是由此形成的激勵卻給將來造成了更大的隱患。這是眼前利益和長遠利益的換算。

總之，官府與親屬一般是有矛盾的。親屬贖票不必考慮外部效應，政府則不然。政府是秩序第一，親屬是親人安全第一。

1923年10月至12月，德國的助理教士F. Strauss先生在湘西南的洪江一帶被土匪綁架，土匪開價12萬元。傳教士在《被湘匪綁架的八十天》中寫道——

「迄今為止，與土匪的所有談判都失敗了。土匪們堅持他們的要求——錢或生命。考慮到我的生命有危險，洪江的將軍們不敢對土匪採取任何軍事行動。但為我支付一大筆贖金是不可能的，也是不明智的。於是拖延就成了不了了之的辦法。」

最後，這場人質危機是曲線解決的。當地駐軍的首領張將軍答應收編一股土匪，但是有一個條件——釋放傳教士。

這股期盼招安的土匪便出面與綁架傳教士的土匪談判，用800吊銅錢從綁架者手裡贖出了傳教士，然後完成招安。

　　這個價格似乎只比當時的土票（農民）稍高一點，不足開價12萬元的1％。之所以能夠成交，是因為另有一種利害計算。這股土匪不能敲詐另外一股土匪，不給面子，就意味著將來結仇，在長期關係中處於受威脅的地位，使自己的生命承受更大的風險。

　　通過這一系列算計，官府沒有屈服讓步便救出了人質，贖票者沒花多少錢就得到了招安，綁匪沒有白忙還落了個人情。大家都高興，危機就這樣擺平了。

買命計算之二

　　1929年5月，東北邊防軍司令長官少帥張學良，頒布了《清匪獎勵辦法》：凡軍警搜捕匪首一名，賞現大洋三千元。搜捕匪徒一名，賞現大洋一千五百元。因剿匪而陣亡的官長，每名發撫恤金五千元，士兵發一千元。

　　張學良出手闊綽，命價開得太高了。1929年12月，東北各省制定出實施細則，給土匪的命價打了三折，官兵的命價分別打了二五折和八折。奉天省規定：捕獲匪首一名，賞一千元，捕匪徒一名賞五百元。因剿匪而陣亡的官長，發撫恤金一千二百元，士兵發八百元。這些經過修改的價格，與當時土匪綁票的要價比較接近，更貼近市場行情。

　　這裡出現了兩個命價：土匪的命價和官兵的命價。土匪的命是官兵們拼命奪來的，買土匪的命，等於買官兵去拼命。為了簡明，我們只討論官兵的命價。

　　軍閥買官兵的命，不同於親屬贖買人質的命。贖票買命，好

比百姓買糧是為了自己吃。軍閥買官兵的命，好比糕點廠的老闆買糧是為了加工出售。在軍閥的計算裡，官兵的性命是一種資本，只要運用得當，就可以創造更高的價值，高於命價本身的價值。不過這種投資的風險非常大，使用不當，很可能血本無歸。張家父子是打天下的人，需要考慮的因素多，賬目比較複雜，不容易算清楚。本文開頭提到的福建械鬥就比較好計算一些。

皇帝聽到的彙報說，小姓械鬥是因為不堪大姓的欺凌。這種欺凌，很可能體現為某些爭議田產的分配和佔用。歷史上，福建、廣東一帶的械鬥，往往為了爭奪產權不明的沙田，而田地的價值是可以算清楚的。小姓為了免於欺凌而搏戰廝殺，意味著欺凌所造成的損失比較大，值得僱人拼命，或者用本族的人命去換。大姓也認為，為了維護欺凌小姓的體制，即使付出人命的價錢也是合算的。譬如，死了20人，支出命價800元，而奪到的田地價值很可能超過1000元——而寥寥數元錢恐怕難以挑動眾人集體拼命。

買命爭利是歷史上的尋常事，在國際上也不新鮮。光緒三十年（1904年）十月九日，日俄戰爭期間，日本人向關東馬賊開出的命價如下——

1.凡生擒俄兵者賞銀四十元，抓獲軍官者加倍。
2.凡擊斃俄兵繳獲其肩章、軍帽、刀劍者賞銀十五元，擊斃軍官者加倍。
3.凡繳獲俄軍良馬者賞銀三十元。
4.戰鬥中負傷者賞銀五十元，戰死者加倍。
5.凡勇敢善戰建功者，給予破格獎賞。

　　除了上述賞金之外，日本還負責向關東馬賊供應武器彈藥，發放軍餉，承諾戰後安排工作。結果，數以千計的關東馬賊多次與俄軍戰鬥，切斷俄軍的電話線，充當日軍的嚮導和偵察員，甚至直接衝鋒陷陣。在日俄戰爭中，關東馬賊為日軍的勝利做出了重大貢獻，日本人的這筆投資得到了豐厚回報。俄國則相反，喪師失地，血本無歸。

買命計算之三：重大歷史事件

　　我讀到過的數目最大的人命計算，發生在1230年。《元史》列傳三十三，有兩處耶律楚材勸皇帝不要殺人的記載。我們可以看到，當上千萬平民的性命掌握在皇帝手中的時候，元太宗窩闊台如何決定其生死，如何估量其價值。

　　《元史》說，太祖（成吉思汗）之世，每年都在西域打仗，無暇經營中原。中原一帶的大多數官吏私自聚斂財富，資產多至巨萬，而官府卻沒有儲存。因此，窩闊台汗即位的第二年（1230年），近臣別迭等人建議道：「漢人無補於國，可悉空其人以為牧地。」

　　這是一個在歷史上很有名的重大建議。別迭等人把國庫空虛歸咎於農業，誤以為漢族農民對國家財政沒有什麼幫助，不如空出這塊地方放牧。這種政策也確實在一些地方實施過。別迭建議的「悉空其人」，有人認為是大屠殺，把中原一帶的漢人殺光。這類事情，成吉思汗的騎兵很擅長，但也未必用得著一刀一箭地苦幹。只要空出地來，漢人流離逃亡，大規模死亡必定出現。

　　耶律楚材（1190～1244），字晉卿，是高度漢化的契丹貴族，這從他名字所依據的「楚材晉用」的典故就能看出來。耶律楚材知道，農業對國家財政的貢獻大於牧業。

他對皇上說：「陛下即將討伐南方，軍需從哪裡出？如果均平確定中原的地稅、商稅，徵收鹽、酒、鐵冶、山澤之利，每年可得五十萬兩白銀、八萬匹帛、四十餘萬石粟，這些物資足以供應軍需了，怎麼能說『無補』呢？」

皇上說：「你為朕試試看。」

於是，耶律楚材在燕京等十路建立了徵稅體系。1231年秋，皇帝到大同，十路的稅收登記冊和徵收來的金帛都陳列於廷中。皇帝看了，笑問耶律楚材：「你一直在朕左右，人不離開就能使國用充足，南國之臣，還有如你這麼能幹的嗎？」當天，拜耶律楚材為中書令（宰相），事無巨細，都先與他商量。

上述白銀、糧食和布帛的總數，根據當時的物價水準，大約可以折為70萬兩白銀。這筆錢救了多少中原漢人的性命呢？當時佔據北方的金國人口在6000萬上下，金國設中都路（今北京一帶）等十九路，扣除人口最多的南京路（開封一帶）和山東東路（今山東半島一帶），人口再折一半，比耶律楚材設置的十路少一兩路，仍有2000萬條性命，平均每條命每年可以貢獻三分五釐銀子，約等於現在人民幣14元。皇上為什麼不降旨掃空漢人？關鍵就在這14塊錢的身上。

我不知道農業能比牧業多提供多少稅賦，但是，即使牧業對軍需和國用毫無貢獻，漢人性命的價格，也不過14元/年。換個角度說，漢人以每人每年14元的贖金，從皇帝手裡買下了自己的性命。這個交易隱含的制度前提是：平民的性命不屬於自己，生殺予奪由暴力統治集團說了算。

兩年後，同樣的事情又在開封重演。在攻克汴梁（今開封）的前夕，蒙古大將速不台派人向皇帝請示報告。

速不台建議：「金國人抗拒持久，我們的士兵多有死傷，城

下之日，應該屠城。」速不台的建議是有根據的。按照成吉思汗時代的規定，攻城時敵方如果抵抗，就屬於拒命，城破之後必須屠城報復。

耶律楚材聞訊後，「馳入奏」，對皇帝說：「將士們辛辛苦苦數十年，想要的不就是土地和人民嗎？得了土地，卻沒有人民，土地又有什麼用？」這番話說得比較虛，壓不住皇上的殺心，「帝猶豫未決」。於是耶律楚材很實際地說：「能工巧匠，厚藏之家，都聚集在這裡了。如果都殺了，以後就什麼也得不到了。」皇上同意了這個說法，下詔只殺姓完顏的，其餘勿問。開封城內147萬人因此獲救。

我還見過關於這場對話的更詳細的記載，但一時想不起出處。我記得耶律楚材把開封工匠每年能夠生產的弓箭和盔甲的數字都報了出來，並且與蒙元每年的軍需做了對比，扎扎實實地證明了他們對國家的用處。算清了用處之後，皇上才同意饒了人民一命。

當然，從來就沒有什麼救世主，也不能靠神仙皇帝。人民的生存權，與牛羊豬雞的生存權一樣，說到底，還是自己用肉蛋奶和皮毛換來的。具體到某個品種的生存權和發展權，則是靠比較高的生產力水準競爭來的。耶律楚材先生的作用，無非是幫助皇帝認清了漢人的真實價值，糾正了當初別迭的錯誤估計。

賣命的計算之一

嚴景耀先生在《中國的犯罪問題與社會變遷的關係》中，也介紹了一個土匪的個案——

劉某是東北的一個佃農，為了從地主那裡佃租土地，他與其他佃農競爭甚烈。按照當時的規矩，佃戶在第一年要預付地租，

第二年才能耕種。1927的那年收成很差，劉某交不起租。他知道，如果不能在當年年底或來年年初交滿租銀，他就不能再種這塊地了。但是他因歉收無力付租。

秋收後，劉某離開家鄉，加入了土匪組織，出外搶劫。到了來春，他交齊了全部租金並且繼續租佃。他的東家對於他能夠全額付租非常高興，因為其他佃戶在那年都付不起田租。

第二年，年成又不好，劉某又照去年一樣幹了一番。其他佃戶對於他的錢是從哪裡來的產生疑心。最後，他們肯定他當了土匪。否則，哪裡來這麼多錢？劉某因為被疑為匪，一不做，二不休，就乾脆參加土匪群了。

他說：「我一被拖進匪群，我就被介紹給其他匪徒，我發現我的鄰村有許多人都和我一樣被迫為匪了。」

其實這個土匪個案並不典型。按出身行業計算，農民當土匪的比例排在第四位，但我們不妨先借此分析一下。

直截了當地說，劉某為什麼當土匪？為了保住租佃的土地。對佃戶來說，土地可不是什麼等閒的產業，而是安身立命的根本，是命根子，是「命產」。一般來說，物質資源都是「身外之物」，但是，隨著資源的匱乏程度逐漸逼近甚至突破維持生存的底線，身外之物便逐漸演變為「等身之物」，成為性命所繫的「命資」，可以提供「命資」的生產資料就是命產。

在資源瓜分完畢的社會格局中，維持生存的底線是一條血線。血線之下，各種物資都獲得了命資的意義：一碗飯可以延續一天的性命，一杯水也可以等於一條人命。突破血線必定導致流血，要麼自己失血折命，要麼威脅他人，劫奪活命之資。

簡而言之，劉某當土匪是為了保住命產，從而獲得命資，由此保住性命。

當然，當土匪的風險並不小。

田志和、高樂才兩位先生根據檔案、志書、報紙等材料編制了清末民初（1931年前）的東北匪首名錄，共開列了1638名土匪的匪號或姓名。其中，給出了有下落的共732人，占全部名單的44.6％。我大概算了一下，假定那些下落不明的人（約55％）全部逃脫了懲罰，在有下落的732人中，因土匪生涯而死亡626人，仍然占到總數1638人的38.2％，佔有下落者的85.5％。

因此，38.2％，這就是當土匪的死亡概率。

土匪的生活水準和收入狀況又如何呢？說來話長。與通常的印象和傳聞不同，除了暴飲暴食的機會多一些外，匪眾生活和收入的一般狀況，未必能超過普通自耕農，很少有財富積累，其餐風露宿、顛沛流離又苦於自耕農。

這種基本估計，與大多數土匪嚮往招安，願意「吃糧當兵」的狀況也是吻合的。當然，匪眾的收入不能代表匪首，匪首在分紅中占大股。當年梁山泊好漢分紅也是如此，搶劫來的財富，留寨50％公用，其餘50％再一分為二，十一位頭領分一半，七八百個嘍囉分另外一半，收入差距高達六、七十倍，還不如清末民初的土匪來得平等。

以38％強的死亡率，換取僅夠維持溫飽的生存資源，這便是土匪的生意。這條以性命搏取命資的活路，其實是拿未來數年間的較低死亡率，替換目前旬月間的較高死亡率。

什麼人願意做這種死亡率將近40％的生意？

據中國第二歷史檔案館所藏「察哈爾盜匪案件執行死刑人物一覽表」，1917年1月至12月，被槍決的108名盜匪出身如下：

(1) 無業遊民38人。(2) 苦力21人。(3) 士兵19人。(4) 農民8人。(5) 小販5人。(6) 匠人4人。(7) 傭工和商人各3人。(8) 伙夫

和工人各2人。(9) 醫生1人。

　　另據陸軍部檔案中處決的土匪出身職業統計，民國三年（1914年）至民國十四年（1925年），山東、安徽、河南南陽、東北地區、貴州等地共處決土匪1105人，其中：(1) 遊蕩無業860人。(2) 當兵70人。(3) 傭工苦力53人。(4) 務農33人。(5) 其他78人（包括手工工匠、小販、拉車、剃頭、唱戲等等）。被處決的1000多人中，沒有一個來自上層階級。

　　在這兩份統計中，農民都排在第四位。請設想一下，假如劉某被地主奪佃了，失去了命產，而他又沒有別的本事，眼前還有什麼出路呢？一是賣命當兵，二是賣力氣當苦力。這恰好就是排在第二和第三位的土匪出身。這兩個行業雖然沒有命產，卻能「以身為業」，用血汗換取命資。

　　再設想一步，假如劉某被軍隊遣散，或者被老闆解僱，他卻如何是好？這時候，劉某的身分就成了無業遊民，即土匪的最大來源。當時的無業遊民，大體是掙扎於血線之下的社會集團。在較大範圍的陸軍檔案統計中，土匪中無業遊民的比例高達78％，而且立場也最為堅定，他們是土匪團夥中的永久性骨幹。

　　由此看來，劉某為了保住佃權而當臨時土匪，竟然有了避免淪為專業土匪的意義。奈何行事不祕，引起了佃權競爭者的懷疑，風險陡然增大，被迫轉為專業人士。

賣命的計算之二：制度建設

　　同樣是以命換錢，發展水準卻有低級階段與高級階段之分。

　　低水準的馬賊，攔路搶劫，打家劫舍，收入不穩而且風險巨大，這是性命與錢物的直接交換，屬於破壞性比較強的低級階段。高水準的馬賊，發下通知（飛葉子），立下規矩，坐等人家

納貢繳費，與官府收稅相似。此時，性命換來的乃是一種制度，這是收入穩定而且破壞性較小的高級階段。

《關東馬賊》介紹說，專有一種「吃票」的土匪，一般不搶劫，不綁票，倚仗雄厚的武力，在交通要隘、商旅必經的道口、山貨下山必經的山門河口等地方設立關卡，對貨主、商旅的貨物加以提成。他們常在一個地方坐等吃票，或季節性臨時設卡吃票。反抗者、逃避者、報官者命運難卜。

在19世紀60年代以後，東北東部、東南部開放，採參的、放山的、打獵的、淘金的、採藥的、放排的，多得很。匪幫在路口、旅店、客棧、車鋪、賭場、妓院、貨棧、車站、碼頭、渡口等要隘地方設下暗卡、底線、坐線，經過者必須被吃。一般而言，吃票少則一成，最高三成。

可以想像，只要能夠坐吃，土匪就不會辛辛苦苦地冒險搶劫。問題在於，要有許多人命和精神的投入，多年的苦心經營，拉好保護網，布下偵查網，鏟平反抗者，趕走競爭者，吃票制度才能有效建立。不過，一旦建立了這種制度，既得利益集團只須付出維護制度的成本就行了，不必再刀刀見血地苦幹。那時，有能力搶劫卻不必搶劫，甚至還要禁止搶劫。而處於低級階段的土匪，只能靠搶劫為生，被迫過著刀頭舐血的日子。如此一比，高下立見。

海盜的情況也是如此。清朝乾隆嘉慶年間（1790年～1810年），經過幾代人的潛伏發展，華南海盜進入了鼎盛時期。穆黛安在《華南海盜（1790～1810）》第五章中介紹了「海盜的進賬」，總共開列了四條財路。搶劫和綁票屬於臨時性收入，是海盜早期收入的主要來源。徵收稅費則可以帶來穩定的高收入，是海盜鼎盛時期的主要收入方式。

作者講述了這種收費體制的創建經過——

19世紀初，廣東有22個鹽場，其中大多數都位處該省最南端的州府——高州、雷州、瓊州、廉州。大部分鹽都是用帆船運往各地的。大型運鹽船隊每年四次集中於電白港，將鹽運往400英里之外的廣州。

早在1796年，海盜便已開始涉足鹽業。那時，小股海盜每隔一定時期就襲擊一二艘鹽船。後來，在西山軍的旗幟下，隨著其組織愈趨完善，技巧也愈趨熟練。他們已能集攏70至100艘船對整個運鹽船隊實施截擊。

到1801年時，他們更以300艘帆船組成的大型船隊，明目張膽地襲擊尚未離開電白港口的運鹽船隻。

到1805年時，他們已足以控制運鹽航線。因此，當時廣州鹽價猛漲，儘管皇帝下令各鹽船均要配置鄉勇護航，但收效甚微。鹽商不久便發現，直接與海盜進行談判，向他們繳納大筆費用以換取鹽船的安全航行更為方便。

由於地方會黨的幫助，海盜們成功地使得上述活動日趨完善，以至於每一艘開往廣州的船隻都發現，不購買保險費就難以成行。海盜收取保險費的比率是100包鹽繳納50元。有時候，海盜甚至還為交納保護費的船隻護航。1805年，一支運鹽船隊每船向海盜交付200西班牙銀元，海盜便將其護送至廣州。通過收取鹽船保護費，海盜一年四季便有了固定的收入來源。

為了使這一收入來源不至枯竭，海盜毫不客氣地對那些不願聽命的船隻進行打擊。一旦實施這種打擊，其行為往往是十分殘忍的。

1805年6月28日，在大洲鹽場，有70艘進行抵抗的官鹽船被海盜焚毀。幾天後，另有110艘鹽船又被化為灰燼。同年9月13

日，120艘海盜船襲擊並焚毀了停在電白港的90艘鹽船。至該年年底，不在海盜控制中的官鹽船僅有4艘。隨著保護費的不斷繳納和收取，海盜和鹽商之間的關係也在不斷加強。最終，鹽商甚至開始將糧食給養和武器彈藥提供給海盜。

海盜可能也以同樣的方式控制了鴉片貿易⋯⋯

海盜能夠向海面上的各種船隻徵收保護費，表明其勢力達到了頂峰。無論商人、船主、舵手和漁民要把船駛往何方，都必須向海盜購買保險。他們按規定交付錢款之後（有「號稅」、「港規」、「洋稅」和「勒稅」諸種名目），便得到海盜首領簽字的路條執照。

雖然在一定的時期內可以購買臨時的特許執照，但是一般來說，這些保護費是按年徵收的。保護費很是昂貴，有些地方，商船按其貨物價值繳納銀錢，每個航次所繳納費用在50至500元洋銀之間。在另一些地方，一艘遠洋商船離港出海時要交400西班牙銀元，返回時要交800元。家底殷實的船主單程一次便要繳交幾千兩銀子的事，也並非罕見。

收費保險制在廣東西部發展得十分完備。到1803年時，廣州以西的貿易，無處不在海盜的保護之下。一年後，他們又將其勢力擴張至珠江三角洲，有70艘大船在澳門附近島嶼長期駐紮，每天都有船出海攔截往東航行而未繳保險費的船隻。到1806年時，這一帶所有船隻都難以自保，很少有船隻膽敢未獲海盜許可而自行出海。

海盜首領對執行保護者和被保護者雙方達成的協議十分嚴格認真，或者說，在整個海盜聯盟內都很重視這一點。當海盜進行海上攔截時，被攔截者只要出示繳費證明即可放行。如果違反這一規定，海盜首領會斷然下令部屬對受害者進行補償。

有一次，一位海盜頭目誤劫了一艘受保護的漁船，大盜首不僅命令他將船歸還原主，還勒令他為這一錯誤向船主賠償500西班牙銀元。

　　轉述至此，我已經感到界限模糊了。百姓服輸認賬之後，海盜與執行高稅率政策的官府到底有什麼區別？似乎這是一個很難回答的問題。對民眾來說，無論向誰繳納稅費，反正都沒有選擇權和退出權。如同對海盜制定的稅率沒有發言權一樣，民眾對官府的政策也沒有發言權。

　　明清兩代，官府都實行過極其嚴厲的海禁政策，其作用相當於百分之百的高稅率，他們並沒讓老百姓投票表決。這時候，到底誰比誰好呢？我不知道。在聘請護航者的時候也存在這個問題，海盜的安全服務似乎比官家水師更可靠。因此，一旦有了選擇空間，民間竟選擇了海盜。

搏命集團及其制度背景

　　在討論賣命問題時，我們沒有提及社會環境。至少有兩點環境因素，不提出來便有失公正。

　　一是地主的租子太重，搜刮太狠。假如上文提到的劉某是自耕農，免了租子，就不至於去當土匪。不過，要求地主不利用佃權的形式取利，又有些不近情理。大概土改或土地革命的合理性就在這裡。

　　二是政府失職。按照正式規定，遭遇災荒，農民去縣衙門報告災情，不僅可以免稅，還可以獲得救濟。而我們看到的卻是一個沒有作為的官府，不肯或不能掏錢護住血線。任憑匪乏突破生死邊界，製造出「要錢沒有，要命一條」的龐大群體，然後再耗費大筆軍費剿匪殺人，這正是我們中國人非常熟悉卻又徒喚奈何

的官府慣技。

血線防護的缺失，這是社會制度的重大缺陷。不守血線的制度，具備了魯迅所謂的「吃人」社會的特徵。

在血線失守的社會裡，官與匪的界限難以劃分清楚，土匪和良民的界限也同樣很難劃清。民國初年，嚴景耀先生到河南省某縣做調查，縣長向他訴說了這種難處。

縣長說，在兩年縣長任內，他對於災荒的事件窮於應付。他說，別處的災民跑來我縣搶走糧物，老百姓就來告他們的狀，可是我無能為力。因為，首先我知道那些被告並不是土匪而是災民；第二，我沒有那麼多的員警和衛兵去抓這些土匪。即使我抓了他們，也沒有那麼多牢房可收容他們。

當我說這些老百姓（這些土匪）是捉不完時，他們就控告他們的親屬、叔舅、表兄弟等，並要我去抓他們。在過去株連親屬是合法的，但是現在的法律是不允許株連親屬的，於是老百姓就說我包庇匪類，或誣我貪贓納賄。

第二年，真奇怪，也是個悲劇。我們縣到處災情嚴重，全縣老百姓都去當了土匪，到處都可以聽到強盜、綁票和暴動的新聞。我簡直沒有辦法行使我這個縣長的職能，因為這些土匪都是不能抓的，而且他們實際並不是土匪而是災民。

在這個故事裡，縣長和老百姓都遇到了命名上的困難。說是土匪，那些人明明是災民。說是災民，他們又鋌而走險，幹了謀財害命的勾當。

為了避免道德判斷，我們不妨使用「搏命集團」這個中性稱呼，只關注他們以命換命的特徵。這個集團在暴烈程度、專業程度、違法程度、臨時或永久程度等方面有很寬的跨度。

據《東方》雜誌第30卷第1號報導，1934年旱災之後的江浙

地區，災民無米充饑，便紛紛擁往富戶商家搶米。他們所用的辦法，有的是和平的「坐食」，有的則是暴力。僅浙江一省，發生較大規模搶米騷動的就有嘉興、海寧、桐鄉、長興、臨安、蕭山、嘉善等縣。

農民的鬧荒，不僅表現在搶米分糧方面，而且表現為焚屋焚倉、抗租抗官，待到政府將他們視為「匪」而大肆鎮壓時，他們中的許多人便背井離鄉，甚或真的淪為匪寇了。

由此可見，在臨時土匪和平民之間，還存在鬧荒這樣一種過渡狀態。鬧荒有比較明顯的道德合理性。任何產權安排，任何權利設置，任何法律規定，如果大規模地漠視人命，漠視人類之生存底線，恐怕都難免遭到血的報應，為這種制度辯護也難以令人心服。

綜合平衡

最後，我們從「集團交易」的這個角度，來對上述買賣關係做個總結。

（一）皇帝、軍閥或匪首之類的暴力集團首領，他們是「招兵買馬」的人。在性命交易中，他們是買主，士兵是賣主。為了將暴力行業中的這兩大集團區別開來，我們類比資本家和工人的概念，稱首領們為「血本家」。血本家與士兵構成一對交易關係。

在這對關係中，血本家出錢越多，兵馬就越多，打江山坐天下的希望就越大。未來的預期收益高了，也更能吸引人才。軍政制度中的許多內容，都體現了這方面的交易。譬如貴族制度、軍功封侯制度，就是針對血本運營的高級人才所設置的賣命激勵機制，類似經濟領域中的股份制或期權制。「抓壯丁」則是赤裸裸

地喝「兵血」，剝削賣命者的「剩餘價值」。

血本家永遠是有競爭者的。即使是最高層的皇帝，有時也不止一個，更何況還有中層的大小軍閥與下層的土匪海盜山大王。「成則為王，敗則為寇」，血本家之間往往掐得你死我活。春秋戰國，三國兩晉南北朝，五代十國，直到民初的軍閥混戰，再加上每個朝代的末尾和開頭，都是他們拼命表演的時代。

（二）血本家招兵買馬之後，獲得了生殺予奪的暴力強權，因此掌握了平民的性命。平民百姓想要活下去，就要以勞役或貢賦自贖。這又是一對交易關係。

在這對關係中，血本家憑藉生殺予奪的實力，努力從百姓手裡榨取更多的贖金，可又要掌握分寸，以免求益反損。倘若殺光搶光，破壞了再生產能力，正如耶律楚材警告的那樣，「以後就什麼也得不到了」。即使不殺，管得太嚴也未必合算。固然可以把民眾當牛馬奴隸驅使，但防不住人家偷懶，反而不如把皇糧承包下去，不少收錢還落得省心。不能過分的另一個理由，即贖金開得越高，不要命的人就越多。搜刮到血線之下，不讓百姓活命，反正都是一死，拼命就成了合算的選擇。老子所謂「民不畏死，奈何以死懼之」，說的大概就是這種情境。

不同類型的血本家與民眾的關係不同。流寇不怕殺光搶光，反正是一錘子買賣。土匪就好一些，通常不吃窩邊草。軍閥吃不吃，取決於駐防時間的長短，有沒有建立根據地的打算。至於皇帝，普天之下莫非王土，除非逼急了，餓瘋了，一般不肯殺雞取卵。但是隨著官僚代理人的暗自加碼，皇糧和勞役往往徵收過度，逐步走向殺雞取蛋的結局。

（三）在上述兩類交易關係中，活動著三個社會集團：士兵——血本家——民眾。和工農兵一樣，血本家也在創造歷史。

血本家勾掛兩邊，霸佔了歷史舞臺的中心。血本家搜刮的財富則是官兵與民眾雙方的關鍵性重點。在其他條件相同時，血本家搜刮的數量，決定了他們招兵買馬的數量和品質，因此決定了他們的實力，又決定了地盤的大小和民眾的多少。而搜刮所得的具體數目，偏偏又受制於地盤的大小和民眾的多少，受制於血本家與民眾的關係。

在這些彼此矛盾的因素之間，誰玩得高明，誰善於發揮儒家兵家和法家的智慧治民治軍治吏，在綜合平衡中爭取最大收益，誰就有希望攫取天下。

中國歷史上十四次人口大滅殺

遊　鄉

中國歷史上規模較大的人口滅殺事件，都是戰爭造成的。古代中國的戰爭非常頻繁，在商朝的《卜辭》中就記載了各種戰爭61次。而據《春秋》記載，在春秋時期242年間，各種戰爭達448次。到了戰國時期，僅大規模的戰爭就有222次。

戰國時代的秦人嗜好戰爭，他們左手提著人頭，右臂夾著俘虜，追殺自己的對手。司馬遷記載：秦國攻魏殺8萬人，戰五國聯軍殺8.2萬人，伐韓殺1萬人，擊楚殺8萬人，攻韓殺6萬人，伐楚殺2萬人，伐韓、魏殺24萬人，攻魏殺4萬人，擊魏殺10萬人，又攻韓殺4萬人。前262年擊趙，白起殺42萬人，又攻韓殺4萬人，又攻趙殺9萬人。以上不完全統計，殺人已達130萬之多。此外，秦人戰死的數字還沒有計入。

到了戰國末期中國人口2000萬人。可中國軍隊卻遠遠超過歐洲。秦始皇守五嶺用兵50萬，防匈奴30萬，修長城50萬，造阿房宮秦皇陵的130萬（其中受宮刑者達70多萬人）。以至於「丁男被甲，丁女轉輸，苦不聊生，自縊於道樹，死者相望」（《漢書‧嚴安傳》）

秦始皇三十六年（前211年），有一顆流星落下，有人在隕石上刻字：「始皇死，土地分」。秦始皇就把隕石墜落地周圍居住的人，全部殺了。

秦始皇的後宮姬妾，凡沒有兒子的，全部殉葬。修造墓地的

工匠，在葬禮完畢之後，20多萬役卒全部封在墓裡，死於非命。以後凡修皇陵的民工，幾乎都是同樣悲慘的下場。

下面是歷史記載的14次較大規模的人口滅殺事件——

1·秦末農民戰爭

從西元前205到西元前195年西漢建國初，共歷10年。秦朝末年全國有2000多萬人口，到漢初，原來的萬戶大邑都只剩下兩三千戶，消滅了原來人口的70%。也就是說，大城市的人口剩下十分之二三。甚至出現了「自天子不能具鈞駟，而將相或乘牛車，齊民無藏蓋」的現象（《史記·平准書》）。

2·漢武帝伐匈奴

漢武帝在位50多年（前140～前87），幾度討伐匈奴，海內虛耗，人口減半，50%的人死亡。

3·西漢末年混戰

西元2年，全國人口5959萬。經過西漢末年的混戰，到東漢初的西元57年，人口只剩下2100萬，損失率達65%。20年間，西安的人口從68萬減到28萬，大荔從91萬減到14萬，興平縣從83萬減到9萬，綏遠縣從69萬減到2萬。

4·三國鏖戰

西元156年，人口5007萬。經過黃巾起義和三國混戰，西元208年赤壁大戰後的全國人口為140萬，西元221年人口下降到90萬，損失了98.3%。詩人描述為「馬前懸人頭，車後載婦女」、「白骨露於野，千里無雞鳴。生民百餘一，念之斷人腸」。

西元208年赤壁之戰，曹操說漢末三國大動盪後活下來的人，只是原來人口的1%！一直到西元265年，三國人口總計才767萬。

5・西晉八王之亂

從西元291年開始，先後有汝南王亮、楚王瑋、趙王倫、齊王、長沙王、河間王、東海王越及成都王穎等八王為爭奪皇位，在洛陽相互攻殺，戰亂歷時16年之久，死亡人口達數十萬，許多城鎮均被焚毀，史稱「八王之亂」。

「八王之亂」使西晉初年並不十分發達的經濟，受到更為嚴重的破壞。與此同時，關東地區又爆發了罕見的蝗災和瘟疫，史載——「至於永嘉，喪亂彌甚。雍州以東，人多饑乏，更相鬻賣，奔迸流移，不可勝數。幽、并、司、冀、秦、雍六州大蝗，草木及牛馬毛皆盡。又大疾疫，兼以饑饉。」、「流屍滿河，白骨蔽野。」（《晉書・食貨志》）

6・南北朝混戰

西元311年，劉曜攻長安，關中地區的人口僅剩下原來人口的1％〜2％。

後趙地盤很小，皇帝卻有五個皇后，一萬多名姬妾宮女。他死了以後，兒子日夜與五個皇后母親淫樂，被岳父殺掉，滅絕了皇族。

皇帝石虎，一次徵集美女3萬人。僅西元345年一年中，因徵集美女而不情願者被殺達3000餘人。為容納美女，石虎分別在鄴城、長安、洛陽興建宮殿，用人力40萬。而朝廷的苛捐雜稅，迫使缺衣少食的農民賣兒賣女，賣完後仍然湊不夠，只好全家自縊而死，道路兩側樹上懸掛的屍體，前後銜接。前燕進圍鄴城，後趙的數萬宮女，不是餓死，就是被士兵烹食。

石虎的長子石宣，害怕弟弟石韜跟自己奪位，先派人刺死石韜，再密謀幹掉老爹提前接班。事敗之後，石虎立即登上高臺，將石宣綁到台下，先拔掉頭髮舌頭，砍斷手腳，剜去眼睛，扔進

柴堆活活燒死。石宣所有的妻妾兒女，全都處斬。石宣的幼子才5歲，拉著祖父的衣帶不肯放鬆，連衣帶都被拉斷，但仍被硬拖出去殺死。太子宮的官吏差役數千人全被車裂。

石虎死後，登基33天的兒子，被另一個兒子殺掉。183天後，又被另一個兒子殺掉。103天後，一名漢族將軍冉閔殺盡皇室，下令：「凡殺一個胡人者，官升三級。」霎時之間，僅首都鄴城屠殺胡人20萬，總共造成數百萬人的死亡。

北朝的北齊，轄有2000萬人口，到北周時人口僅900萬。南朝劉宋轄有469萬人口，到南陳滅亡時則只剩200萬人，損失率達60%。

7・隋朝役民

隋文帝仁壽四年（604年），文帝楊堅的次子楊廣發動宮廷政變，殺死了父親和哥哥楊勇，霸佔父親最寵愛的陳夫人。他擴建洛陽皇宮，每月役丁200萬人。修運河，隋煬帝「詔發天下丁夫，男年十五以上，五十以下，俱要至。如有匿之者斬三族」，役夫達543萬餘人。晝夜開掘，男人不足，女人充數，死者過半。如此浩大的工程，其目的只是為了滿足隋煬帝到江都享受驕奢淫逸的腐朽生活。又三次率軍進攻高麗，傷亡無數。

隋末至唐初，從西元611到628年18年間，兵變、民變和宮廷政變共136次，有50多位稱帝稱王者，均統兵15萬人以上，各據一方，相互混戰。全國戶數由890萬減至290萬，人口由西元606年的4602萬人，減到639年的1235萬人，損失率為73%。

8・安史之亂

西元755年至西元763年，爆發了安史之亂，歷時8年。唐朝皇帝為奪回江山，竟乞求匈奴、回紇幫忙收復洛陽，應允其任意搶掠三日，使洛陽成了一片廢墟。歷時8年的殘殺，使黃河流域

蕭條淒慘，人煙斷絕，獸遊鬼哭。中國人口從900萬戶銳減至200萬戶，四分之三的人慘死於變亂之中，殘存者以紙為衣。西元755年，全國有5292萬人口，到760年，全國人口僅餘1699萬。損失率則是68%。

9．黃巢起義及唐末之亂

當時有一句俗語：「黃巢殺人八百萬——劫數難逃。」

黃巢占長安，其部屬「殺人滿街，巢不能禁。」待到官軍反撲長安，城內百姓都向著官軍，「巢怒，縱兵屠殺，流血成川，謂之洗城。」

黃巢所過之地，百姓淨盡、赤地千里。《舊唐書》記載：黃巢率領全軍圍陳州近一年，數百（一說三千）巨碓，同時開工，成為供應軍糧的人肉作坊，流水作業，日夜不輟。將活生生的鄉民、俘虜，無論男女，不分老幼，悉數納入巨舂，頃刻磨成肉糜，並稱之為「搗磨寨」。陳州四周的老百姓被吃光了，就「縱兵四掠，自河南、許、汝、唐、鄧、孟、鄭、汴、曹、徐、兗等數十州，咸被其毒。」

唐末到五代十國，前後歷時80年，中國內外一片混戰，億萬生靈塗炭。前後58個皇帝，有42個死於非命。

唐武宗（841年～846年在位）時，全國有496萬戶，後周世宗（955年～960年在位）時，僅餘120萬戶。到宋初為200萬戶。損失率76%。

10．金、元滅兩宋

宋宣和三年（1122年），全國人口9347萬。到元初至元十一年（1274年），人口僅剩887萬。損失率高達91%。

蒙古人滅花剌子模，屠殺撒馬爾罕城約百萬人；滅西夏，屠八十餘萬人。蒙古人數次西征，凡有抵抗即屠城，共屠數百城，

包括屠殺了巴格達的數十萬人口，整個中亞一片廢墟。

　　忽必烈屠殺了中國1800萬人，中國北方地區有90％的漢族平民慘遭種族滅絕。四川在蒙古大軍屠殺前，估計有1300萬～2000萬人，屠殺後竟然僅剩下不滿80萬人，幾乎成了無人區。在蒙古軍隊的殺戮和統治下，中國喪失了7000多萬人口。蒙古人在中國境內實施的種族滅絕，作為世界紀錄，載入《金氏世界紀錄大全》1985年版。

　　蒙古人統治下的漢人、南人是賤民，如果殺死蒙古人要償命，殺回回罰銀80兩，殺漢人則只須罰繳交一頭毛驢的價錢。漢人娶新媳婦，頭一夜一定要讓給蒙古保長，中國人甚至連姓名都不能有，只能以出生日期為名。也不能擁有武器，只能幾家合用一把菜刀。

11・元末混戰

　　元人陶宗儀所著的《南村輟耕錄》裡記載──「天下兵甲方殷，而淮右之軍嗜食人，以小兒為上。……或使坐兩缸間，外逼以火；或於鐵架上生炙；或縛其手足，先用沸湯澆潑，卻以竹帚刷去苦皮；或盛夾袋中，入巨鍋活煮；或男子止斷其雙腿，婦女則特剜其兩乳。酷毒萬狀，不可具言。」他們把人肉叫做「想肉」，意謂食之而使人想也。「淮右之軍」即朱元璋之軍，這個吃人上癮的軍隊，何嘗考慮過民意！

　　明朝的開國者朱元璋出身微賤，生性殘暴。他在生計艱難之際為郭子興收留重用，完全借郭子興而興，得勢後卻忘恩負義。朱元璋的好友殺了都元帥，朱元璋又殺了好友，當上都元帥。1366年，朱元璋救應遭難的皇帝，在龍舟上把皇帝推入長江，建立了明朝。他殺來殺去，先征服了中國人，才轉向驅趕已經式微的蒙古人。

奪得天下後，朱元璋這傢伙馬上翻臉不認人，「火燒獨角樓」，大殺功臣、朝臣。據史書記載，胡惟庸、李善長、藍玉三案總共殺人達10萬之多。朱元璋在位30年間，殺人20萬，基本上將功臣殺光。連毫無二心的幼時放牛娃朋友徐達也不放過，可謂冷酷殘暴到了極點。

朱元璋賜給常遇春美妾，可常遇春的元配是個醋罐子，竟然砍掉了美妾的手。於是，朱元璋派人殺了常遇春的元配，將其肋骨砍成小塊煮熟，由朱元璋分發給常遇春及眾大臣食用。

明朝最著名的酷刑莫過於「剝皮楦草」，就是將一個活人的皮剝下來，再塞上草。歷史上的皇帝很少用這種酷刑，只有土匪、流寇和酷吏才下得了手，而明初的幾個皇帝竟都樂此不疲。剝皮時如果讓被剝皮者早死了，明朝竟規定：「有即斃者，行刑之人坐死。」

朱元璋在各州縣設有「剝皮亭」，官員一旦被指控貪污，無須審判即被剝皮，懸皮於亭中，以示警戒。他懲治官僚，如空印案、郭桓案，數萬人被連累致死。因貪污罪名死於監獄或被判刑的，每年都有數萬人。但明王朝最終仍然陷於腐敗泥淖而不能自拔，嚴嵩的貪污款項就相當於好幾午的國防預算！

明太祖朱元璋死後，用了46名妃妾、宮女殉葬。在以後的70年中，這種野蠻的制度又在皇帝與諸王中流行。

到了明成祖朱棣比起乃父來，毫不遜色。1402年，他奪了親侄子的皇位，導致幾十萬人戰死沙場。建文帝宮中的宮人、女官、太監被殺戮幾盡。他曾一次枉殺1.4萬多人。他還將忠於建文帝的舊臣如方孝孺等人全部殺死。僅方孝孺一家，被滅「十族」就殺掉873人！

對於方孝孺的妻女，喪盡天良的朱棣竟把她們送進軍營，讓

士兵輪姦，一個女子一日一夜要受20餘名男子的凌辱。有被摧殘致死的，朱棣就下聖諭將屍體餵狗吃。永樂末年，他大肆屠殺宮女、宦官，在這次大慘案中，被殺的宮女有3000人之多。

明成祖死亡（1424年）的當天，30多名宮女都被餉之於庭，吃完以後，被帶上殿堂，哭聲震動殿閣。殿堂內置有小木床，使宮女立在床上，樑上結有繩套，把她們的頭放在圈套中，然後撤掉小床，將其吊死。據說，這樣殉葬比活埋要痛快得多。

12・明末混戰

從李自成起義到吳三桂滅亡，明末清初國內混戰54年。

明末全國人口為1億，到清世祖時全國人口只剩下1400萬人了。銳減80%多，損失人口8000多萬。

1628年（崇禎元年），陝西的大饑荒弄到人相食的地步，正是這場空前的大災難拉開了明王朝滅亡的序幕。李自成的大順軍的戰馬，飲的是俘虜的血。戰馬飲慣了血，對水不屑一顧。上了戰場，戰馬一聞到血腥味，奔騰嘶鳴，眼睛發紅，簡直像獅子一樣。大順軍打下安徽桐城，百姓簞食壺漿，以迎義師。一名農民在城門口攔住幾名大順軍兵士，向他們講述自己的苦難。一個大順軍小頭目說：「哎呀，你既然那麼苦，何必活在世間？」就把老農殺了。

明崇禎十七年（1644年）八月初九，張獻忠攻陷成都，下令屠城三日。三日過了，停止大殺，仍然每日小殺百餘人以樹威。

歐洲傳教士利類斯和安文思二人所著《聖教入川記》記載，張獻忠每日殺一二百人，為時一年又五個月，累計殺人10萬，亦不算多。清軍一來，他就逃了。在大軍逃離成都前，更是對成都實行殘酷的「四光政策」，盡殺蜀人，從老百姓到軍隊家屬（老弱病殘）再到他部隊中的湖北兵、四川兵，最後連早期跟隨他出

生入死的秦兵也在剮殺之列，剮殺後製成醃肉以充軍糧。單就此點來說，實在獨步中國大屠殺史。

據《蜀破鏡》記載，某日晚，張獻忠的幼子經過堂前，張喚子未應，即下令殺之。第二天晨起後悔，責問妻妾們昨晚為何不救，又下令將諸妻妾以及殺幼子的刀斧手悉數殺死。

張獻忠學朱元璋剝人皮，「先施於蜀府宗室，次及不屈文武官，又次及鄉紳，又次及本營將弁。凡所剝人皮，滲以石灰，實以稻草，植以竹竿，插立於王府前街之兩旁，夾道累累，列千百人，遙望如送葬俑」。張獻忠創造了許多殺人的名堂，譬如派遣將軍們四面出擊，「分屠各州縣」，名曰「草殺」。上朝的時候，百官在下邊跪著，他召喚數十隻狗下殿，群狗嗅到誰，就把誰拉出去斬了，這叫「天殺」。他想殺讀書人，就開科取士，將數千四川學子騙來殺光。

每屠殺一地，都詳細記錄所殺人數，其中記有人頭幾大堆，人手掌幾大堆，人耳朵幾大堆。打下麻城後，他把婦女的小腳砍下來堆成山，帶著他最心愛的一個小妾去參觀。小妾笑著說：「好看！好看！只是美中不足，要再有一雙秀美的小腳放在頂端，就再好也不過了。」張獻忠笑咪咪地說：「妳的腳就最秀美。」於是把小妾的腳剁下來放到「山尖」上。張獻忠兵敗潰退，更是殺婦女醃漬後充為軍糧。如遇上有孕者，刨腹驗其男女。對懷抱中嬰幼兒則將其拋擲空中，下以刀尖接之，觀其手足飛舞而取樂。稍大一些的兒童或少年，則數百人一群，用柴薪點火圍成圈，士兵在圈外用矛戟刺殺，看其呼號亂走以助興致。

《溫江縣誌》上說，溫江縣由於張獻忠的大肆屠剿，「人類幾滅」。張獻忠死去13年後（1659年），縣裡清查戶口，全縣僅存32戶，男31丁，女23口。「榛榛莽莽，如天地初闢。」民國

《簡陽縣誌》卷十九記載：「明末兵荒為厲，概成曠野，僅存土著14戶。」

滿族征服漢族，始終貫徹一個既定方針——屠殺。

對蒙古人和朝鮮人卻不是這樣。努爾哈赤的清軍佔領遼東地區後，先是擔心當地窮人無法生活而造反，把遼東地區的貧民都抓起來殺掉，稱「殺窮鬼」。兩年後，清軍又怕遼東的富人不堪壓迫而反抗，又把遼東地區的富人幾乎殺光，稱為「殺富戶」。共殺遼民300多萬，遼東地區的漢人基本被殺光。皇太極破錦州，三日搜殺，婦孺不免；掠濟南，城中積屍13萬。

揚州城破，揚州頓成地獄，死者達80餘萬。比地獄更難忘是人民引頸受戮的場面。史載：只要遇見一個滿族士兵，「南人不論多寡，皆垂首匍伏，引頸受刀，無一敢逃者。」一個清兵，遇見數十名青壯男子，清兵橫刀一呼：「蠻子來！蠻子來！」這些人皆戰戰兢兢，無一敢動。這個清兵押著這些人（無捆綁）去殺人場，沒有一人敢反抗，甚至沒有一人敢跑。到刑場後，清兵喝令：「跪！」呼啦啦全部跪倒，任其屠殺。

清軍在江陰一縣，就殺了17萬人，全城僅50人倖存。嘉定三屠殺了50多萬人。1649年，清軍佔領湖南湘潭後屠城。同年平定大同的反清暴亂，大同全城軍民被屠盡，「附逆抗拒」州縣及汾州全城也不分良莠一概屠殺。

1650年攻破廣州時屠城，「屠戮甚慘，居民幾無孑類……累骸燼成阜，行人於二三里外望如積雪。」

張獻忠的屠殺與清兵入侵，使四川人口由600多萬銳減至50萬，只剩下10%左右。整個中國，「縣無完村，村無完家，家無完人，人無完婦。」膽敢反抗的居民幾被殺盡，留下的大抵是一些順服的奴才。此外，滿清又殺苗民100萬，殺回民數百萬，把

漠北蒙古的準葛爾部落殺到只留最後一個幼童！在世界歷史上都是罕見的殘忍！

滿清入關後，對明代朱姓宗室，可謂殘酷至極。除魯王朱以海一系逃至菲律賓得以存留外，其餘幾乎全部斬盡殺絕。崇禎的長子被多爾袞絞死，其次子隱姓埋名在民間數十年，不慎暴露了身分，年紀已經70多歲的他，和他的兩個兒子仍被康熙帝下令凌遲處死。明朝永曆帝儘管逃到了緬甸，還是被清朝抓回雲南，全家被殺。

13・清代的白蓮教起義（1796～1805）

乾隆五十一年（1786年），全國人口為39110萬人，起義失敗後，全國人口為27566萬人，相互屠殺損失了1.1億人口。白蓮教起義軍在歷時9年多的戰鬥中，佔據或攻破州縣達204個，抗擊清政府從16個省徵調來的大批軍隊，殲滅了大量清軍，擊斃副將以下將弁400餘名，提鎮等一、二品大員20餘名。清政府耗費軍費2億兩，相當於4年的財政收入。這次起義使清王朝元氣大傷，此後清王朝的統治逐漸走向衰落。

14・太平天國起義

洪秀全領導的太平天國起義，義軍在起義後的6年中，不過犧牲4000餘人。然而1856年的內訌，洪秀全利用韋昌輝殺害楊秀清及親信6000餘人，又在天京大開殺戒，兩個月總共殺了文武官員2萬人。後來又利用石達開來天京靖難，凌遲處死韋昌輝，將其屍體寸磔，割成許多塊，每塊皆二寸，掛在各處醒目的柵欄處，標上「北奸肉，只准看不准取」的字樣，真是慘厲之至。「洪楊之變」最終導致了十幾萬人被殺。

同治三年（1864年），曾國藩率湘軍攻入「天京」後，殺害數十萬人。整個天京城所餘3萬多名太平天國將士，無一投降，

全部戰死或者自殺。太平天國強盛時，南京最多時有100萬人口，到光緒登基時，十幾年的時間，南京只剩下不到50萬人口。

太平天國爆發（1851年）前夕，中國人口為4.3億。太平天國失敗（1863年）後，中國人口只剩下2.3億人。一場農民戰爭使中國損失了2億人，其中只有4000萬人直接死於戰爭，這是何等的殘酷！以後直到1911年，全國人口才恢復到3.4億人。

焚書坑儒原是一場陰謀

徐水涯

焚書、坑儒二事，是陰謀，抑或並非陰謀？似乎很少有人究問。一般籠統的看法，當然認為至高無上的秦始皇，說焚就焚，說坑就坑，何須搞什麼陰謀？但若細讀有關史料，你就會發現事情並不簡單。

「焚書」，可以肯定不是陰謀。這從《史記》、《資治通鑒》等記載中可以看出。焚書方案是李斯策劃的，方案擬成後正式上奏秦始皇。秦始皇批准後，正式頒焚書令，天下遂大張旗鼓燒書。由此可見，焚書一事，從焚書令的形成，到焚書令的實行，都絕對不是陰謀。

但「坑儒」一事，史書的有關記載就值得研究一下了。

《史記·秦始皇本紀》關於坑儒的記載是：「（方士侯生、盧生潛逃後，秦始皇大怒）於是使御史悉案問諸生，諸生傳相告引，乃自除犯禁者四百六十餘人，皆坑之咸陽，使天下知之，以懲後。」御史是刑獄之官，諸生即儒者。御史把諸生捉來審問，諸生互相告密，秦始皇便親自圈了犯禁者460餘人，把他們活埋了。活埋以後，又告知天下，以示懲誡。

從這段記載看，坑儒應該說也不是陰謀。因為所記御史問案，一則是奉旨行事，二則與一般的官府辦案無甚差別，不像是祕密行為，不像是陰謀。而且坑儒之後，又告知天下，更顯出不是陰謀。

但且慢，史書中還有另外一種記載，所記的坑儒一事，則完全是陰謀。

這一記載見於《史記·儒林列傳》之張守節「正義」——

衛宏《詔定古文尚書序》云：「秦既焚書，恐天下不從所改更法，而詔諸生，到者拜為郎，前後七百人，乃密種瓜於驪山陵谷中溫處，瓜實成，詔博士諸生說之，人言不同，乃令就視，為伏機。諸生賢儒皆至焉，方相難不決，因發機，從上填之以土，皆壓，終乃無聲。」

記載的大意是，秦始皇焚書以後，為威服天下而對儒生進行了屠殺，其具體辦法是先以官職引誘儒生，再以種瓜之計誑騙儒生，最後將儒生坑殺。這段記載中的坑儒過程，完全是經過精心策劃的陰謀。

從《秦始皇本紀》看，坑儒不像是陰謀；從《詔定古文尚書序》看，坑儒又是陰謀。那麼哪個記載可信呢？我認為，兩種說法都有可信度，不宜以一種說法輕易地否定另一種說法。我的理由如下——

（一）不能只重視司馬遷的記載，不重視衛巨集的記載。衛宏是東漢人，《後漢書·儒林列傳》中有傳。從時代上說，他是晚於司馬遷的，但不能因其晚，就說他的記載肯定不可靠。其實他的記載與司馬遷的記載一樣，其史源都是對前代史料的繼承，儘管有可能他的記載的傳聞因素多一些。

（二）從秦始皇本人的特點看，他是個為了需要什麼謀略都搞的君主。他貴為天子，口含天憲，所以殺起人來一般採取的是「明火執仗」的辦法。此非陰謀。但他又深受韓非之「術」的影

響，有很重的祕密主義的傾向，所以殺起人來也會根據實際需要而採用「密裁」的方式。此為陰謀。

（三）從《秦始皇本紀》看，所記載的坑殺過程很簡單，只四個字——「坑之咸陽」，而《詔定古文尚書序》所記，則是坑殺的具體過程。因此，有可能兩書所記的實際同為一事，後書是對前書坑殺事件的具體記述（儘管某些細節未必準確）。也就是說，兩書所記並不矛盾。如果真是這樣，那麼秦始皇坑儒，可以說就是使用了陰陽二謀。

（四）兩書所記可能實際上反映的是前後兩事，也就是說，秦始皇坑儒可能不止一次。因此，兩種說法都是真實的。如果真是這樣，那麼秦始皇坑儒，可能一次是陰謀，一次不是陰謀。

秦始皇焚書坑儒，對中國文化後來的發展產生了極其惡劣的影響，其焚書坑儒的具體操作過程，不論是陰謀，抑或其他方法，都是非正義的、反文化的歹毒之謀。可以這樣說，在焚書坑儒這一點上，秦始皇是理應背負萬載罵名的。

關於秦始皇不死藥的考證

龍　文

　　徐福渡海為秦始皇尋找不死藥的傳說，由來已久。日本方面有研究說，不死藥名叫「千歲」，就出產在地處瀨戶內海的祝島，更令人驚訝的是，今天它正在進行人工種植。

　　在中國和日本流傳著一個同樣的故事，那就是徐福為秦始皇求不死藥而東渡的傳奇。我在日本期間，興趣使然，對此做了一點兒考察，包括到和歌山「徐福登陸處」現場考證，和蒐集日本有關的論文。

　　徐福，在中國古籍中，是一個頭腦聰明、膽大心細的騙子，因為當過「方士」，大約還是個早期化學家。秦始皇完成了他一統天下和建造長城的偉業，便開始憧憬長生不老的神奇。

　　於是，徐福在西元前219年來到秦王的宮廷，聲稱《山海經》上面記載的蓬萊、方丈、瀛洲三座仙島就在東方海中，他願意為秦王去那裡取來不死之藥。第一次東渡，徐福並沒有帶回長生之藥，他告訴始皇，東方的確有神藥，但是神仙要三千童男童女、各種人間禮物。同時，海上航行有鯨魚攔路，他要強弓勁弩射退大魚。秦始皇全盤答應條件，助他再次東渡。結果，徐福一去不復返，在東方「平原廣澤之地」自立為王，再也不回來覆命了。根據考證，徐福並非傳說人物，1982年，更有文章考證他的故鄉正是今天江蘇省連雲港郊外的徐阜村。

　　看到這裡，不禁令人生疑，秦始皇何許人也？荊軻那樣的職

業刺客都死在他的手裡，怎麼會上徐福的大當？除非……除非他能讓秦始皇相信東方真的有仙山，仙山上真的有不死藥。

傳說中的仙島，倒並不全是虛妄，仙沒有，島是有的。按照日本的記載，徐福所說的就是日本的本州、四國、九州三島。日本的文字史料中，對徐福的記載含糊不清。這也不能責怪日本人，因為徐福登陸的時代，日本還在蒙昧之中，還沒有可靠的文字記載呢！但是按照部分日本史學界人士的觀點，徐福，就是日本古代著名君主神武天皇。他登陸日本的地點，便在日本的關西平原。「神武東征」橫掃日本的傳說，就是基於徐福登陸日本、南征北戰的事蹟。

日本人的思維比較獨特，因此他們在考證徐福問題的時候，想法也一樣富有個性。他們根據考古發現，分析古代墓葬遺骨證明，徐福東渡時期，日本關西近畿地區的居民平均身高驟然升高了5公分，由此推斷，這很可能是徐福和他的部屬登陸後造成的局部人種改良。還有一個有趣的現象，就是日本科學家發現日本人的基因裡，有1％來自中國雲南地區，而日語訓讀發音（土語發音）也和雲南納西族的語音有很多相似之處。

這是怎麼回事呢？從徐福東渡，或許可以找到答案。根據中國方面的史籍記載，徐福要求的三千童男童女，秦始皇也沒法一下子湊齊，這個時候，秦軍剛巧征服了西南夷，於是秦始皇就下令這些被征服的部族提供所需要的童男童女。西南夷，就是現代雲南各民族的共同祖先。因此，如果這些西南夷的後代藉著徐福東渡融入日本人種，帶給日本人1％的雲南基因便有據可循了。

在日本，據我所知，流傳有徐福傳說的地方至少有20處，北到富士山所在的靜岡，南到九州的熊野、鹿兒島以及關西地區，它們都涉及兩個主題：蓬萊和不死藥。

　　大家都知道，今天的世界，是不存在不死藥的，別說2200年前了，但是，徐福的不死藥，我倒相信它有一點兒影子，甚至，當徐福第一次東渡的時候，或許自己也相信它的存在呢！

　　秦始皇從來不是一個愚蠢的人，若徐福全靠造謠生事，怎能騙得了這位精明過人的千古一帝？那可是囚母弒父、統一六國的一代梟雄啊！

　　就算是求藥心切，徐福第一次的失敗，難道不會引起他的懷疑？而徐福也很奇怪，如果他從來沒有到過日本，他怎麼知道一直往東航行就可以到達日本？而且依靠幾千人加強弓勁弩的先進兵器就可以征服這個國家？他顯然對日本有一定的了解。

　　假如日本真的是傳說中的仙藥產地，而且徐福善於花言巧語鼓吹一番，騙取秦始皇信任，再得到所需要的人員和裝備，就比較符合邏輯了。否則，在石頭上種花，要想讓秦始皇拿出血本來，只怕更大的可能是自己先掉了腦袋。

　　問題在於，日本古代，真的有「不死藥」存在嗎？幸運的是，我在研究這個問題的時候，意外地發現了日本「徐福會」理事重村定夫先生的一篇文章，他認為，這種神奇的不死藥，不但存在，而且就出產在他的故鄉祝島。

　　祝島，地處瀨戶內海，在九州、本州、四國三島環繞之間，人煙稀少。自古以來就流傳，在它的腹地深谷有一種神奇的植物果實，俗名「窠窠」，日本古書中名為「千歲」，大小如核桃，汁濃味甘，據說食用可保千年不死，聞一聞也可以增加三年又三個月的壽命。

　　19世紀末，日本植物學家牧野富太郎曾經慕名前往，經過艱苦工作，採到了「千歲」的標本，並欣喜若狂地給友人寫信：「這是我最彌足珍貴的發現，它的價值無法形容。」在祝島民

間，還有用這種植物的枝條製作手杖的習慣，稱為蓬萊杖。

　　如果「千歲」的傳說曾經在當年傳入中土，徐福家住東海之濱，聽到它應該不是很奇怪的事情。這樣的傳說，加以附會，通過其他途徑傳入秦始皇耳朵裡亦非不可能，那麼此時徐福就可以乘機下說辭了。甚至，祝島的人至今相信徐福曾經光顧過他們的島嶼，因為在海灣的岩石上，留有一副石刻的棋盤，當地人講就是徐福所留。

　　到這裡，我們似乎可以提出一個假說，那就是當年徐福為秦始皇尋找的不死藥，很可能就是出產在祝島的神奇之果──「千歲」。但「千歲」究竟是什麼呢？它現在是否還存在？

　　帶著這個疑問，我查閱電話簿，和祝島方面取得了聯繫。結論非常令人鼓舞，祝島的一位公務員先生竟然給我寄來了照片，並證實千歲不但存在，而且正在進行人工種植。我把照片寄給了北京農科院的一位老同學，希望他能夠給我一個鑑定性的結論，這真的是能夠令人長生不死的靈藥？

　　一個星期以後，我的朋友回信，告訴我，這種「千歲」的確是一種稀有的植物，學名Actinidiachinensis Pianch。藤狀灌木。以根和果實入藥，具有調中理氣、生津潤燥、解熱除煩、活血消腫之功效。果肉綠色，果皮軟而帶毛，今天已經存在人工栽培的品種，果實大小也增大了幾倍，常吃可以強身健體，延年益壽……它還有個中國名字，叫做──野生獼猴桃（即是今日通稱的：奇異果）。

　　天！秦始皇傾天下之力尋找的，就是它！

　　鑒於秦始皇的老家，陝西秦嶺一帶就是野生獼猴桃的產地之一，這東西只怕皇上經常用它來開胃，難怪……難怪徐福找到了「長生不死藥」，也不敢歸國了。

唐朝望族不願娶公主

惡魔之淚痕

　　唐朝有個比較獨特的現象，那就是士族不願娶公主為妻。我
們透過唐代正史、筆記的有關記載，就可以了解到這一點，下面
且舉兩例——

　　《舊唐書》卷一四七《杜佑傳》附《杜傳》：「（憲宗為長
女岐陽公主選駙馬）令宰臣於卿士家選尚文雅之士可居清列者。
初於文學後進中選擇，皆辭疾不應。」

　　《東觀奏記》卷上：「萬壽公主，上（按：指宣宗）女，鍾
愛獨異。將下嫁，命擇郎婿。鄭顥，相門子，首科及第，聲名籍
甚，時婚盧氏。宰臣白敏中奏選尚主，顥銜之，上未嘗言。大中
五年，敏中免相，為寧都統。行有日，奏上曰：『頃者，陛下愛
女下嫁貴臣，郎婿鄭顥赴婚楚州，會有日。行次鄭州，臣堂帖追
回，上副聖念。顥不樂國婚，銜臣入骨髓。臣在中書，顥無如臣
何；一去玉階，必媒孽臣短，死無種矣！』上曰：『朕知此事
久，卿何言之晚耶？』因命左右便殿中取一樫木小函子來，局鎖
甚固。謂敏中曰：『此盡鄭郎說卿文字，便以賜卿。若聽顥言，
不任卿如此矣！』」

　　憲宗選尚公主，士族子弟「皆辭疾不應」；白敏中奏選相門
之子鄭顥尚主，結果，「不樂國婚」的鄭顥對白敏中恨之入骨，
由此可以清楚地看出唐代士族之家對於尚主的態度。

　　其實，不僅士族如此，甚至連隱士也不肯娶公主為妻，請看

《明皇雜錄》卷下的記載——

> 時玄宗欲令（張果）尚主，果未之知也，忽筆謂二人
> （按：指王迥質、蕭華）曰：「娶婦得公主，甚可畏也。」
> 迥質與華相顧，未諭其言。俄頃有中使至，謂果曰：「上以
> 玉真公主早歲好道，欲降於先生。」果大笑，竟不承詔，二
> 人方悟向來之言。

唐朝士族為什麼不願娶公主為妻呢？

筆者認為，主要有以下三個方面的原因——

首先，是由於服喪之禮的規定。在五服之中，斬衰是最重要的一種，齊衰次之。《新唐書》卷二十《禮樂十》規定：妻死，夫服「齊衰杖週」之禮（指居喪持杖週年）。但是如果妻子是公主，丈夫就必須為之服斬衰三年。唐文宗時，杜悰就曾遇到這一問題。

《新唐書·杜佑傳》所附《杜悰傳》記載：「開成初，（杜悰）入為工部尚書、判度支。屬岐陽公主薨，久而未謝。文宗怪之，問左右。戶部侍郎李　對曰：『近日駙馬為公主服斬衰三年，所以士族之家不願為國戚者，半為此也。杜悰未謝，拘此服紀也。』」

李　向文宗提出這種現象以後，文宗驚愕之餘，遂下詔改制曰：「（文宗）詔曰：『制服輕重，必由典禮。如聞往者駙馬為公主服三年，緣情之義，殊非故實，違經之制，今乃聞知。宜令行杖週，永為通制。』」至此，駙馬為公主服斬衰三年的情況才得以改變。

其次，門第觀使然。有唐一代，尤其是唐初至中唐，重視門

第，這是不爭的事實。筆者以為，唐人所謂門第之高，不僅僅指擁有顯赫的權位，而且指具有優良的家族文化傳統、家法門風以及令人欽羨的婚姻關係。

對照上述的幾個標準，我們可以發現，在權位方面，李唐皇室貴不可言，但在文化傳統、家法門風上，李氏家族則有所欠缺，不及傳統高門望族尤其是山東士族，《汪隋唐史論稿》曾論及這一問題。

李唐皇室源自突厥，而非漢族，對此，陳寅恪在《唐代政治史述論稿》上篇《統治階級之氏族及其升降》之中已有詳細論述。正因為出自胡夷，所以在家族文化上，李唐皇室無法與漢族高門大姓相提並論。此外，在婚戀問題上，李唐皇室也繼承了胡夷之風，顯得過於自由乃至放縱。

筆者據《新唐書·諸帝公主傳》初步統計，唐代至少有26位公主改嫁，其中定安公主、齊國公主更是三嫁。太宗納弟媳楊氏為婦，高宗以父親宮中的才人武媚娘為皇后，玄宗強佔兒媳楊玉環，武則天公開招面首（情夫），都是眾人皆知的事實。

宋代朱熹曾經說過：「唐源流出於夷狄，故閨門失禮之事，不以為異。」（《朱子語類》卷一三六《歷代類》三）山東士族重視文化、門風，如時人稱頌柳公綽：「僕射柳元公家行，為士林儀表。」（《因話錄》卷二）從門第觀角度來說，唐代傳統士族看不起皇室的門第，鄙視皇室的文化傳統、家法門風。

李唐皇室對待山東士族等傳統高門的心情是複雜的，既排抑之，又欽羨之。他們在登上皇位之後不久，便急於抬高皇族門第，壓低崔氏等山東高門，唐太宗命人修撰《氏族志》一事即為明證。

《貞觀政要》七《論禮樂》：「我（太宗自稱）今定氏族

者，誠欲崇樹今朝冠冕，何因崔猶為第一等，只看卿等不貴我官爵耶！不論數代以前，只取今日官品、人才作等級，宜一量定，用為永則。」

同時，李唐皇室又希望與具有良好文化傳統、家法門風的士族結姻，但常常遭到士族的拒絕。山東士族看重婚姻，唐人柳芳說過：「山東之人質，故尚婚婭。」（《新唐書·儒學傳·柳沖傳》附傳）他們本來就「恥與諸姓為婚」（《太平廣記》卷一八四《七姓》），再加上鄙棄皇室的文化傳統、家法門風，所以不願與皇室聯姻，既不願意嫁女於皇室（參見《太平廣記》卷一八四《盧氏雜說·莊恪太子妃》條），也不願娶公主為妻。

最後，不少公主不修婦禮，在社會上造成不良甚至是惡劣的影響。唐朝公主豪侈、驕縱者有之，專橫、淫蕩者有之，妒悍、殘暴者也有之。公主不修婦禮的情況不僅存在，而且並不少見，這在歷朝歷代中是一個比較奇特的現象，它與北朝以降的「胡風」也有著密切的聯繫。

翻開《新唐書·諸帝公主傳》，我們可以看到，長廣公主「豪侈自肆」；合浦公主「負所愛而驕……見（浮屠辯機）而悅之，具帳其廬，與之亂」；魏國憲穆公主「恣橫不法，帝（按：指德宗）幽之禁中」；襄陽公主「縱恣，常微行市里。有薛樞、薛渾、李元本皆得私侍」；宜城公主「下嫁裴巽。巽有嬖姝，主怒，刵耳劓鼻，且斷巽髮」。在這幫不法公主當中，以太平公主、安樂公主二人最為突出，二人豪侈浪費，生活奢華，貪淫放縱，賣官鬻爵，干預朝政，排斥異己，聲名狼藉。

到唐宣宗時，還以此作為教導公主的反面教材：「（萬壽公主）每進見，上常誨曰：『無鄙夫家，無干時事。』又降御箚勖勵，其末曰：『苟違吾戒，當有太平、安樂之禍。汝其勉

之！』」（《唐語林》卷一）公主不修婦禮，甚至專橫、淫蕩、殘暴，使士族之家望而生畏，怎敢攀龍附鳳？

唐宣宗曾經意識到這一點，他要求公主謹修婦禮，據《幽閒鼓吹》記載——

> 宣宗囑念萬壽公主，蓋武皇世有保護之功也。駙馬鄭尚書（顥）弟嘗有疾，上使訊之。使回，上問公主視疾否，曰：「無。」「何在？」曰：「在慈恩寺看戲場。」上大怒，且歎曰：「我怪士大夫不欲與我為親，良有以也。」命召公主至。公主走輦至，則立於階下，不視久之。主大懼，涕泣辭謝。上責曰：「豈有小郎病乃親看他處乎？」立遣歸宅。畢宣宗之世，婦禮以修飾。

我們從宣宗的感歎聲中可以窺知，公主不修婦禮，也是士族之家不願與皇室結親的重要原因之一。

唐代人的衣食住行

佚　名

243

每逢到國外的Chinatown（唐人街或中國城）去購物，不管是紐約、華盛頓還是波士頓、多倫多，都能生出無限的感慨：怎麼這麼髒？我不知道外國人怎樣看我們中國人，但就我自己看著那些個街道和商店，心就兀自先虛了下來。接下來，就會自問：原因出在哪裡？我們的祖先是否也這樣？老實說，我沒有答案。

最近偶讀寫於晚唐時期的一本書，叫做《中國印度見聞錄》（穆根來、汶江、黃倬漢譯，中華書局2001年版），是阿拉伯人根據旅居中國的阿拉伯商人的親見親聞記錄而成，據說史料價值非常高。裡面對唐代國人的衣食住行有不少有趣的記載，是正史不載或不屑記載的。因為有宗教的原因，阿拉伯商人的觀察未免偏頗，但看起來誤會的地方不多，今抄錄如下——

關於如廁方面的：「中國人不講衛生，便後不用水洗，而是用中國造的紙擦。」「無論印度人還是中國人，在不潔淨時都是不做大淨的。中國人解過大便以後，只用紙擦一下；印度人每天只在午飯前洗一次，然後才去拿食物。」

所謂「做大淨」，即是全身洗浴。與此相對應的是所謂「小淨」，就是洗浴下身。「大淨小淨」，都是伊斯蘭教對教徒的規定，中國人是不講這一套的。

又說：「中國人習慣站著小便，一般老百姓是這樣，王侯、將軍、高官、顯宦們也是這樣，不同的是他們使用了一根塗了油

漆的木管。這木管約莫一肘之長，兩端有孔，上面那個孔稍大一些，用來套住陰莖。要小便時，兩腳站著，把木管的小端伸出身外，就可以把尿撒在管子裡了。中國人認為，這樣小便於身體有益。據他們說，凡膀胱疼痛，或撒尿時感到脹痛的結石病症，往往是因為坐著小便引起的，所以只有站著小便，膀胱裡的尿才能完全排出來。」

這段紀錄最奇怪。為什麼要把木管套在陰莖上，管子通向哪裡，都不清楚。這種風俗好像也沒有其他佐證，但看起來並非是衛生不衛生的問題，而是屬於醫療保健的範疇。

關於飲食方面的：「中國人吃死牲畜，還有其他類似拜火教的習慣。」「中國人和印度人屠宰牲畜時，不是割其喉讓血流出，而是擊其頭至死。」

所謂死牲畜，原來是指先擊其頭而置其於死地的牲畜，並非腐肉。

關於個人衛生方面的：「印度人使用牙枝，他們如不用牙枝刷牙和不洗臉，是不吃飯的。中國人沒有這一習慣。」

雖然在唐代的敦煌壁畫裡我們已經看見過刷牙的圖像，但中國人保持口腔衛生的通常做法是漱口，有所謂「漱口茶」。普通人的刷牙只是近代同西方交往之後才有的。

關於住房方面的：「中國人房屋的牆壁是木頭的。印度人蓋房用石頭、石灰、磚頭和泥土。在中國有時也用這些東西蓋房。」「中國城市是用木材和藤條建造房屋，這種藤條可以編製用具，正如我們（阿拉伯）用破開的蘆葦編造東西一樣。房屋建成以後，還要塗上灰泥和油料。這種用蓖麻子榨成的油劑，一塗到牆上，就像乳汁一樣，閃著潔白而晶瑩的光澤，實在令人嘆服。」（法文本譯者認為「藤條」當是竹子之誤）

關於喪葬方面的——「中國死了人，要到第二年忌日才安葬。人們把死者裝入棺材，屍體上面堆生石灰，以吸收屍內水分，如此保存一年。如果是國王，則屍體放入沉香液和樟腦裡。親人要哭三年，不哭的人不分男女都要挨打。邊打邊問他：『難道對死者你不悲痛嗎？』死者被埋入墳墓，其墓葬和阿拉伯人的墳墓相似，但繼續為死者供奉食物，並聲稱死者是可以吃喝的。事實上，人們把食物放在死者旁邊，到了夜裡或第二天早晨，食物便不見了，故稱是死者吃了。只要屍體停在家裡，就哭聲不斷。為了死者，有的甚至不惜傾家蕩產。過去，當埋葬國王時，往往是把他生前的用具、衣服和腰帶（他們的腰帶是很貴重的）一起埋掉，現在這一習慣已經取消，因為墳墓常常被挖，墳中什物都被盜走。」如果把死者的棺材放在家中一年的話，則無論如何都於健康無益。

關於服裝方面的：「中國居民無論貴賤，無論冬夏，都穿絲綢。」「女人的頭髮露在外面，幾個梳子同時插在頭上，有時一個女人頭上，可多達二十個象牙或別種材料做的梳子。男人頭上戴著一種和我們的帽子相似的頭巾。」

整體看來，阿拉伯商人對中國的觀感頗好：「中國更美麗，更令人神往。印度大部分地區沒有城市，而在中國人那裡則到處是城牆圍繞的城市。」「中國人比印度人更為健康。在中國疾病較少，中國人看上去較為健壯，很少看到一個盲人或者獨目失明的人，也很少看到一個殘廢人。而在印度，這一類的人則是屢見不鮮的。」「在印度，很多地區是荒無人煙的，而在中國，所有土地均被耕種，全國人口密集。」「中國人比印度人好看得多，在衣著和所使用的牲畜方面更像阿拉伯人。中國人的禮服很像阿拉伯人衣著。他們穿長袍，繫腰帶，而印度人不分男女，一律披

兩塊布當衣服，另戴金手鐲和首飾做裝飾。」

正像本書法文譯者所說的那樣，這些阿拉伯商人對中國和印度風俗的記載，並非由於——「他們對外國習俗的關懷，而是由於伊斯蘭教的法律規定了其信徒的『社會行為』以至於生活細節。因為外國習慣和他們本國風俗相近或者相反，而引起伊斯蘭教徒感情上的愛和憎」。

除了那些與伊斯蘭教規明顯衝突的風俗以外，比如吃不潔的食物、不做大淨等等，看不出中國人在衛生方面有什麼特殊落伍之處。相反，中國人的外觀和城市面貌還頗引起外人的好感。

唐代的中國真的是非常整潔衛生嗎？本書沒有回答。讀過這書，似乎真的是嚮往多於厭惡。不過，書中也寫到黃巢暴動的時候，「強者一旦制伏弱者，便侵佔領地，搗毀一切，連平民百姓也都殺盡吃光」。還說：「這種（吃人肉的）事情，是中國風俗所允許的，而且市集上就公開賣著人肉。」這又讓人感到噁心和悲哀。

1600萬男人是成吉思汗後裔

奇　雲

　　20世紀80年代，塞克斯博士和他的牛津同事赫吉斯，發現了從骨化石中提取DNA的方法，此後，他一直使用這種方法來解開人類的遺傳史。塞克斯博士今年56歲，是牛津大學的人類遺傳學教授，英國下議院的科學顧問，他喜歡向人們展示隱藏在他們DNA裡面的令人驚奇的祕史。

　　塞克斯相信，DNA測試可以繪製出人類血統的清晰圖譜。成吉思汗基因測試是進行父系祖先研究的一部分，它主要是對男性Y染色體模式進行統計，Y染色體通過父親傳給兒子。女性基因組中含有兩個X染色體，男性基因組中含有一個X染色體、一個Y染色體，所以只有男性體內含有Y染色體。如果一個男性的Y染色體的幾個標誌性位置，與據信來自成吉思汗的染色體相一致，從統計學的觀點看，這位男性可能就是成吉思汗的後代。

　　但是由於沒有成吉思汗的身體組織樣本，所以DNA測試檢驗更多基於一種對可能性的判斷。

　　2000年，《華盛頓郵報》把成吉思汗評為千年風雲第一人。大部分的專家們認為，就對世界的影響力來說，沒有人能夠超過成吉思汗。

　　成吉思汗（1162～1227），即元太祖鐵木真，是一位叱吒風雲、顯赫一世的蒙古族英雄。他軍事才能卓越，史稱「深沉有大略，用兵如神」。另一方面，蒙古軍隊作戰具有野蠻殘酷的特

點，大規模屠殺居民，毀滅城鎮田舍，破壞性很大。

成吉思汗一生當中，主要做了三件事：（1）統一了蒙古高原，締造了蒙古民族；（2）基本統一了中國北方，為忽必烈統一中國打下了基礎；（3）西征。

成吉思汗可能是歷史上最成功的「播種者」

據英國《星期日泰晤士報》6月13日報導，2004年6月，塞克斯推出了有關男性Y染色體研究的新書《亞當的詛咒》，他在書中聲稱，成吉思汗可能是歷史上最成功的「播種者」。

追溯歷史，成吉思汗率領的蒙古騎兵將中國版圖擴張至歷史最大，同時也使其子孫在歐、亞兩洲的土地上繁衍，現在全球至少有1600萬男性，與成吉思汗有血緣關係。英倫三島也可能有他的子孫，其中還包括英國皇室家族。

塞克斯在書中指出，10年來，他和牛津大學的科研人員從中國、巴基斯坦、烏茲別克斯坦和蒙古國等成吉思汗帝國版圖內及其周邊地帶，蒐集到16個組群的血液樣本。結果發現，在多達8％的男性基因中，擁有相同的Y染色體片段。

這個極高的表達率是極不尋常的，表明它們可能是從同一個祖先那裡遺傳繼承來的，而這個男人生活的年代，距離現在不會很久遠。

通過檢測染色體的微小變化，就可能估計這位共同祖先生活的年代，得出的結論是，他們共同的祖先生活在12世紀到13世紀之間。將這些基因變化的證據和成吉思汗12世紀建立的蒙古王國地理版圖的擴展聯繫起來，研究者們推斷這就是成吉思汗的染色體片段。

另外一個比較有說服力的證據，來自巴基斯坦一個叫做哈紮

拉（Hazara）的山地部落，他們口耳相授、代代相傳，認為自己是成吉思汗的後裔。並且科學家們也在這個部落的男性人群中發現了這個Y染色體片段的表達，進一步印證這個染色體是來自成吉思汗。

專家解釋成吉思汗子孫眾多的原因

塞克斯還解釋了成吉思汗子孫眾多的原因。他指出，成吉思汗王國的版圖在13世紀橫跨蒙古至阿富汗，並延伸至俄羅斯和伊朗。蒙古大軍每攻佔一處城市都會進行大屠殺，士兵可以大肆搜刮財物，將掠來的美女獻給成吉思汗，因而他擁有不少帶有他的染色體的兒子。

成吉思汗馳騁戰場40年，於65歲駕崩。成吉思汗逝世後，他4名擁有繼承權的兒子和2名孫兒延續了「家族傳統」，他們不但同樣英勇善戰，將勢力擴張到俄羅斯、匈牙利和波蘭，還勤於傳宗接代。

當年僅成吉思汗的長子尤赤就有40個兒子，其次子拔都則統領大軍攻佔俄羅斯基輔，並侵入匈牙利和波蘭。成吉思汗的另一個孫子忽必烈則南征建立元朝。他們一路征服不斷地散播成吉思汗的「超級染色體」。

「基因尋根」繪出生命的地圖

Y染色體只在男性體內存在。在進化中，Y染色體上發生的突變會保留下來，而且會傳遞到男性子代。譬如某一家族的曾祖父的Y染色體有一特定序列，則其兒子、孫子、曾孫的Y染色體都會帶有這種特定的標記，這種標記可以視作進化標記，也可以在親子鑒定等方面起到獨特作用。這就是為什麼Y染色體是男性

生命資訊的來源，也可以說是基因版的家族宗譜。

實際上，早在20世紀80年代的時候，塞克斯就開始用DNA技術進行研究了，這種技術被統稱為「分子考古學」。後來科學家們又運用DNA技術為現代人類的起源和遷徙，提供了許多證據，屬於自然科學的基因技術和屬於人文學科的人類學結合起來，就產生了「分子人類學」。

塞克斯打算在不久的將來，用大型電腦建立起一個資料庫，記錄所有測試者的宗譜圖形和他們的基因密碼。塞克斯說，那時他將能建立一個時間和空間足夠大的坐標軸，以此確認人們攜帶的基因是從這個座標的哪一部分擴散而來的。

迄今為止，塞克斯已經蒐集了至少數萬個基因樣本。據他所言，100000個基因樣本就可以幫助他建立起一個基本資料庫，而這樣一個過程需要三年左右的時間。在增多樣本數量的同時，他也在擴大樣本來源。來自英國、中國、巴基斯坦、烏茲別克斯坦和蒙古國的DNA樣本，擺滿了他的實驗室。

與此同時，塞克斯也意識到，一個真正完善的基因宗譜庫應該涵蓋來自地球上，各大洲各個地區的基因樣本，這需要上億美元的資金。

據他預計，5年到10年以後，一個跨越時間和空間的足夠大的基因宗譜座標就可以建立起來。到那時，人們就可以用自己的基因與座標對照，通過基因尋根技術精準地繪製出自己家族的生命地圖。

明成祖怒斬三千宮女

佚 名

明成祖朱棣在歷史上很有作為，但他又是一位性格固執、剛愎自用、猜忌多疑、殺人如麻的皇帝。永樂末年，他大肆濫殺宮女、宦官，在這次大慘案中，被殺的宮女有近3000人之多，為明代後宮最大的一次慘案。

失去愛妃濫殺無辜

其實，成祖殺戮宮女之事早在永樂年中期就曾發生過。事情還得從賢妃權氏說起。

永樂初年，國家逐漸強大。朱棣追求享樂，後宮美女漸多。永樂五年（1407年），皇后徐氏病死，皇后一直沒有再立，王貴妃和賢妃權氏是他最寵愛的妃子。權氏是一位選自朝鮮的美女，天姿國色，聰明過人，能歌善舞，尤其是善吹玉簫，成祖十分憐愛她。

永樂八年（1410年），成祖率大軍出征，特地帶權賢妃作為隨侍嬪妃宮女，隨軍出塞。沒有料到，這位獨得天寵的妃子，在大軍凱旋回宮時，死於臨城，葬在嶧縣。成祖傷心欲絕。

宮中兩名姓呂的朝鮮宮人與宦官相好之事恰好此時發生。本來，歷代宮中都有宮女與宦官結為假夫妻的事情，明代也有這種現象，宮中稱之為「對食」，也稱某宮女為某宦官的「菜戶」。

起初，呂氏是朝鮮商賈的女兒，史籍中稱「賈呂」。她見到

本國先期入宮的宮人呂氏，因為都是朝鮮人，又是同姓，賈呂想與呂氏交往。誰料，呂氏對賈呂的為人很是不屑，拒絕與她結好。賈呂一直心存不滿。不久，成祖賢妃權氏死於北征凱旋回師途中，呂氏曾隨軍伺候過賢妃，於是賈呂誣告賢妃是被呂氏在茶裡下了毒藥而死的。

明成祖朱棣正是心情悲傷難過之時，聞後大怒，沒有細查，當即誅殺呂氏及有關的數百宮女、宦官。

明代後宮最大慘案

永樂十八年（1420年），獨得明成祖寵愛、準備立為皇后的王貴妃也死去，成祖再一次經歷喪失寵妃的傷痛。賈呂與宮人魚氏私下與宦官結好之事，恰在此時暴露。

成祖甚為惱火，雷霆大發。賈呂和魚氏懼禍，便上吊自殺。成祖竟以此為由，親自刑審賈呂侍婢，不料卻查出這一班宮女要謀殺皇帝的口供。

朱棣極為惱怒，親自下手對宮女們動用酷刑，其中受株連被殺的宮女近2800名，而且成祖每次親臨施刑。有宮人臨刑時當面斥罵成祖：「你自己年老陽衰，宮人與小宦官相好，有什麼罪過！」朱棣讓畫工畫了一張賈呂與小宦官相抱的圖畫，羞辱宮人，同時更加大肆殺戮。

據《李朝實錄》記載，當宮人被慘殺之時，適有宮殿被雷電擊中，宮中的人都很高興，以為朱棣會因害怕上天報應而停止殺人。可是朱棣依舊如故，絲毫「不以為戒，恣行誅戮，無異平日」。兩次殺戮事件，被誅的宮女及宦官達3000人之多。

據稱，「明成祖晚年患疾病，容易狂怒，發作難以控制，甚至歇斯底里，他本人殘忍好殺，又添上晚年的疾病，就更加狂暴

異常。」至於他患了什麼病，官修《明史》及《實錄》只說他晚年容易發怒，可究竟是一種什麼病，發病的誘因是什麼，歷史上已找不到相關的記載了。

〈全書終〉

國家圖書館出版品預行編目資料

〔新版〕歷史不忍細看，文歡主編，
二版，新北市，新視野 New Vision，2024.05
面；　公分 --
ISBN 978-626-98223-5-5（平裝）

856.9　　　　　　　　　　　　113002698

〔新版〕歷史不忍細看
文歡　主編

出　　版　新視野 New Vision
製　　作　新潮社文化事業有限公司
　　　　　電話 02-8666-5711
　　　　　傳真 02-8666-5833
　　　　　E-mail：service@xcsbook.com.tw

印前作業　東豪印刷事業有限公司
印刷作業　福霖印刷企業有限公司

總 經 銷　聯合發行股份有限公司
　　　　　新北市新店區寶橋路 235 巷 6 弄 6 號 2F
　　　　　電話 02-2917-8022
　　　　　傳真 02-2915-6275

二　　版　2024 年 05 月